尾巴 II

告密的孩子上天堂

王若虚 / 著

世纪文景

世纪出版集团 上海人民出版社

截查信件
秘密来自他人，一览无余，
信守誓言
规则属于我们，不可告人。

——剪刀小组誓词

好孩子不说话
坏孩子不撒谎
没有秘密就没有糖
告密的孩子上天堂

——剪刀小组誓词

　　有的学生能背出圆周率小数点后一百位，还在校庆晚会上表演过；有的人能发明自己给自己挠痒痒的机器人（该作品由一只胳膊和一个胳肢窝组成）；有的人能把美式英语说得比弗吉尼亚农民还地道；有的人能用文言文写作；有的学生能背出所有国家的首都；有的学生能闭着眼睛射中三分球——他们都是人才，但在很多学校都能找到。可你们不是，你们有他们所没有的才华：对成人世界的领悟。

　　你们不再只是孩子。

　　你们是剪刀组。

目录

C O N T E N T S

| 楔子

　　在比较了几种道听途说的自杀方法之后，十六岁的男孩终于选择了悬梁。

　　父母都去厂里上夜班了，没人阻拦他执行求死大计。那种体育课用来跳绳测验的绳子顺利地缠上了厕所间顶部的水管，绳子当中有一截裹着光滑的橡胶，本来是为了跳绳时增加离心力，现在，倒是能让他细嫩的脖子不被麻绳的花纹勒得难受，但也只是短暂的安逸。他站上马桶盖子，看着荡在空中的环形，这是通向另一个世界的洞口。

　　与此同时在隔了几个门洞的另一幢老公房里，303室的女孩已经五天没有任何音信，她的家人一直在外面寻找，到了几近疯狂的边缘。女孩高三复读了一年之后依旧没有被心仪的大学录取，便在七月的傍晚不辞而别，带走了所有的流行乐磁带。和她一起失踪的还有以前班级的一个男生，他带走了吉他，不过倒是给父母留了字条：别找我们了。

　　而在这个居民区最幽暗的某个角落里，念高二的落后生正在等着他们班外语老师从学校补习班回来。这个说话阴阳怪气的老头，这个因为成绩差而当众羞辱了他很多遍的老头，这个揭发他课间赌博而害他挨了父亲一顿毒打的老头，每周三晚上一定会在这个时间走这条小路回家。男生的单肩书包里有一根棍子和一根粗实的皮带，前者用来打晕目标，后者用来"鞭尸"——这些足够让老头知道厉害。那时，他觉得自己会像电影里复仇的陈浩南。

　　以上这些年轻人，他们的计划都成功了，尽管这些举动之间并无关联。

　　但是他们的共同点倒有一样：都写信。

　　自尽的男孩生前曾在和同学的私人通信中显示出了明显的忧郁症自杀倾向，离家出走的男孩女孩是通过信件约定离家出走的细节，鞭挞老师的绿林小英雄后来则老实交代了他是从可靠的笔友那里学到了有效的袭击手法。

　　信，是这个年代的关键。

　　这个年代，1995 年，学生们早上做的还是第五套广播体操，大部分年轻人能接触到的电子娱乐只限于 21 寸彩电和放磁带的随身听。没有MP3，没有手机，没有PSP，没有个人电脑，更没有网络游戏和QQ。想在家里看电影，基本用录像带，VCD还属于高新科技产物。在一线大城市，电话号码只有六位数，而安装一台固定电话需要的各类费用加起来至少三四千元人民币。装电话的普通工薪家庭少之又少，想联络亲友，要么写信，要么公共电话房。

而对于学校里的年轻人来说，信件是他们保持联络最普遍的手段。

但这个时代，年轻人拥有的似乎又不止这些：流行文化刚刚兴起，东西方的新事物冲击着他们的生活。这是属于《古惑仔》和持双枪的周润发的时代，属于"赌神"的潇洒，属于还没老去的四大天王和小虎队的金曲，属于《夜半歌声》《胭脂扣》《倩女幽魂》的胶片，属于琼瑶、亦舒的小说，属于大开眼界躁动不已的年轻人。

一群人最好的时代，必然是另一群人最坏的时代。

对于顽固保守的长者而言，这是场绵长而深刻的噩梦，他们发现学校里的小孩不再愿意听话，几乎只是几夜之间，一部分年轻人像是变成了另外一个物种：发型变了，说话发音变了，校服校徽开始在学生身上陆续缺席，耳环戒指和啫喱水取而代之。更糟糕的是，离家出走和恋爱成为了一种欣欣向荣的流行风尚，还有自杀、群架、赌博作为伴奏的黑色乐章。

他们不知道这些年轻的小恶魔在想什么，所以，他们必须想办法知道，然后加以阻止。

他们需要行动，斩钉截铁的，未雨绸缪的，甚至，不择手段的。

信，是这个年代的关键。

S eason ①

剪刀手爱德华

1. 内线电话 ═══════

　　邮差总是在上午第三节课抵达。

　　这天他们班第三节是体育课。户外天气晴朗，可惜风有点大，自由活动时不是很适合打羽毛球。所以女外语课代表别出心裁地挑选了靠近校门口的那块空地。这里很僻静，空间大，距离男生活动的操场又远，不会担心打到一半足球篮球会突然落到你头上。

　　而且，负责接收邮递员信件的门卫室可以被尽收眼底——她这几天在等一封信，打完球就可以直接去取。

　　在风里摇摇晃晃地打了二十来个回合，和她对战的班长南蕙忽然停止了发球动作，讲："我口渴了，陪我去次小卖部吧，你想喝什么，我请客。"

　　平时这位女班长是难得请客的，这让她有些疑惑，况且，等会儿邮递员该来了。

　　见她犹豫，南蕙补充道："顺便跟你说件事。"

　　外语课代表知道最近班级里在搞优秀班干部评选，

便乖乖跟着对方朝小卖部走去。

两人前脚刚走，一身绿色的邮差骑着自行车便慢悠悠地抵达了，交完信件又上车离开。他不知道，自己刚带来的那些学生信件并未被派发到各班级信箱，而是装进了一个小纸箱，开口处用透明胶带密封住。

值班门卫把箱子放在墙角处，打了个内线电话，然后从一个上锁的桌子抽屉里拿出另外一大摞信件，开始往墙上的班级信箱里分类。

等到外语课代表回来查看自己班的信箱时，墙角的纸箱子已经被人取走了。

2. 南蕙 ═══════

……张寒跟姜蕴青他们几个我都已经说好了，还有朱涌也会来，他后爹老打他，下决心要走了……21号晚上5点半在体育场西面的小卖部碰头。别带太多东西，东西多了就走不了了……钱的事情你放心，许大头已经从他爸爸那儿骗到了六百块钱，够我们花一星期了……这件事情千万别告诉肖亿，他知道了肯定要告密给家长或者老师，上次捡到钱包拿去喝酒的事儿我觉得就是他捅出去的。

收信人：高一（6）班　苏易（外号"苏打"）

寄信人：武安中学　高一（5）班　冯拓

邮戳日期：10 月 15 日

剪刀代码：95-10-17-S-08

标签：【离家出走】

……昨晚从我爸那里偷出来 2 支小熊猫，那味道，抽红双都觉得没味儿了。我们班主任最近老是盯着我，在学校都不敢怎么抽，老王八蛋自己身上倒是一股子飞马香烟味儿，穷酸穷酸……对了，上次你教我那个在<u>防火箱后面藏香烟</u>的办法真绝了，到现在都没人发现过，<u>阿扁鱼</u>这家伙鬼脑子就是好使……下次我偷一包牡丹 333 出来，给你和阿扁鱼尝尝……

收件人：高三（1）班　谢橙颖（外号"橙子"）

寄信人：西城中学　高二（3）班　周浩峰

邮戳日期：10 月 15 日

剪刀代码：95-10-17-S-17

标签：【香烟】

……我发现班上好多同学都在说查诺丹玛斯预言里 2000 年地球将面临世界末日，我当然不相信这是真的，可是最近却越来越发现自己没有活下去的意义……蔚南，你说人类存活在世界上难道就是只为了进食和繁衍吗？身边的人都在做些没有意义的事情，作业，考试，考试，作业……<u>你上次跟我说你们班那个弹钢琴的女生自杀未遂</u>，真吓人，其实<u>梓寒</u>也跟我说她妈妈打算让她

出国，可她不想去，<u>也一直说要自杀什么的</u>，你也知道
她的性格，我怎么也<u>劝不了她</u>……

　　收件人：高二（2）班　顾蔚南（美术课代表）

　　寄信人：外省××市第三中学　高二（4）班　侯汐

　　邮戳日期：10月12日

　　剪刀代码：95-10-17-S-23

　　标签：【自杀倾向】

　　南蕙将最后这封信里的那些敏感词句用红色圆珠笔
摘抄完毕，却没立刻放回去，而是欣赏起原件上的字
来。与离家出走、抽烟的两个混小子那狗爬般的恶劣笔
迹不同，寄信人侯汐的字写得非常好看，不光是一般女
生的秀丽，更是带着一点点正宗行楷的味道。

　　小时候一定也像自己一样练过书法吧。南蕙想到这
里笑笑，把外省的来信小心翼翼地塞回风尘仆仆的信
封，用胶水将封口第二次粘上。南蕙的书法练了多年，
不但字写得好看，后来还学会了分辨笔迹。小学的时候
她也是班长，每次交给家长签名的测验考卷收上来，她
都能一一辨识出哪些是学生自己动手、自力更生签上去
的——小学生冒充大人签名，能高仿到哪儿去呢？这些
个造假分子不出两节课就会被班主任叫去办公室，紧接
着父母也会被叫来，然后就是一场力量悬殊的肉搏。时
间一长，大家觉得班主任如福尔摩斯般明察秋毫，都断
了伪造签名的邪念。

都不知道谁才是幕后黑手。南蕙莞尔。

现在是中午休息时间，她已经换下体育课时的蓝色线裤，重新穿上难看的校服裙裤，但手上却戴着白色丝质手套。窗外有刺眼的阳光，楼下操场传来男生打球的喧闹，越发反衬出这个朝北房间的幽静和暗淡。此刻这里只有她一个人，以及无数其他人的秘密。窗户旁边的墙上，挂着天知道哪个学生家长送的精美猪年挂历，上面印着硕大的年份：一九九五年。

是的，1995年，房间里的女生只有十七岁，高一。

这正是最好和最坏的年代，好莱坞最热门的新电影还是《阿波罗13号》和《阿甘正传》这双"阿"；家里装一台电话机需要令人咋舌的三千多块钱；移动电话更是重得像砖头一样，只出现在大老板和黑帮老大手里；寄信是大部分中学生沟通交流的唯一渠道。就比如南蕙这所学校，基本上每个班级四五十个人里有三十个都会写信，其中又有十几个人几乎是每周都有通信往来，更不必说文学社的那帮信件大户。

不是没有老师和家长想过检查学生的信件来察觉罪恶，但大多方法粗糙，且毫不遮掩：直接拆信，有时班主任甚至当着学生的面拆信。且不说这种杀鸡取卵的鲁莽行为曾在各个学校造成了多少次学生和老师推搡扭打在一起的闹剧，更多的是学生因此就不再在信里敞露胸怀了，或者不让对方把信寄到学校。

可是，南蕙就读的这所区重点里，从来没有出现过这种场面，班主任都像商量好了似的，任凭学生自由通信而毫不干涉，这就让他们可以在信中毫不忌惮地写出自己的想法，自己的计划，以及自己的……罪孽。

然后，一切隐秘都会在这个房间里被偷窥者们细心地解读。

就在南蕙手边的另一张办公桌上，今天上午从门卫室拿来的纸箱子就空空如也地摆在那里。等那些信封上的胶水干掉之后，信件会被重新放回纸箱，午休结束之后再悄悄送回门卫室，冒充成下午刚刚送到的邮件。当然，下午邮递员还会送来第二批信件，它们依旧会被装进箱子并立刻送到这个房间，南蕙会在放学后检查内容，这就是每封信的剪刀代码里那个引文字母的用意："S"代表上午送到的信，与之相对应的"X"表示下午，此外还有"G"，代表挂号信。"X"的这批信件查完之后又被秘密送到门卫室，第二天一早才被学生拿走。

工序的确繁琐，流程的确复杂，但这是最安全也最有效率的办法。

安全，有效，剪刀小组的座右铭。

南蕙正在检查信封是否都干了，忽然有人轻声敲门。

截查信件的这个房间在大楼里位置偏僻，名义上叫做"教材研究室"，属于一百年也不会引起人注意的类型。学校里知道它真实用途的人不过十个，十个人里真正踏进来过的，也就四五个。剪刀三人小组里那个唯唯诺诺的女生今天病假没来学校，敲门声又很轻，南蕙知道只可能是邓恺墨，剪刀小组的组长。她摘下白手套，走过去正要开门，却听到外面响起邓恺墨迷惑不解的声音：

"咦，奇怪，没有人么，难道走错了？"

他这句自言自语的声音很大，不是平时的风格。南蕙心里一凛，抓住门把手的手没有按下去，过了一会儿，就听到外头走廊里响起另外一个人的脚步声，但没有停留，而是由左向右慢慢走远了。又过了 30 秒，她才小心开了门，外面的走廊已经安全，只有剪刀小组组长站在门口。

"是清洁工。"他说，然后进屋，反手关门，从裤子口袋里拿出一个小瓶子摆在桌子上。瓶子是装眼药水的那种，里面的液体无色透明，但假如有人真将其滴进眼睛，后果无法想象，因为还没人试过。

如果没有它，就没有剪刀小组。

3. 刘德华

剪刀小组的名字由来很曲折也很莫名，只因为小组的创始人不知道从哪本外国杂志上看到一部电影叫《剪刀手爱德华》^①，觉得"剪刀"二字暗合了这个小组拆信的寓意，于是就这么定了名字。只是后来又有个小插曲，就是这个老师记人名不在行，那阵子香港的刘天王主演的《天若有情》正值火红，那部电影就被这个老师阴差阳错地叫成了《剪刀手刘德华》。幸好剪刀组是秘密组织，知道这个笑话的人也不超过五个，否则要是传出去，非被熟谙港台流行文化的学生给活活笑死。

但好歹有了个正式的说法。

相比之下，这个眼药水瓶里的药剂却没有正式名称，只有一个看似恶搞的代号"438"。它由十几种化学药剂制成，无色无味，理论上应该有毒，但不剧烈。把它滴在信封的封口上可以在一分钟内渗透和溶解掉胶水、糨糊，却不伤害信封纸张本身，更可贵的是消灭掉胶水之后用台灯灯光照射半分钟，它就会自动挥发，不妨碍第二次的胶水粘合，做到了真正的来无踪去无影。

正是靠这个神奇液体，剪刀小组才能神出鬼没地检查学生信件而不被发现。

跟其他所有用起来非常省心的高科技发明一样，这种药水的唯一缺点就是制作工序很复杂，而且成本昂贵，不能像眼药水那样要多少有多少。如果说学校真的给剪刀小组拨过什么经费的话，那肯定大部分都用在药

---

① 《剪刀手爱德华》：1990 年出品，蒂姆·伯顿导演，约翰尼·德普、薇诺娜·瑞德主演。讲述一个有人类心智却残留着一双剪刀手的机器人爱德华被带到人类社会后发生的爱情故事。

水上了。即便如此，这种药水的配方也是高度保密的，除了学校最高层，就只有药水发明人、化学老师滕逊知道。

"滕老师说最近几种配料药剂难买，要省着点用药水。"邓恺墨边说边到桌前检查南蕙摘录的信件报告，"今天就你一个人，辛苦了。"

南蕙嗯了一声，开始把干透的信件往纸箱子里放。

目前为止剪刀小组只有三名学生成员，她，邓恺墨，以及另外那个唯唯诺诺、乖巧听话的女生。这所学校每天会收五十多封信件，最高峰时甚至有七八十封，剪刀小组这点人不可能全部检查过来，所以就有了"花名册"，那些品学兼优的尖子生均榜上有名，他们的信件属于"免检产品"，比如今天上午和南蕙打羽毛球的那位女课代表，成绩总是名列前茅，家庭出身良好，五官相貌有点抱歉，所以就不受剪刀检查。这样一过滤下来，南蕙他们每天也就检查三十多封信。

当然，438药水的稀缺性也是剪刀组不能执行全面信件检查的另一个原因。

女孩把纸箱子封好，中午的任务便算完成，起身告辞。邓恺墨点点头，忽然想起什么，讲："明天是我父亲的忌日，不能过来学校，事情就交给你和小唯了。"

她犹豫了片刻，说："如果可以，明天我也想去。"

男生的眼角扬起来，似乎早料到会这样："你母亲不会同意的，心意我领了。"

南蕙没再坚持，打开门走出去。带上门的顷刻，窗外温暖的阳光却给了男生一个清瘦寥寞的剪影。

他的确孤身一人了，在这所学校。她第一百次这样想。

私下检查别人信件的行为固然阴暗卑鄙，但执行的人并不像想象中都是外表猥琐之辈。

南蕙身为高一（3）班的班长，戴着三百多度的眼镜，平时在班级里都是端正沉稳的形象。那个外号小唯的女孩子是她们班的学习委员，说不上性格开朗但也不阴沉，倒是脸蛋如苹果，还长着可爱的小虎牙。至于邓恺墨，更是长相平凡无奇，只是因为别的原因，他才成为这所学校最出名的几个学生之一。

邓恺墨的父亲，曾经是学校的四大特级教师之一，专攻物理，每年专带高三物理尖子班。这所中学历史长达百余年，在竞争激烈的区重点里一直占着头把交椅，其中很大一部分都归功于这"四大名师"，邓父的高徒里考进清华北大浙大复旦的更是不计其数。只可惜他还没能教到自己儿子高三，就在一年前因为脑溢血死在讲台上，因公殉职，成为该年学校的头条大事，也是极为惨重的损失。

但邓恺墨的身份还不光是名师之子，他那四年前过世的爷爷，退休之前就在这所学校当校长，任职八年间备受师生尊重。祖、父两代的荣耀和地位，邓恺墨头上自然光环闪闪。他自己的成绩也不差，按理教工子女考高中可以有加分优惠政策，邓恺墨当初硬是自己高分录取进来的，没沾一点父辈的便利，这就让宵小之徒没了评头论足加以诋毁的机会，即便现任副校长的侄子在学校里遇到他也会觉得底气不足。

假如，这所学校里任何一个学生乃至老师跟你说自己真心地爱这所学校，都可能是扯淡。但学生会前任副主席邓恺墨说这句话，没人会怀疑半点。

因此，当学校开始秘密组建剪刀小组的时候，邓恺墨就成为了第一名成员。

然后他就招进了第二个人，南蕙。

4. 别具匠心的关怀

从"教材研究室"的教学东楼到南蕙班级所在的教学西楼，要经过校门。中午十二点五十五分，大门马上就要关闭。但在门口的马路对面，却站着四五个头发染成各种颜色的小混混，一律香港最新电影《古惑仔》里的打扮，就差棒球棍和土制开山刀了。

南蕙中午吃完饭开始就在检查信件，不知道这群陈浩南的粉丝在这里待了多久。之前她只听过其他学校有不良少年和街头混混在学校门口"卡门"的事情，一般都是找学校里的仇人，抑或为了示威，但都是堵职校或者普通二三流高中的校门。区重点门口出现这种景致，南蕙的记忆里还是头一遭。也正因为如此，教导处的几个老师更是站在校门内，如临大敌地来回巡视，却无法出手，因为对方毕竟只是在马路对面站着，没有出格举动。双方就这样对峙着，任凭时间流逝，阳光猛烈。

越来越乱了，这世道。

也无怪乎，学校成立了剪刀小组。南蕙想着，然后步入教学西楼。

她还记得当初邓恺墨邀她加入剪刀小组时，自己的高一生涯才刚开始一个月。学校的高中部和初中部分在两个街区，都是区级重点。每年初中部都会有一大群人或直升、或中考，进入高中部。这批人被称为"原班人马"，他们拥有其他学校考进高中部的学生所没有的人际基础和恩怨情仇。比如初中时期这个男生是你在学生会的领导，到了高中部他可能依旧是你的学生会领导，南蕙和邓恺墨就是最好的例子。南蕙从初中学生会的宣传部干事做到部长，邓恺墨当了她两年的上司，工作能力上是知根知底。

"你不是我见过的能力最强的干部，但一定是最沉稳冷静的。"

这是邓恺墨招募她时给出的第一个原因。

当时他们两个坐在学校图书馆资料室的一角。资料室按规定不对普通学生开放，邓恺墨自然例外，这里很清静，少有人来，他闲时就喜欢坐在这里搞他刻章的业余小爱好。

但清静也只是局限在这斗室和方寸之间了，这个无论南蕙还是邓恺墨都心里清楚。学校自从前两年开始放开借读生的人数口子之后，这所百年老校就显得不那么"纯粹"了。依靠父母的金钱攻势或者社会关系进来的借读生并不都是捣乱作恶的人，虽然他们的高考成绩也不计入学校的正式数据，但却无法掩盖校园风气日益低下的现实。寄宿部的逃夜、打架，平时的抽烟、泡游戏机房，都只是小菜一碟。

昨天，教导处的庞老师在寄宿部一个男生的枕头里面发现三把匕首小刀。邓恺墨小心翼翼地勾刻着手里的石头，边道："幸好及早发现了，也不知道那人要干吗，反正削个苹果是不必带那么多刀的。"

南蕙没说话，只是扶了一下鼻梁上的眼镜。他继续："学校成立这个小组，决心很大，但我已经升高三了，能用在这上面的精力不多，而你只有高一，我向他们强力推荐了你。"

女孩终于开口："如果他们不同意呢？"

邓恺墨："学校人这么多，能信任干这种事的好学生不超过十个，他们没得多选，何况，我们只要精英。"

最后这两个字起到了效果，小姑娘的眼睫毛抖了一下，然后镇定自若。邓恺墨太了解眼前这个从小学一年级就开始当中队长的女孩了，职务、金钱、荣誉，这些诱惑都对她不起大作用，唯有一种身份和等级上的自我认同才是她的软肋。

而且……他最后摊牌说道："你初二的时候就已经接过类似的任务了，监视自己的同桌，识别出给老师写匿名信的字迹来自谁，这些都完成得很好，不是么？"

"……可我一直不觉得那是最好的做法。"

"他们也不觉得这是最好的做法，所以称之为'一种别具匠心的关怀'。"

言罢，他在雕刻许久的印章上吹了一口气，很多石头粉末纷纷扬扬地掉下来，在空气中飘浮。

邓恺墨说："我爷爷在世的时候一直教我，面临危机，没有行动的话，空谈等于自杀——所以就把探讨好坏的那部分问题交给上头，把探求真相的这部分交给我们。"

这段对话的两天之后，南蕙就被带到了教学东楼的"教材研究室"。而她截查第一批信件时，就出了点意外情况。那是一根头发，从一封信里掉了出来，邓恺墨忽略了，但却被南蕙细心地察觉。这根头发长约六厘米，从长度上判断只能说男不男女不女。况且南蕙也没亲眼看到它掉出来，只是打开信封前桌上还很干净，打开信封后它就出现了。剪刀小组的办公室就那么几个人能进出，留下头发的人可以一一排除：南蕙齐耳短发，邓恺墨虽然新剃了头但也没这根头发这么短。她查看了下寄信人的姓名和笔迹，明显是女生。她还把头发拿到鼻子底下徒劳无功地嗅了嗅，最后把它原封不动地放回了信封。南蕙并不知道这头发是寄信人的故意之举还是无心之失，反正一切以小心为上。

从那之后，剪刀小组在操作时都要带上白色丝质手套，打开信封之后要将里面的东西全部倒在一张白色的铅画纸上，防止细节上被人抓到破绽。

"我不愿意承认，但我可能天生就适合干这个。"

那天夜里她在自己的秘密日记上写下这么一句话，然后又用墨水笔涂黑了。

"要是有一天，这件事情被人发现了，他们问起我为什么干这个，我会说，因为我想参与一场伟大的游戏……一场极少数人才有资格参与的游戏。"

原本属于成人世界的游戏。

5. 追杀

到这天放学之前，高三（1）班抽烟的"橙子"同学已经被请到教导处，不出五分钟就供出了隔壁班的同谋"阿扁鱼"，因为老师搜出了藏在教学楼四楼防火箱后面的两包香烟，铁证如山，逃无可逃。但那个阿扁鱼很顽固，死不承认，于是他的家长也被请来了，老师们百试不爽的招数。

路过高三班主任办公室的时候，南蕙看到阿扁鱼的父亲正一脚踹在自己儿子的屁股上。这个男人身上也是一股烟草臭味，怪不得教出这样的儿子。当然，不管怪谁，他肯定会万分感谢老师对自己儿子的关照和监督，也肯定不会知道老师背后的那股隐秘的力量。

但南蕙知道好戏还在后头，抽烟的事情在她的报告里只是给了一个"B"级评定，也就是证据细节明确、情节中等、能立刻解决的问题。谈到自杀的女孩们她给了"C"，因为也许自杀只是谣传，也许只是文艺小女生的无病呻吟而已——那个"梓寒"，她查过了，不是她们学校的，那就没必要太在意了。"只服务于本校"，这是剪刀小组的第二条座右铭，因为毕竟精力有限，经费更有限。

至于向热门电影《亡命天涯》致敬、打算集群离家出走的那封信，她结结实实地给了"A"，即情节严重、细节明确，但不能立刻抓住现行的事情。四天后，根据剪刀小组截获的信息，教导处的人于傍晚五点半在体育场西面的小卖部一举逮到了串通离家出走的五名男生。负责抓捕的教导处主任伪装成买烟，然后偶然遇到本校的男生，说你们几个晚上不回家吃饭在这儿干吗呀？那些男生支支吾吾，说初中同学聚会，哥几个约好去看电影。主任说哦，什么片子？男生说未未未来水世界……主任说哦美国大片啊，票子呢，让我看看第几排吧，另外，现在都流行像你们这样每个人都背这么大一个包去电影院的吗？

于是全部拿下。

高三办公室这里的踢踢打打声还在继续，南蕙背着书包没有多停留一秒钟。

不是不忍看，而是看多了就不稀奇了。倒是校门口的那群地痞混混们，依旧很坚忍不拔地守在原地，估计是不信他们等的人今天还能放学了不回家。教导处的人也陪着他们干瞪眼，南蕙没有像往常那样出了校门就过马路，而是避开了对峙双方火辣辣的眼神。

校门口还停着几辆接学生的小轿车和面包车。1995年的时候私家车很不普遍，开一辆奥迪就像后来的人开一辆奔驰，故而这几个家长都非富即贵。但南蕙并不羡慕·理论上，她也可以每天上下学有人开车接送，但以母亲的作风，这在实际操作上是不可能的，她一直要在同僚面前树立清廉又辛劳的女强人形象——用政府机关的公车接送子女上学，这是自毁前途、送把柄给人抓的傻瓜行为。所以南蕙每天都坐拥挤不堪的公交车。

谁知她刚走出学校不到两百米，就听到身后一阵喧哗——

"出来了出来了出来了！"

"追！"

"往哪儿跑！"

　　她猛转身，看到校门口那群混混们冲开学生人群，带着一阵杀气往自己这里跑过来。只几秒钟，似乎就要冲到面前，她本能地往后退了好几步，紧接着就感觉身边有个人影擦着自己的肩膀飞奔而去，似乎穿着校服。还来不及吸一口气，头发姹紫嫣红的小混混们已经像山中群狼一般追了过去。猎物和豺狼疾驰而过，学校教导处的老师并没有追上来。马路上的行人和学生都怔了片刻，然后又继续赶自己的路。南蕙在回家的公交车上一直都在回忆刚才发生的情景，她记得自己当时恍惚看到其中一个混混的腰里插着一截用报纸包好的东西。

　　看来那学生今天在劫难逃。

　　会被小混混缠上，应该是借读生。她想。

　　这样即便出了事，学校也好有个说辞了。收了那么多借读费和择校费，还有私底下的好处，也该承担点风险吧。

6. 监听 ══════

　　坐十站公交车到家，情形还是和昨晚一样。

　　当一个政府女强人干部女儿的另一个严重后果就是，她很少会和你一起吃晚饭。不出南蕙所料，今晚母亲又去市里开会，然后就是公款吃喝。作为职业摄影师的父亲又去外地拍摄照片了，家里只有她和刚做好晚饭的佣人，以及一个坐在客厅沙发上忐忑不安的中年人。不用说，又是来找母亲的小干部，天知道是塞钱来的还是跑官求情来的，反正最后肯定都会被母亲巧妙地推脱拒绝。那人一看到南蕙就连忙站起来，想毫无创意地夸奖一番她的外貌和区重点中学校徽："这就是李处长的女儿吧，哎呀，真是漂亮可……"

话没说完，南蕙已经无动于衷地进了自己房间，冷冷地把门关上。

南蕙知道自己长相并不可爱，只能算五官端正不长青春痘；区重点，这个区是教育大区，有五所区重点，而且要命的是头上还有两所蜚声全市的市级重点，南蕙她们学校想要减小差距赶超上去，就算奇才辈出外加给教育局玩命塞钱，估计还要个三五年，她自己高中毕业前夕是不指望看到了。所以，刚才那套话，小学五年级以前跟她这么说她大概还会真信。就像那个时候幼儿园老师说她长得漂亮像天使，小学老师夸她多才多艺像公主，初中老师夸她冰雪聪明成绩好工作能力又强，要是全班有一半学生像她这样，天下的老师都安心了云云……全是扯淡。而且这些老师的共同点就是，每次她妈开家长会都派秘书代为出席，她们全都表示理解万岁，如有必要，可以亲自登门拜访李处长，然后转过身来就一脸冰霜地斥责某某男生那个在菜市场摆夜排档忙不过来的老爹不来家长会是极其严重的态度问题。

　　房间里的时钟指向六点十分，南蕙已经记不清这是第几个只能自己一个人吃饭的晚上。她放下书包，想想外面客厅里那个谨小慎微的小干部，顿时没了任何胃口，便走进书房，拿起书桌上的电话机拨了个号码。三分钟后，她走出房门，对佣人阿姨说不在家吃饭了。阿姨一脸诧异，问："这么晚你去哪里。"

　　南蕙没好气地反问："你在隔壁不是都听得一清二楚么？"

　　她们家的电话有三个分机，客厅一部，书房一部，大人的卧室一部。之前打电话的时候，她听到话筒里传来怪异嘈杂的电波干扰，就明白是佣人在外面客厅用分机偷听。但她习惯了。佣人是奉了母亲的命令。此刻偷听者脸上红一阵白一阵，还不如这个孩子老练，讲："李处长关照过，晚上多读书做作业，不要乱跑。"

　　母亲在家也让佣人管她叫处长，弄得这个阿姨已经不会在南蕙面前使用"你妈妈"这个词了。南蕙没再反驳，而是走进自己房间从书包里拿出两张考卷，拍在客厅桌子上，数学 95.5 分，外语 97 分，都是今天刚发下来的摸底考成绩，两位老师的御笔朱批殷红无比。

　　"满意了吧？"

　　她反问一句，然后扭头就走，临出门时她才瞥见那个目瞪口呆的小干部除了公文包，脚边还有只黑色皮箱。她心血来潮，不忘恶作剧地再补上一下子："每次都送人民币，你们土不土？"

7. 侏罗纪公园

南蕙她们学校三个年级二十四个班，每班五十余人，上上下下加起来学生一千二百多，日常行为的监督管理一直是个复杂的领域。前几年市里提倡学生自主管理的自理能力，于是纷纷成立了学生自主管理委员会，简称"自委会"。其实明白人都知道，这是个装点门面、应付上头政策的摆设机构，里面的人员就是原来学生会生活部的那点学生干部，除了定期发点空口号传单、领导视察的时候突击表演一番之外，平时和养老院无异，养着一群不敢得罪老师、也没法得罪学生的好好先生们。

学生管学生能管好？我从没做过这种梦——这是教导主任私底下说的大实话。

没人反驳。

陪南蕙出来吃晚饭的人，就是摆设委员会的养老副部长陈琛，地点在她家附近的肯德基快餐店。那个年头，白胡子四眼上校进军中国才没几年，全国加起来大概还不到两百家分号，所以店里总是人满为患。此刻店堂里正反复播放着张学友去年的红歌《吻别》，陈琛看着来来往往的顾客，再看看正搅拌土豆泥的南蕙，讲："咱们一男一女两个高中生这么晚了在肯德基一起吃饭，还听着靡靡之音，你居然也不把校徽摘下来，影响实在太不好了。"

南蕙纠正："第一，你已经吃过晚饭了，现在只是负责在边上看着我吃；二，我们只是普通同学关系，光明磊落；三，不要老盯着我的胸部细节。"

言罢，还是将校徽摘了下来。其实就算上帝显灵让他们两人的班主任此时双双出现在桌边，也不会有什么麻烦事。

陈琛是高一（7）班班长，在学校里虽然一直是老实巴交不耍心眼，但父母都不简单，一个在电力，一个在工商，全是年富力强的中层干部，班主任见了只有客客气气的份儿，陈公子高一就当上自治委员会副部长也是因为这个缘故。更关键的是，南蕙的妈妈当年在区工商所上班时就是陈母的同事，只不过后来嫁给南蕙她爸之后就坐火箭调到市里去了。后来两家人的小孩正好又在少年宫的同一个国际象棋班里，接着又进了同一所初中，再然后都成了"原班人马"。南蕙每天早上坐的公交车开到第六站和第七站之间时，总能在自行车大流中看到陈琛骑着自行车疾驰而过，因为他的书包上印着侏罗纪公园的图案，在茫茫的学生车流中显得品味恶俗、审美自虐。

"请你不要侮辱人类历史上最伟大的科幻片，谢谢。"陈琛每次都会这样反驳。

因为双方父母的交情，也因为认识了这么多年两个人的成绩却从未差过，所以家长们从未干涉过他们的往来邦交。星期天^①南蕙时常会跑去陈琛家下几盘国际象棋，陈妈妈总是友好欢迎，并且不忘给女孩冲一杯她百喝不厌的麦乳精。有时候陈家父母会殷勤留她吃饭，她总是借故溜走。倒不是母亲不允许这么做，而是她自己不愿意。遥想当年，和南蕙来往比较近的男生就两个：小学少年宫认识的陈琛，以及初中学生会认识的邓恺墨，这两个男生南蕙母亲都知道，也都很欣赏，便不反对南蕙和他们的正常来往。

就算若干年后没有成为恋爱对象，也可以是一条很好的人际关系。南蕙知道身为官员的母亲一定是这么想的。

但后来邓恺墨那个在政界和文化界门生众多的校长爷爷去世了，小有名声的特级教师父亲也病故了，又赶上陈琛的父亲官升两级，母亲对两个男孩的区别对待也显露出来了：在陈琛方面，她的话是"注意分寸，学习为重"，对于邓恺墨，却变成了"不要走得太近，影响彼此的前程"。李处长身为职业官僚，说话的微妙区别就代表了态度和决策上的巨大差异，南蕙作为李处长的职业女儿这么多年，已经完全能听出这微妙中的玄机。

要是她知道自己的女儿不但没有和邓恺墨保持距离，反而成为了秘密小组的并肩战友，会是什么反应

---

① 1995 年之前，只有星期天是休息天。

呢？南蕙对这种危险的结局总是既期盼又抵触。

至于陈琛这边，虽然也知道邓恺墨的存在，但从没多想，南蕙自然更是从来没试探过。在她眼里他永远是个一个电话就能叫出来陪吃饭陪聊天陪下棋的三陪人士，心眼是既不缺也不多，这在学生干部里实属难得一见。邓恺墨和他相比，简直是浑身上下长满了心眼，就像他在招募南蕙时说起的初二年级那起监视事件，她本来一直以为邓恺墨对此一无所知。

8.同桌的你丫

当时，南蕙还只是初二（5）班副班长，邓恺墨在几条马路之外的高中部当高一新生。

有一次他们班有个天真无邪的蠢材写了封控诉班主任的匿名信给校长，结果那信原封不动被交给了班主任。班主任为此找正副班长开小会商讨，从小学就开始辨认笔迹、技术水平正迈向炉火纯青的南蕙粗粗扫了一遍信，就在上面用铅笔写了个阿拉伯数字的班级学号。果然后来查实了就是那个学号的学生写的信。

现在想来，这也算是最早的"剪刀"了吧。

打那之后，南蕙就备受班主任重用，甚至派往最危险的地方，比如和班里一个后进生做同桌。不出一个礼拜南蕙就在同桌这里发现了一本黄色书刊，是被塑胶带粘在课桌底部的，还有一副扑克牌，一本拳皇93的秘笈手册，若干本《七龙珠》漫画，一把仿真的气弹小手枪，塑料BB弹无数……这些私人藏品的曝光让该男生一夜之间成了年级里警告处分单的暴发户。青春期遇到这种事，换做谁都会有点恼羞成怒，这也就不难怪某天放学后南蕙走进那条常走的弄堂时，遇到久等于此的同桌——对方要和她共唱一曲很有爱的《同桌的你》，只不过伴奏的乐器是一截钢管。

幸运的是，那厮平时不思进取，但也只是把精力花在玩乐上，打架之类的不是行家里手，也不认识外面的混混，只能自力更生，艰苦奋斗。更幸运的是那段时间陈琛的自行车被偷了，只能坐公交车上下学，然后正好遇到劫道的这一幕。而且这天他还戴着一顶印有侏罗纪公园图案的帽子，作为一个拔刀相助的英雄来说，非常没有形象可言。

省去两个菜鸟的可笑暴力场面，最后那个男生被开除了，南蕙没被破相，只是余下的初中岁月再也没接过监视举报任务，而陈琛的左手背上则多了一道疤，不是被钢管弄的，是他倒下时被路旁垃圾堆里的废弃竹篾划伤的。为此，李处长大人专门登门向陈家父母道谢，而在此之前，班主任和副校长则登门向李处长深刻道歉。撇开大人们的互访，陈琛后来又对南蕙放学保护了半个月，确认被开除的小子没有报复的意向了，陈琛才开始骑他父母新买给他的捷安特。

　　她还记得当时陈琛很天真地问她："你好好地做你的班长，掺和这种事情干吗？到时候被人发现了，第一个倒霉的就是你啊，他们又不敢把老师怎么样。"初二小萝莉南蕙听完笑了笑。陈琛的父母从来没有给他任何压力，没有强制灌输"要成为精英"的理念。他不会像她那样，小学四年级时因为数学测验比年级第三名差了两分，没能成为全年级的三名大队长之一，结果被母亲狠狠打了一顿，晚饭都没得吃。这是他的幸运，也注定了他无法完全理解自己。

　　她只是讲："谢谢你救了我，我请你吃肯德基吧。"

　　这就是他们第一次一起吃肯德基的原因。

　　两年之后的今天，南蕙让陈琛陪她出来吃饭，还是在这家肯德基，陈琛拿薯条时用的那只有疤的手，总是她目光最想回避的东西。

　　但此时的陈琛正忙着大吐他的外语苦水，没有觉察到女孩的思绪飘移。说来也是多出来的破事儿，市教育局明年五月初要接待一个法国过来的中学代表团，南蕙他们学校是重点中学典范，不幸被抽到头彩，代表团参观的第一站就是本校。为了接待这批百年一遇的西方国家外宾，学校安排了不少项目，其中之一就是合唱队演唱《马赛曲》。为了把这"马"的马屁拍到位，还要用对方母语演唱，为此专门请了外国语大学的教授来指导。这下可苦了陈琛他们这些合唱队员，每次排练前都要学习那种"像喝粥烫到舌头"的外语。

"你说诞生了那么多伟大思想家、艺术家和作家的民族，怎么会说发音这么抬杠的语言呢?"陈琛拿起可乐杯子，"还有那天煞的小舌音 r，每天早上刷牙前要含口水练习，就像这样……"

南蕙一把夺回饮料。

她可不想看陈琛当着自己的面漱口。

真恶心。

"对了，五中的那件事，你听说了么?"陈琛表演欲望受到了压制，只能换了个话题。

南蕙当然知道，她的小道消息来源可不光是本校学生的口口相传，还有那些外校来信的窃窃私语："你说班主任课堂上掌掴学生? 不是传言吗? 已经证实了?"

陈琛遗憾地摇摇头说："没有，但是我初中同桌就在那个掌掴学生的隔壁班，他说是真的，打了七八下，腮帮子肿了不说，连槽牙都松动了。"

南蕙不屑："说得跟真的似的，每次传谣言都是这样，有没有新意? 这么明目张胆的事，报纸上怎么什么都没写? 再说，真要让老师动气到当堂打人，这学生得混账到什么程度?"

男生一如既往地说不过她，只能小声抗议："关键是，打了人老师还不受罚，这世道……哎，算了，还好，起码我们学校没这样的，连一个拆看信件的老师都没有，我同桌的笔友都觉得不可思议。"

南蕙把用过的餐巾纸揉成团塞进空了的薯条盒:

"对，你命真好。"

吃完东西回到家，父母依旧没有回来，那个小干部倒是走了。南蕙正要回房间做作业，佣人却告诉说，之前有个男生打电话来找过她，号称是他们班生活委员，给她留言说明天记得把借给她的剪刀带去学校还给他。南蕙点点头说我知道了，便径直进了房间。十分钟后她终于等到佣人进浴室洗澡的机会，蹑手蹑脚进了书房，打了个电话给"班级生活委员"。

电话那头邓恺墨的声音有些疲倦，讲："这么晚打扰你真不好意思，但实在是有情况要提前告知你。"

"怎么了？"南蕙边问边掐着手表，这个佣人洗澡很快，她必须把时间限制在一分半钟内。

邓恺墨也习惯长话短说："明天一早提前去教研室，滕逊老师有事找你，很重要。"

9. 危险等着你

一般而言，在科研方面有才华的人，人际交往的手腕方面总是欠缺一些。但438的发明人、剪刀小组指导老师、诺贝尔化学奖热门候选人滕逊老师却是朵一反常态的奇葩。

这个名牌高校毕业的化学系高材生在大学时代也是

学生会的副部长，跟团委老师混得很熟，本来完全可以进一些实力雄厚的化工企业。没曾想那年大四刚开学，他做完实验在离开化学实验室时忘记关紧一个设备的阀门，结果当天深夜那个实验室发生了爆炸，幸好没有人员伤亡，就是经济损失惨重。要不是逊哥儿在团委那里关系牢靠，恐怕早就被学校开除。自己的学生档案上被记录了这么石破天惊的一笔，想进入名牌企业或者国家重点单位是不可能了，只好家里托关系来中学当老师，教高一年级化学。

滕逊为人师表之后也没丢掉攀附关系的特长，碰巧分管总务的郑副校长和他是同一所大学毕业的，一来二去就熟稔了。化胶药水 438 是他一项伟大的发明，当初滕老师为了上头的一道命令，牺牲了自己的暑假休息时间，在学校的化学实验室泡了整整两个月，用掉了无数化学药剂材料才研制出来。这也成为了他非常雄厚的功劳资本，所以当剪刀小组正式建立，需要一个带头指导的老师时，郑副校长极力推荐了他。

当了指导老师的滕逊自然感恩戴德，每天跑副校长办公室的次数，比来"教材研究室"的次数要多得多。只有当郑副校长很忙的时候，滕逊才会长时间待在化学老师办公室或者剪刀小组这里。而每次他一在这里，只会做两件事情：一、称赞南蕙和邓恺墨的工作出色；二、夸耀郑校长对待自己如何亲切和不拘小节。就是不谈剪刀小组的具体工作。

夸奖工作出色是因为滕逊知道南蕙的老娘是干吗的，知道邓恺墨的来头和他在校领导眼里的分量。至于那个小唯，因为没有什么背景，只是从小就极其听老师的话才进来的，滕逊一直把她当空气处理。夸耀自己和副校长的关系，那是他憋不住的本能，用邓恺墨的话来说，"他一天不夸耀一下就会死的"。更要命的是，此人嘴巴不停，不说话的时候就喜欢小声哼哼黎明的流行歌曲，据说是大学时做实验为了防止枯燥而养成的习惯。哼就哼吧，还总是走调。本来黎天王就已经有走调的小毛病，被滕逊二次加工，更加走到西伯利亚去了。

活该你爆炸。南蕙想。所以她和邓恺墨都一直希望滕逊老师长年驻扎副校长办公室，别老在剪刀办公室里晃悠。

这次南蕙终能如愿了，因为"我们的孩子"出问题了。

"我们的孩子"在这所学校是个专有名词，专门被高中部的"原班人马"拿来称呼本校初中部的学弟学妹。这个叫法代表这三种感情的复杂融合：对初中部小屁孩的善意轻蔑和夸张恶搞，也有对自己过去岁月的怀念，以及对本校传统血脉的自豪。

不幸的是，在这个师长们看来年轻人思想礼崩乐坏的年月，初中部也不可避免地感染到了不良的风气。比如昨天有一个压力过大的初三学生自杀未遂，还有群初一的小混球被发现赌球，再往前推一个礼拜，一个初二男生和一个初一男生为了一个中预班①的女生在校外大打出手（他们说这是决斗），结果被路过的派出所民警逮个正着。校方由此越发觉得相对年幼、更易冲动的初中生比高中生更需要严格的监控，所以初中部也要建立相应的剪刀小组，并派遣高中的剪刀到初中部进行实际操作培训。

这个任务落在了南蕙头上。

"这五天里，每天中午的休息时间，你都要去初中部向那里的指导老师报到。"滕逊只有在传达上头命令的时候才显得有点领导气质，"你不在时，Vicky 会负责日常的事务，Camel 也会时常过来。"

老爱给人起英文名字也是滕逊的恶习之一，生怕别人不知道他大学时代在外资企业实习过两个月，所以剪刀小组三个学生无一幸免。滕逊从来不叫他们的中文名，Camel 是邓恺墨，Vicky 就是小唯——他给南蕙起的外语名字是 Nancy。南茜·南同学非常痛恨被叫这个名字②，恨不得现在就去初中部执行任务。

前提是不知道危险在等着自己。

---

① 中学预备班，初中时在初一之前念的年级；在部分地区又叫小学六年级，在小学就读。
② Nancy 在人名中本意为温文优雅，但也拿来指娘娘腔的人。

S eason ②

情人①

① 《情人》：1992 年出品，改编自法国女作家玛格丽特·杜拉斯的自传体小说，由港星梁家辉与少女明星珍·玛琪主演，全片怀旧浪漫情调，画面优美，男女之间的情欲场面也拍出了火热的挑逗感觉。杜拉斯在影片上映后对影片持否定态度。

1.小柏林墙 ====

　　初中部距离高中部四条马路之外，四个年级二十四个班。最有名的风景是学校东头的高围墙，因为墙的另一边就是著名的市属第五技校。在初中部家长的印象中，这样的格局就像魔鬼住在天使的隔壁。初中部老师羞辱成绩差的学生最常用的话就是"你这样的水平，以后也就考考隔壁学校了"，学生之间的嘲讽也是"以后记得翻墙回母校看看"。

　　技校职校中专的学生打架彪悍，这点几乎是当时国际社会一致认同的。初中部学生每年最常看到的现场大型竞赛运动就是隔壁技校的学生在操场上打群架。几十号人操着课桌椅的木腿或者半截自来水管混战于一处，厮杀声震天，蔚为壮观。打完之后总有作战骁勇的战士受到奖赏，奖赏就是进少教所度假。以前还有被追杀得紧的逃兵狗急跳墙，攀着墙头翻到初中部这边来，然后及时被学生处的老师抓住，作为战犯扭送回技校。所以每每遇到隔壁打架，除了挤在教学楼窗口看热闹的初中生之外，精神最紧张的要属学生处的老师们，经常巡逻于墙下。就算平时没战事，也会有技校混混爬坐在墙头上边抽烟边观察各色小美女，等我校老师赶到，就一个翻身逃走了。初中部校方只好和技校磋商，把墙越加越高，墙头还安上了铁丝网和金属尖头，若不是担心电费太高，搞不好还会通高压电。

于是这堵墙就被称为"小柏林墙"。

即便是今天，还有学生处的老师不定时地在小柏林墙下面巡逻。

学生处相当于高中部的教导处，为了便于区别才叫这个名字，另外学生处的老师人数较多，因为会有副科老师兼职担任。和高中剪刀组不受教导处的领导不同，初中剪刀小组的指导老师由学生处指派。来之前邓恺墨就告诉过南蕙，初中剪刀的指导员是她的老相识，南蕙初一和初二时的班主任，教历史的严笑如。当初派遣南蕙监视自己新同桌的，就是他。

这是她在初中部最不想见到的人。

初中部规定星期一到四都要穿校服，为了避免引人注目，南蕙从衣柜里翻出了初中校服。此刻返老还童的"初中生"南蕙看着眼前的严老师，感觉说不出的古怪。其实严笑如很年轻，今年三十六七，总是笑容满面，但同僚和学生给他的外号揭露了本性，"笑面虎"。

"你毕业之后都没来看过我呀。"笑面虎和她打招呼。

"学业繁忙，剪刀的事情也多，十分对不起。"南蕙回答得有理有利有节，就是不带什么感情色彩。其实当年南蕙多次举报同桌之后很早就担心会被报复，但当时的严笑如麻痹大意说不会有事。结果她真的就差点遇到了危险，如果不是陈琛出现，南蕙有什么糟糕后果很难预料，那么无论后来严笑如如何赔礼道歉，都将于事无补。

你是无法被原谅的人。她想，为什么要回来看你？

笑面虎自知无趣，耸耸肩，帮她打开那扇门。房间里站着三个初中学生，原本正在交头接耳，见两人进来了，赶紧挺直身体，朗声道："老师好。"

见到老师必须大声问好，这是初中部的诸多严厉校规之一。见严笑如关上房门，南蕙才朝他们摆摆手：第一条规则，剪刀的房间里不要大声说话；第二条规则，剪刀的房间里没有校规，只有秘密。

几个学生面面相觑。

一群菜鸟。她想。但可靠就好。

进了剪刀的房间，不再有校规，不再有法规，不再有道德，只有一大堆秘密，和你的眼睛。这是每个剪刀要明白的第一课。

剩下的，就只是细节操作了：白手套，编号，438，下划线摘抄，重新上胶。南蕙揭开一封紫罗兰色的信封封口，438已经化掉胶水，并在台灯光线的照射下挥发干净。

"确保封口干燥后，才能取出里面的东西，"她用镊子水平方向缓缓地夹出信件，与此同时一张折起来的十元纸币掉了出来，正好落在下方垫着的白色铅画纸上，"信件中经常有各种各样的附带物品，尤其是小面额的纸币，记住它们当初是叠在信纸的上面还是下面，放回去时一切都必须原封不动。"她在铅画纸上方展开信纸，确定信纸里没有夹带别的东西，然后才阅读起来：

……我们班也有很多男生放学就往电脑房跑，真不知道有什么好玩的……对了你们班那个坐标小姐真的和小混混搞在一起？这么吓人呀？那还能做课代表？我妈还说你们学校多少多少好呢，原来也有垃圾学生，那你们平时还是少惹这个（3，1）吧，万一……那个吸血老婆的传闻是真的么？……

坐标小姐，课代表，和小混混搞不清楚。南蕙思考片刻给了一个"B"级评定，然后翻看了信封，寄给初二（4）班的周丽芳，扭头问三个菜鸟："你们谁认识初二（4）班的人？"

笑面虎发话了："我是他们的班主任。"

南蕙怔怔，讲："能给我这个班的座位表么？"

初二（4）班座位表

```
┌─────────┐
│  讲 台  │
└─────────┘
```

陈俊杰	孟菲思	郭小明	夏小米	姚瑶	居理	张怡微	颜苏舞
徐璐	李姗姗	魏天一	项国托	滕洋	刘媛	刘小禄	程让
鲁一凡	刘帅	侯汐	吴大越	卫天成	吴清缘	刘宇	莫尚桑
李航	周宇麒	徐兆明	夏达	李聪	陈默吟	周丽芳	肖明明
周弋扬	杨超	潘沛	徐余琳	任逸健	许哲	顾诗雨	李晓雅
王仲	孙东兰	赵魏	朱言青	张敏	丁晓辉	高铮	李天宇
周峰	李泰民	王小虚		沈旭	潘军	刘安宇	

名字有下划线的就是十二门科目的课代表，语数外物化生地史政美音体，俗称的十二星座黄金圣斗士。

周丽芳坐在第一组第四排的靠窗，如果用平面坐标系给别人作为定位，那么自己肯定就是（0，0）这个原点，可这么一来（3，1）是墙壁。

有个小剪刀忽然想到了：座位表是死的，但是每星期各小组都会往窗户方向换一组人。但话音刚落，他自己也发现了问题所在，即换小组只会让横坐标的数据发生改变，纵坐标是不会变的，纵坐标为"1"，代表那个人坐在周丽芳的前面一排，可她前面的两个科代表都是男生，分别是物理课代表刘帅和体育课代表莫尚桑。这一排上唯一的两个女生是侯汐和吴大越，她们是否做过课代表不说，因为每个月有三个星期坐在周丽芳的左侧，横坐标应该是负值才对。

房间里的人陷入沉思。

忽然南蕙问："严老师，周丽芳平日和谁关系最好。"

严笑如回忆了一下："潘沛，还有同桌肖明明。"

南蕙又扫了眼座位表："来信里对周丽芳用'你们'称呼，说明一样知道这件事的还有另外几个人，而且应该是和她要好的女生。既然能发明班级坐标，肯定是一个班的；肖明明和周丽芳基本上在同一个坐标位，但潘沛就不一样了，她前排八个人里只有一个课代表，假如潘沛是坐标系原点，那么这个人的位置正好是（3，1）。"

言罢，所有人的目光都聚焦在座位表上。其实南蕙刚一拿到座位表时，就猜是这个人。只是剪刀小组靠的不是主观感觉，而是要在传闻中推导。

陈默吟，初二（4）班音乐课代表，年级风云人物，或者叫风波人物，英文外号："Miss Trouble"。

2."Miss Trouble"

每个人麻烦的根源都不相同，有的是性格，有的是出身，像陈默吟这样的就是相貌。一个女人太丑了不好，太好看了就更加糟糕，这意味着没有很多人会同情你，反而会敌视你和嫉妒你，还有那些求爱不成由爱生恨的人——即便是在这样一所比较看重学习的区重点初中。

南蕙相信，"坐标小姐"这样的外号对于陈默吟来说已经太友善太友善了。

陈默吟在初二（4）班的成绩属于中下游。她生在离异家庭，父亲在国外，母亲改嫁，但没再生小孩。后来有人评价她长得像香港女星杨恭如，尽管1995年杨美女还没出道。反正在陈默吟还是个幼儿园小萝莉的时候，就差点被人贩子拐走卖到山里做童养媳，还好被公安干警及时救下。小学时，她总被老师挑去做某某文艺表演活动的主持人；等到了初中，麻烦终于跟随来，其主要艺术表现形式就是源源不断的情书、纸条、贺卡，还有放学之后的跟踪尾随。在陈默吟收到的那些纸条上，你可以看到所有当下最流行的电影、演唱会、美食、音乐磁带的邀请，甚至还有居心叵测的游览动物园。还记得以前那些翻墙坐在墙头上抽烟看美女的技校同学么？他们中有很多人就是冲着陈默吟的盛名而来的。

一言以蔽之，就是一块磁石，一堆铁粉。在南蕙念初二、陈默吟刚进初中念中预班的时候，她就听过很有文学素养的语文课代表这么评论本校新任校花：她得出现在多少男生干燥或者湿润的梦境里啊。

那个课代表错了，因为后来发现悄悄追求Miss Trouble的人里面居然还有女生，足以让老师和其他女生感到崩溃。光这样也就罢了，更关键的是，陈默吟面对如此多的追求者从未有过任何回应，也没有目击者宣称看见她和别的男生独处，只唯独对大她四届的邓恺墨表现出了好感。

那年邓恺墨刚进高中部，没有直升而是高分考进，按理要回初中母校给学弟学妹讲学习方法。讲座的同时还通过电视机在全校播出，中预班的陈默吟也看了。结果过了两天，初中部教学楼的宣传黑板栏上就出现了大字报，写字的人"标题党"学得很好："校花陈对校长孙子一见钟情！！！！！！"

天下哗然。

在老师出现之前，也没人去擦这个新闻，反而一传十十传百，成为举校皆知的秘密。学生处也没急着追究写字的人，倒是先让班主任把眼眶通红的陈默吟请到办公室一叙。出来之后陈默吟三天没来上学，号称例假。有刻薄者一语双关地评价："还以为她（它）不来了呢。"

南蕙不知道邓恺墨当时是什么反应，那时他那个特级教师的父亲还健在，大约是觉得沉默是金。反正后来关于MT·陈的绯闻传闻谣言传言从没断过，最后也就不了了之。所以南蕙在初中部截获关于陈默吟的消息，一直都没告诉邓恺墨。

"这个房间里的秘密，只在这个房间里讨论"，这是剪刀的规矩之一。

另一方面，光那天下午初中剪刀组发现的信息，就让学生处查到了一伙游戏机房赌博的、两伙去电脑房的，以及若干早恋嫌疑的学生。这早恋的学生里自然也包括写情书给陈默吟的，谁叫她历来都是情书大户。只不过以前的那些情书封壳上都没写寄信人，学校老师也不好拆，都是陈默吟拆完看完然后带回家，也不知道拿去当手纸还是糊窗户。现在可以提前一步看到信的内容，自然就能知道是谁写的，除非还真有做好事不留姓名的柏拉图式情圣。

被抓获的男生均被带到学生处谈心，也有直接罚跑操场二十圈的。这方面严笑如就是翘楚。倘若陈琛说的谣言是真，那么五中那种当着全班的面掌掴学生的班主任实在太没水准了，也太沉不住气了，火候不行，跟笑面虎一比就是个雏儿。以前南蕙被他教时，笑面虎就喜欢罚迟到的学生，冬天引体向上俯卧撑，夏天跑步，就当锻炼身体，结果歪打正着让南蕙他们班的体育成绩普遍走势上扬。后来教育局明令不得体罚，就改为罚抄写历史课本的某一大章节五遍。当然这只是上学迟到之类的小事，遇到早恋这种大事，严笑如就和男生谈，你是"自愿"跑二十圈还是把你父母请到学校来一起欣赏他们儿子的浪漫爱情主义文学创作成果。

区重点初中里，没人愿意自己爹妈因为这种事情被请到学校。

但他们都不能拿陈默吟怎么办，因为没有证据显示她和哪个男生有瓜葛，学校里关于她的传言多了去了，一封说她和混混在一起的信不能证明什么。

"要是能抓住她的把柄，我早就抓了。"严笑如坦诚，"她要么很可怜，要么就很狡猾。"

南蕙表露出虚伪的惊讶："你居然没有让她的同桌监视她？"

严笑如知道她是在耿耿于怀两年前的事："因为你，我再也没有搞过这种活动。"

女孩说："可你现在还是在剪刀小组。"

历史老师竖起食指："都是上面的意思——你是我教过的最聪明的学生，无论是从哪方面，我当初也不想后来的局面。"

南蕙说："那么你最聪明的学生当初在回家路上遇到危险的时候你在哪里？在电话亭里换红色披风？[①]"

内部沟通不欢而散。

3. 急刹车 ══════════

　　有些事情，你觉得它是对的，那它就是对的；如果

---

① 英雄电影《超人》里主人公从记者的掩护身份换装成超人制服的经典桥段。

你怀疑它是错误的，那你就可能输掉正在进行的一场战争。

严笑如虽然有着不可原谅的过失，但南蕙已经不能摆脱他对自己的影响。是他让她在年仅十五岁的时候就有了并不光明的"前科"和"案底"。只不过那时的南蕙并不是无知的幼儿园小朋友，当被告知自己要去监视同桌时，问："这，这样做……好么？"

于是就有了严笑如告诉她的关于对错和战争输赢的谆谆教诲，并说，我们已经在一场战争里了，色情，暴力，早恋，逃学，抽烟，酗酒，游戏机房，恶少，都是我们的敌人，学校的敌人，教育的敌人，你想赢吗？那就不要自我怀疑。

后来，当那个唯唯诺诺的"Vicky"小唯进入高中的剪刀组时，也悄悄问过比她早进来半个月的南蕙同样的问题，毕竟私拆信件是违法行为，她虽然上了这条船，心里还是没底。于是南蕙就把严笑如这句话原封不动地转给了她，并叮嘱："以后不要再问这种自乱阵脚的问题。"

"你可以困惑我们的所作所为，也可以无奈，但不要说出来。"——这是剪刀组的第三条座右铭，但没人承认它的存在。

就这点而言，笑面虎功不可没。

前往初中培训的第三天，南蕙终于发现了那个外号叫"阿健"的混混，纯粹是走运，走厄运。

鉴于初中部剪刀很快进入正常运作，所以昨天开始，放学之后她不必再去初中。加上这天高中部也没有多少信件，她走得比较早。南蕙放学从不和陈琛一起走，这是惯例，为的是避嫌。当她上了一辆公交车时，忽然发现陈默吟也在车上。这班公交的上一站就是初中部附近，这个南蕙理解。但是据她所知陈默吟家住其他区，每天是坐地铁一号线上下学的，现在这个公交车路线和回家完全是南辕北辙。

正意外着，陈默吟倒是先看到了她，打了个招呼。这辆车人不多，南蕙知道自己躲不过，但在初中部培训的这几天她都是中午很早就来，午休时间结束打铃之后再走，期间一直关在剪刀室，陈默吟应该没有发现自己，于是索性迎上去，真诚地一脸意外："是你呵，这么巧。"

"是啊。"陈默吟并没有显露出什么不自然，"今晚去姨妈家吃饭，难得坐这路公交。"

当初陈默吟刚进初中参加学生会文艺部，面试她的就是副部长南蕙，但也只是开过几次会，后来南蕙升了干事长，就没什么工作关联。再后来她初三一心只读圣贤书，就更没联系。南蕙本来还以为她已经把自己忘了，没想到倒还记得。不过很快她就明白了陈默吟还记得自己的原因——

"那个，邓恺墨，邓学长，他现在在高中里还好吧?"陈默吟看着她问,像是试探着什么,眼睛里闪过一丝光泽。

那时日本漫画里"学长"这个称呼并不普及,南蕙觉得陌生而古怪,转念一想原来这女孩是真惦记着他啊,便讲:"挺好,就是很忙,高三了,学生会也不做了。"

"哦,那学姐你还在学生会么?"

"文艺部,普通小干事。"

"以后也会做部长的吧?"

"谁知道呢,高中部那群老师,有时候想法也怪怪的,而且进了高中学业会很忙,比初中苦多了。"南蕙说着拍了拍自己沉重的书包。她这是在塑造一种被学业压住的假象,让陈默吟放松警戒。但从她主动打招呼来看,似乎本来就对南蕙没有什么戒备。

"嗯……学姐你从初中的时候一直跟着邓学长在一起做事,一定行的。"

"哪里,现在觉得还是初中幸福,还有小学。"

"可是我很羡慕学姐。"

"嗯?"

"他们说,初中的时候,学姐和邓学长关系很好,像战友,又是朋友……"

"普通朋友。"

女孩眼睛睁大,大得很好看,也很好笑:"可是他们说,因为学姐直升高中部,邓学长才考进高中部——

他一定是喜欢成绩好的女孩子。"

　　显然陈默吟是把邓恺墨和南蕙看成一对了。南蕙听到这话无异于感觉这辆公交车开到时速九十迈然后来个急刹车，心想这是哪儿跟哪儿啊，初中时期她和邓恺墨完全是工作关系和单纯的朋友。那时候她倒是天天放学后去陈琛那里下棋。果真是人在江湖，却不知道江湖关于他的传说是多么不靠谱。她看着初中女生的侧脸，初二，自己当年奉了严笑如的命令监视同学也是这个年纪，真是什么都相信什么都会去做的年岁。

　　"你呢，你在那里过得好么？"南蕙岔开话题。

　　"还好……"

　　假话。南蕙想，但并不觉得奇怪。她念初三的时候，陈默吟在学校受到的各类恶作剧便有耳闻，比如趁她上厕所的时候被人反卡住小隔间的门，然后外面洒进来自来水；还有就是圣诞节收到匿名礼物，结果打开来一看是安全套。诸如此类，等等等等。被叫做"Miss Trouble"，不光因为她给别人带来麻烦，也意味着她自己有着各类麻烦。所以她才喜欢成绩优秀、内涵深厚的邓恺墨吧，因为自己一直被人认为空有好皮囊？南蕙打断乱想，继续试探："以后打算考什么学校？"

　　"中戏，或者北影。"陈默吟的回答倒是直接跳开了高中阶段，应该是意识到自己考不进本校高中部的。

　　车行四站，陈默吟到了。南蕙和她道别，但女孩前脚刚下车，南蕙就从之前靠外面的一侧换到了靠车门的那一侧。电车启动，她在摇晃中终于看到了自己猜测的画面：一个穿着夹克外套的男子正和陈默吟打招呼，然后女孩骑上了男子的那辆黑灰色新大洲助动车——刚才在车上陈默吟就没有穿校服外套而是别的衣服，显然是换下来塞进书包了，这表明很有可能等会儿要在大庭广众下和谁见面。

判断正确。

而南蕙也从那个男生的侧脸轮廓和左眼的疤痕认出了对方，然后脊背一寒。

南蕙初中时代也经常是在教学楼上观摩隔壁技校打群架的观众（当然还有陈琛），反正不要门票，也没危险，看看无妨，到底看客文化也向来是种传统。那时候技校有个男生打架勇猛，经常能看到此人同时以一敌三，棍棒和拳脚并施，数度出入敌阵并全身而退。但是后来有一次群架时他遭到背后偷袭的毒手，左眼角被人打出一道口子，依旧奋战不止。等恶战结束，少年英雄的脸上已经血泪成河，这才被送到医院缝针。从那以后初中部就给这人一个外号——"刀疤[①]"。但据消息灵通人士说，技校的人都管他叫"健次郎"，简称"阿健"。

① 刀疤，1994 年迪斯尼经典卡通片《狮子王》中反面角色的名字。

没人知道他胸口有几个伤疤①。

再后来有一天，这个叫"阿健"的家伙从隔壁学校消失了，据说是被开除，原因不明。鉴于初中部的人一致认为从这所技校被开除和毕业其实没什么区别，所以大家都在揣测开除的原因更多一些，不过从来没有定案。而阿健的消失，也使得技校操场上的群架战役的可欣赏度失色了很多，大家都很想念他。

如今阿健再度出现，南蕙却高兴不起来。你们两个，打算去干吗呢？她看着这一男一女消失在车窗外的死角里。

第二天一早，上帝他老人家就用"初中部女生连续遭到袭击"的消息暗示了南蕙这个问题的答案。

4. 原则性强的劫匪 ════════

遭到袭击的两名女生都是在放学回家的路上，第一个是晚上六点半，晚自习后，天色半暗；第二个是晚上八点半，天色全黑，从老师家补课结束回来。地点也都是在僻静幽暗的小弄堂里，歹徒手法一致：从背后将女生一棍子打晕，然后翻开书包，劫取钱财，并将剩下的东西扔得到处都是。然后这位神秘的怪盗什么也不做就

① 上世纪九十年代经典日本漫画《北斗神拳》中，男主角健次郎的胸口上有北斗七星布局的伤疤。

溜了，连内裤都没碰，只是让其脸朝下俯卧。倒是后来路过的群众看到这幕给吓了一跳，因为地上都是天女散花般的教科书和文具，一开始还以为是受不了学业压力的学生想不开从楼上跳下来的，赶紧报警。

劫财不劫色，遇到这种很有原则的劫匪，无疑是两个女生在不幸中的万幸。可对于打劫的来说，这种敲晕只为求财的做法，性价比有点低，还不如蒙上面直接往那里一杵，举着水果刀说："借钱。"警方认为也有可能是被当场拍了照片什么的，然后衣物又穿上，作为变态色情狂的私人摄影收藏。但初中部的很多人都不觉得是这么一回事儿，至少初二（4）班的人都不这么想。因为这次出事的都是他们班级的，两人关系很好，还有一个共同点，那就是一直欺负陈默吟。

受害人正是潘沛和周丽芳。

发生袭击案的翌日一早，陈默吟就被严笑如等一干学生处老师像保护国家首脑一样重重围着带进了学生处问话，其慎重的神色好像陈默吟走在学校里会随时被附近楼顶上的刺客狙击手一枪干掉。但不出南蕙所料，一个小时之后她就安然无恙地出来了，眼圈还是红红的，但无法被证明和昨晚的事情有任何瓜葛。当晚六点开始她一直都在家里做功课，她母亲、继父还有隔壁邻居都能证明。

南蕙知道，都是阿健做的。

但假如没有证据，说出阿健这条线索也是白搭，打草惊蛇不说，搞不好自己也会陷进危险。剪刀所能做的，只有"剪断"对方的联络渠道。陈默吟在学校收到的所有信件都会被剪刀组重点审核，家里也没有安电话机，她的私人信件也会被陈母检查（这些做过家访的严笑如可以证明），但她却能和阿健联系好放学后在车站等她，说明在学校里有其他的联络渠道。

南蕙把目光放在了小柏林墙上。

小柏林墙全长八十米，高三米有余，厚八十厘米，顶端有铁丝网和尖头，周边没有高大树木和电线杆，似乎无法逾越。以前曾经有个市五技校的小混混深更半夜想要翻墙过来偷点东西，好不容易从那边爬上来，谁知千小心万小心，都没料到墙头上还涂了不知名的油料润滑剂，结果这小子不小心滑了一跤，脚崴了不说，还让铁丝网给勾住了衣服，又被金属尖头划伤了小腿，绳子什么的作案工具都掉下去了，墙高三米又不敢随便跳，于是只好在墙头挨了一个晚上，第二天一早才被学生处的人搭梯子救下来，扭送派出所。

纵使阿健身手再怎么矫健，想要光天化日地频频翻进翻出，还是有些苦难的。把纸条塞在什么东西里隔墙扔过来倒是难度不大，可怎么保证墙这头的陈默吟一定会收到呢……

敲门声打断她的沉思，开门，初中部的小剪刀走进来："抱歉，迟到了。""没关系。"南蕙说。今天中午剪

刀办公室没有老师在场，严笑如因为袭击案的事情被叫
去学生处开会了。虽然对陈默吟抱有巨大的怀疑，但是
对外还是要大力宣传学生增加自我防范意识。

"前面遇到'MT'了呢。"小剪刀戴上白手套，讲，
"没想到这种时候还有心思踢毽子。"

南蕙皱眉："踢毽子？"

"是啊，她每天中午都会在北墙那里踢毽子，都踢
十来分钟，从不间断，除非下雨。"

"观察得这么仔细？"

小剪刀怔了怔："啊，只是碰巧看到，真的。"

"别紧张，生活中善于观察细节是好事，我不会跟
严老师说的。"南蕙安慰他道，然后讲，"我去下卫生
间，很快回来。"

在初中部读了四年书，南蕙闭着眼睛都能在学校里
逛上一圈却不摔一跤。她选择了人最少的路线来到教学
楼四楼北侧，从走廊尽头的窗户往下看去，陈默吟果然
在那里自娱自乐。她在学校本来就没什么朋友，如果说
袭击案之前还有人可能在体育课上跟陈默吟打打羽毛球
之类的话，现在肯定一个对手都找不到了。踢毽子这种
不需要伙伴的娱乐项目似乎是最明智的选择。

北墙边的空地上也零零星星有另外几个学生在跳绳
或者打羽毛球什么的，但都远远避着陈默吟。南蕙在窗
边看了两三分钟，在陈默吟结束之前就离开了。她已经

捉到了破绽。

当年，区里举办初中生"两跳一踢^①"运动会，南蕙因为个子小，是学校长绳队的；陈默吟在中预班时就是踢毽子的选手了，一连踢六七十个不在话下，最高一次能连续一百七十四个，最后一脚想踢到哪里就能踢到哪里，只是后来因为各种原因，没再代表学校参赛。

所以，当她在北墙这里总是每次踢了十来下就把毽子踢飞了，谁信？

5. 审美情趣 ════════

北墙的位置比较特殊，靠近东面的这一小段，其实是和隔壁技校接壤的，只不过北侧是一条味道诡异的臭水河浜，深达四米。因为不大有人愿意冒着掉进臭水的危险翻墙，所以这里的墙只有两米多高，墙头只是插着一些古老的碎玻璃，像老鳄鱼那牙齿快要掉光的下颚。靠墙的角落处，堆放着一些翻修教室用下来的建筑垃圾，还有报废的尚未运走的旧课桌椅，甚至还有一辆没了前车轮和坐垫的永久自行车，一起堆叠在此地任凭风吹雨淋。

被风吹雨淋的，应该还有不可告人的秘密。

---

① "两跳一踢"：跳长绳、跳短绳和踢毽子🦶

　　放学后南蕙没和初中剪刀组打招呼，径直来到北墙。只花了五分钟，就从一块木板和一堆泡沫塑料后面找出来一个毽子，是那种最常见的羽毛花色——这也就意味着把两个这样的毽子放在一起，根本分不大出区别。

　　南蕙拔掉那撮羽毛，毽子的底部空间比一般的要大，足够塞进一张圈起来的纸条。

　　那天她在公交车上看到阿健穿着市五技校的运动裤，就猜到他当天进出过曾经的母校。否则换成正常审美情趣的人，都不会在不必穿校服的时候去穿校服，更何况一个被学校开除的技校打架高手。现在南蕙已经可以肯定，阿健就是穿着市五的校服先混入技校，然后凭着他打架时那种矫健身手和胆量从北墙翻进来，将字条塞进藏在这里的毽子甲，然后翻墙出去，整个过程不需要一分钟。等到第二天，陈默吟带着另一个毽子乙（应该也塞着她写的字条）来这里伪装健体强身，然后用她炉火纯青的毽子技术和让中国男足汗颜的精准脚法将毽子乙踢到这个角落，探身来取的时候却将毽子甲拿了出来。

　　两个毽子一模一样，没人会发现异常。即便藏在角落里的毽子不小心被别人找到，也最多觉得是一个破旧的毽子而已，踢几脚了不起了，不会拔出羽毛来看。

　　她现在只好奇是谁想出来这个好办法的。

　　当天傍晚五点半，南蕙站在陈默吟家楼下的某个角落。

理论上，剪刀小组成员是被严禁跟踪可疑学生回家的，因为会非常的不安全。剪刀组坐在装了空调的办公室里用昂贵而神奇的药水拆拆信件，和在情况复杂人多眼杂的大马路上跟踪，安全系数不是在一个数量级上的。

但理论只是理论。

陈默吟每天坐地铁一号线上下学，地铁车厢多，人流也大，比坐公交车跟踪要安全得多。出了地铁再走十分钟就是陈默吟住的小区，她甚至在路上给一个看上去并不怎么可怜的乞丐两元钱硬币。

是善良，还是今天心情特别好？

直到她进了居民楼，都没有阿健骑着助动车出现。倒是陈默吟的母亲下班买菜回来。母女两个五官很像，加上陈母很年轻，所以很容易认出，而且看久了还隐隐让人会有种似曾相识的错觉，可惜就是打扮俗气了点。南蕙看着她上楼，又过了十来分钟，正打算一无所获地离开，却发现隔壁 75 号门有个刚下班回来的人，正对着打开的自家信箱嘀嘀咕咕，然后朝陈默吟住的 76 号门洞走去，并将手里的信投进一个信箱——看来是邮递员当初投错信箱了。

天赐之物。

那人刚走掉，南蕙就回去看了。的的确确是投在陈默吟家的信箱里，信没有沉在信箱底部，而是卡在半当中，光凭手指取不出来。南蕙眼见四下无人，摘下自己的金丝眼镜。铁制信箱的小门上有一道道缝隙便于观察内部，眼镜的脚架子正好可以伸进去，只要手法巧妙，就能将卡在半当中的信件往上顶到进信口，然后手指探进去一夹，大功告成。南蕙小时候自己摸索出这个办法，在没有钥匙的情况下来拿自己家的信，然后被母亲李处长大人狠狠训斥，因为有很多信母亲是不想让她看到的，这个倒是和其他家庭反过来的。

偷出来的信封上写着"陈默吟 收"，却是成年人的笔迹。

更关键的是，这是公家的统一制信封，右下角的单位写着五个红字，"市东戒毒所"。

6. 时间差

翌日，南蕙奉命在初中部培训的最后一天。

学校大乱。

上午第二节课的时候，潘沛的家长不知道从哪里听说了自己女儿和陈默吟的恩怨纠葛，也不管证据不证据，先带着人上学校来了。学校的老年门卫拦不住十来号气势汹汹的人，学生处的老师全部过来阻拦和劝说，校长也从区里的会议上赶过来。初中部的学生纷纷从教室里探出头去看热闹，精彩程度不亚于隔壁技校的群架大战。有几个潘沛的亲戚冲破阻拦往初二（4）的教室

冲去。幸好当时在上课的数学老太太心地善良且未雨绸
缪，见下面来者不善，就说小陈啊你先到行政楼去躲一
会儿吧，还派了数学课代表当护花使者。最终潘沛的家
人没有找到陈默吟，倒是严笑如逼不得已报了警，花了
两个小时才把对方给劝走。

出了这么一场波折，陈默吟应该赶快收拾书包别在
学校待着才是，搞不好潘沛的家人还在学校门口候着。
但陈默吟也说了句分外清醒的话：那万一他们在我家等
着我呢？老师一想也对，还是先让她在学校里，不至于
出什么事。

课堂里，陈默吟强制镇静地听着课，并且随时能感
到背后无数成分复杂的目光。但她习惯了。

她要等阿健的纸条。

当天中午，陈默吟没有心思在食堂吃饭，午休时间
的铃一响，她就要离开教室去北墙那里，学生处的一个
老师却在门口等着她："陈默吟，有你电话——高中部
的老师打来的。"

出乎她的意料，电话那头说话的却是邓恺墨的
声音。

陈默吟以为自己在做梦。

"别声张。"邓恺墨讲，"我好不容易说服老师叫你
去接电话。"

陈默吟"嗯"着点点头，忘记自己的动作对方看

不到。

"今天初中部的事情我听说了，你没事吧？"

"没事，没事……学长你是怎么知道的。"

"毕竟只隔了几条马路啊，第四节课我就听说了。"

"让你见笑了……我没想到你会打电话过来……"

"是么，我也是第一次听说这么荒唐的事情，那帮家长太不像话了，光天化日的！"

"学长，我真不知道说什么好……"

我也不知道说什么好。

电话那头的邓恺墨心里这么嘀咕。他一只手拿着话筒，另一只手却在抬腕看表。今天上午第四节课的时候南蕙忽然来找他，告知了潘沛家长大闹初中部的事情，然后委托他做一件很不可思议的事情："务必在电话里拖住陈默吟，拖住两分钟。"

邓恺墨觉得挑战难度有点大："跟一个从没讲过话的人扯两分钟电话？"

南蕙说："你是学生会主席，讲两分钟废话是小菜。"

邓恺墨说："我尽力而为，不过能告诉我为什么吗？"

南蕙朝初中部的方向指了指："那间房间里的事，只能在那间房间里说。"

对方摆摆手，示意理解。

其实，南蕙用一分钟足够了。

高中部和初中部的午餐时间略有不同，高中部早放五分钟，就用这五分钟她飞速赶到初中部，路上套上了初中部校服。而邓恺墨在电话里拖住的那两分钟，足够她抢先陈默吟一步赶到北墙，找到毽子里的信件，然后再赶到初中剪刀小组办公室，装作没事的人一样，履行完自己在初中部的最后一天使命。

南蕙其实并没有把握阿健今天是不是会写纸条，因为没有证据表明这两个人每天都秘密通信。

事实证明她运气不错，这张靠时间差偷下来的纸条上写着明显属于差生的丑陋汉字：

放学后嘉骏电脑房见，急事。

7. 健次郎

那个时候中国还没有网吧，只有专供打电脑游戏的电脑房，机子都无法上网，最多联机玩游戏，而且都是画面糟糕的游戏，《德军总部3D》《红色警报》之类。而且大都规模有限，一个电脑房往往才十几台机子，毕竟那时一台电脑的价格高得吓人。有的电脑房甚至就六七台机子便开张营业了，说得难听点，还没现在一个公共厕所大。

嘉骏电脑房就属于迷你型经营的后者。南蕙是第一次来这种地方，在她的印象里游戏机房和电脑房、舞厅、溜冰场都是流氓地痞才去的场所，宛如《西游记》里妖怪们住的洞穴。但有件事情她必须搞明白，不光是为了陈默吟的早恋，也不是为了那两个喜欢欺负人的女生。

按理地方小，人应该好找。但南蕙却没有找到阿健的身影，她又转了一圈，还是没发现，倒是引得几个混混模样的人看着她，这才赶紧退了出来。正纳闷着，一个戴着钓鱼帽的男子忽然走了过来，一把拽住南蕙就往小弄堂里走。

对方力量很大，也很坚决，南蕙只是出于本能地挣扎了一下，并不喊叫，然后跟着他走。

"你是谁？小默为什么没来？"

到了一个僻静的地方，阿健也没有摘下帽子，但南蕙能看到对方帽檐下延伸出一道伤疤，这是象征着危险的图腾。

"快说！"他催促道，但没有武力威胁的意思。

"陈默吟没有出事，你放心。"女生边说边脱掉罩在外面的初中部校服，正是靠着这件和陈默吟一模一样的校服，她才能引起阿健的注意，"我叫南茜，是陈叔叔的另一个委托者，陈默吟的保护人，和你一样。"

……小默，你在家好好听妈妈的话，她是脾气不太好，但你要体谅……我在这里的治疗很好，今天又有人治疗完出去了，我相信过一阵子我也会的……光靠你妈妈和你叔叔照顾你，我不放心……高谏是个好孩子，虽然也做过一些错事，我托他在外面照顾你，就是看中这孩子心眼不坏……还记得他当初帮我们家撵小偷……他有时也给我写信，跟我说一些你的近况……爸爸相信你一定能够考上中戏……

以上摘自昨晚南蕙从陈家信箱里偷出来的信。

她在家一直私藏着一点点"教材研究室"多下来的 438 药水，所以那天晚上就用来拆这封了，打算过几天悄悄送回去。

陈默吟的父亲并不是传言中的出国，而是去年因为吸毒进了戒毒所，于是老婆离婚改嫁了。这封信中的"高谏"，就是阿健。他以前是陈默吟家的邻居，单亲家庭，没有爸爸。当初陈父被关进戒毒所之前，十分照顾阿健，没有把他当小混混和坏孩子看待。陈父进去之后，就嘱托他照顾自己女儿，因为改嫁之后的陈母每天沉迷于练气功，继父则是个职业在家炒股票的，想不到去关怀拖油瓶女儿，即便这个瓶子是精美雕花的。尽管阿健后来搬家了，又被学校开除，但一直遵守诺言，和陈默吟保持着联系。

那个毽子里除了纸条，还塞着二十块钱，是阿健给陈默吟的零用钱，这是经常的事情。

阿健并不相信南蕙这个忽然冒出来的委托人："我从来没听过你，你和陈叔叔怎么认识的？小默为什么不来？"

南蕙早就想好了说辞："与其说这个，不如想想你怎么逃命吧，那天晚上两起女生袭击的事情，警察一直在调查，据说发现明显证据了，小默今天在学校被受害女生的家长围攻，已经被请到了派出所协助调查——你再不跑就来不及了。"

这段话她下午在学校里考虑了很久，虚虚实实，真真假假。如果阿健真的和袭击案有关，现在应该是慌张万分，并且犹豫该不该逃走。但"刀疤"的反应却是狮子受到侵犯时的暴躁，一把扯下自己的帽子，抓住南蕙的手臂："哪家派出所？我要去说清楚！女生袭击和小默有什么关系？为什么要为难小默？"

南蕙倒吸口凉气，也不顾不上手臂被抓疼，心想这个笨蛋这么快就招了："你想全部揽在自己身上么？没用的。"

阿健一脸懊丧："我揽？我他妈倒想啊！可这两天我都在拘留所里。"

女孩闻到此言，脑子瞬时一片空白，她还没来得及去分辨阿健此刻表情的真实程度，却越过他的肩膀看到不远处的拐角走过来七八个发型令人过目难忘的男青年。他们像是找了很久才找到老朋友一样，脸上带着欣喜，并且话不多说纷纷拿出了插在腰间的见面礼。

"那个，是你的朋友么……"南蕙朝他们指了指，面色死灰，心想对付我需要这么多人吗？阿健转身看了看，就像看到女妖美杜莎的眼睛一样，表情凝结如磐石，一只手往自己夹克衫下的腰间摸去，一只手拽着南蕙开始往后退：

"我不知道你八百米成绩怎样，但现在，给我玩命跑。"

8. 私人事务 ══════════

南蕙和阿健会面的第二天下午，初中部隔壁的技校，操场上又对峙着两拨人。南面的有四十来个，北面的那帮只有二十个，敌我力量悬殊，但却杀气腾腾，一点都不惧怕对面的敌人。

学生处的几个老师开始依例在小柏林墙根下巡逻。

尽管是放学后，但初中部教学楼所有靠东的走廊和教室窗口都挤了不少人。这么多年来大家看了不少群架，但都是人数力量旗鼓相当的。这次差距悬殊，难得一见。北军能不能以寡击众爆出冷门，大家都拭目以待，搞不好私底下已经有人做起了打赌下注的买卖。他们都不知道，操场上的南军都是以前那个传奇般的"战士"阿健的死对头，而北军，自然是阿健的拥趸和兄弟。他在的时候，就是这所技校的风云人物，即便走了，也会带出一阵骚乱。

就和围墙那头的女子一样。

但这场架过后，他再也带不起风波了。前第五技校电工 9406 班学生高谏，昨天晚上七点多被发现死在一条水质肮脏的河浜里，身负刀伤十余处，皆非致命伤，而是溺毙身亡。

享年十八岁。

此刻，站在操场上的北军头领大喝一声，两路人马瞬时在操场中央的地带扭打在一起。围墙另一端，看客们的肾上腺素也跟着往上飙。谁也没有注意到，一个没穿校服的女生走进了初中部教学楼。

"你怎么来了？培训不是结束了么？"

严笑如看到南蕙分外诧异，夹在手里的牡丹香烟青烟袅袅。学校规定教师办公室不能抽烟，但政史地教研组办公室其他老师都已经走了，原本就剩他一人在整理东西。这间办公室朝西，看不到小柏林墙那边的现场秀，只是隐隐会传来喊杀声，甚至还有看客们幸灾乐祸、加油助威的叫喊。

南蕙反手关上门："培训是结束了，但陈默吟的事情还没了结，我不会轻易就走。"

"你和高中部的指导老师说过了么？"

严笑如坐下来，用力吸了口烟："两边的剪刀是不能互相插手的，你应该懂这条规矩。"南蕙坐到他桌子

前的一把椅子上，讲："我要了解的这件事也牵涉到我
自己，还有你，严老师，所以我们现在谈的，是私事。"

"私事？我？"严笑如掐灭香烟。

"对。"南蕙顿顿，"还有那个死掉的技校男生。"

昨天在那条小弄堂里，南蕙狂奔几百米后累得气喘
吁吁，像是肺都要跑出来了。

边上的阿健，左手臂有一道五六厘米长的砍伤，腰
部还有两道千钧一发之际躲开攻击的划伤，这让他活动
起来有些不习惯。他用一块并不太干净的布头扎住手臂
的伤口，见南蕙的眼神，解释道："血滴下来，会被他
们跟踪。"

阿健尽管在群架时骁勇善战，但那是很多人对很多
人，即便以一敌三，毕竟身边还有很多战友。但现在的
情况是他孤身一人对付十来个敌人，并且对方还在不断
叫人过来围追堵截，而他身边还有南蕙这个打不动跑不
快的"累赘"。幸好这一带小弄堂和棚户区的地形错综
复杂，外围还有铁路和河道，所以能暂时把那群人甩
掉。但想要全身而退，恐怕很难，因为他们和阿健一样
熟悉这里的情况，搜索过来是迟早的事。两个被追杀者
的衣服上还有被生石灰粉袭击的污痕，看上去像从粉笔
灰堆里被捡出来。这是对方的武器之一，放在小纸包
里，使用时扬洒出去，生石灰粉落在眼睛里，再和分泌
出来的泪水混合出化学反应，产生热量烧伤眼球，可以

让人暂时失明。幸好阿健经验丰富，关键时刻把南蕙拽得转了个方向，石灰粉只是落在书包和肩膀上。

未经江湖的高中女生很诧异对方如此痛下杀手："他们为什么追你？"

"一点私人恩怨。"阿健轻描淡写道，边从口袋里拿出一包烟，取出一支来也不点上，而是咬去过滤嘴，把烟草直接扔进嘴巴里嚼起来，"你真是小默的朋友？"

南蕙说："她亲口告诉我你们用毽子传信的事情。"

阿健眼角边的短伤疤像是蠕虫苏醒般舒展开了一些，他把嚼出来的烟草汁液抹在伤口上，脸部肌肉一阵抽搐。过了片刻，他从牛仔裤口袋里掏出一把东西塞在南蕙手里："她的朋友，就是我的朋友。"

塞到手里的，是一叠面额不一的脏兮兮的纸币，南蕙粗粗一看，有十元五十元的，也有张一百元的。

"她下个月的零用钱，我今天是不能去找她了。"阿健解释，"帮我交给她，谢谢。"

严笑如又点上一支烟："然后呢？他引开了那群人，让你有机会逃了出来？"

南蕙点点头："那一带只有两个出口最近，我沿着铁轨走，他从另一个方向沿着河道走。掉进河里是个意外，不然阿健未必会死，受重伤的可能性更大。"

后来她才知道阿健不会游泳，不管是什么水质的河都容易淹死。这也意味着他每次从北墙那里翻进来送信，要攀着半个脚掌宽的石墙边缘移动三十米，脚下就是几米深的黑河浜，是何等危险。

南蕙说陈默吟的父亲关在戒毒所，陈母和继父都不关心她，是阿健受到陈父的嘱托，一直悄悄和她联系，并且时常给她零花钱——至于这钱怎么来的，就要问附近那些被盗自行车、助动车的车主，那些搞走私烟、盗版光碟的贩子，以及在回家路上被打劫的初中生小学生了。

阿健生前说两个女学生被袭击的那两天，自己在拘留所里被扣了48小时。因为他跟朋友合伙"搞"了一辆新大洲助动车玩（就是南蕙在公交车上看到他接陈默吟时的那辆），让人举报了，所以被请进去"协助调查"。幸好他们手脚快，提早把车子处理了，所以48小时一过，警察没有证据，只好把他们放了。这些都是有案可查的，阿健不可能撒谎。

南蕙说："所以，袭击女生的另有其人。"

她看着眼前的严笑如。

9. 十五年前的耳洞

你相信自己的直觉，但别人只相信你的证据。

这是初二那年，南蕙被派去监视差生同桌之前，班主任严笑如向她灌输的理念。南蕙是个优秀的学生，无论是功课、学生会、监视，还是剪刀。两年之后的今日，两人面对面坐着，并且摊牌到这个程度，说明南蕙肯定是有了证据。

严笑如将烟灰缸里的余烬倒进脚边的字纸篓："把你的证据说来听听吧。"

南蕙说："第一个证据其实只是线索，是陈默吟的父亲寄给她的信。"

那封信昨天已经被南蕙塞回了陈家的信箱，但里面有这么一句话，她牢记在脑海里：

……小高说你在学校里有一个保护人，但一直不肯告诉他是谁。女儿，假如你有心事，可以给爸爸写信，无论如何，你在学校里一定要过得安心一点，爸爸对不起你，很后悔当初……

这表明，陈默吟在学校并不是真像大家想象的那样孤立无援，而是暗中有人在照顾她，这个人连阿健她都不肯告诉，说明那个人身份很特殊，连阿健这种学校之外的人也不可以知道。

第二个证据是关于那两个被袭击的女生，当初截获周丽芳的信时，严笑如说得很清楚，周丽芳、潘沛、肖明明三个人关系最好，同时也是平日里欺负陈默吟的"铁三角"。潘沛和周丽芳相继出事，肖明明却安然无恙。当时肖明明是晚上七点多回的家，因为她要补习外语。这个回家时间正好夹在潘沛的六点半和周丽芳的八点之间，路线也不是很远，同样要经过僻静的弄堂，歹徒却格外开恩一般放过了她。这个问题一开始就困扰了南蕙许久，直到她在初中部剪刀室回顾那封写给周丽芳的信时，发现了另外一段话，一段看似无心的闲扯：

　　……对了我忽然想起来了，吸血老太婆的事情你可以让小MM去问问她舅舅嘛，她舅舅不是市公安局什么什么大队的副队长么？……

　　"小MM"就是肖明明的外号，她的确有个在公安局的舅舅，隶属经侦大队，而非刑警大队，也不是副队长，普通队员而已。南蕙说我昨天晚上专门去找过肖明明，她说这件事只和周丽芳、潘沛还有几个要好的小学同学说过，初二（4）班的其他人都不知道，更不必说班主任——当然，我没告诉她我是怎么知道的，包括她家的地址。

　　袭击者知道肖明明家里有亲戚在市公安局，可能还误以为是刑警队，为了规避不必要的潜在风险，所以才没有对她下手。

　　南蕙说："假设这个案子是陈默吟在学校的'另一个保护者'所为，那么知道肖明明这个细节的，只有两个被害人，以及那天看过这封信的剪刀成员，以及指导老师，也就是您，严笑如。"

笑面虎不动声色地掐灭第二支烟："还有么?"

有的是。她从书包里取出一张铅画纸,放在桌子上,展开。这是幅人像钢笔素描,虽然是平面作品,但好似活生生的陈默吟正笑吟吟地望着办公室的天花板。但此刻对坐的两个人都知道,画里的人不是陈默吟,而是她的原版——陈默吟的母亲。如果仔细看,会发现画中人的发型和上衣领子都是七十年代的,而且女孩的左耳有个耳洞——1995 年,陈默吟这样的初中生是不允许打耳洞的。可是这幅画无论纸张还是钢笔痕迹都很新,绝对不是陈母那个年代的东西。

这幅画的模特,是陈默吟。

南蕙说:"我第一次看到陈默吟的母亲,一直觉得面熟,不光是因为母女很像,后来想起来,是我初三那年有次家长会,我也留在学校帮老师的忙。那天我记得很清楚,因为我妈难得出席一次我的家长会,但因为公务也很早就离开了——我在回家的路上,正好遇到你和一个女的走在前面,我还特地绕到马路对面的树后头等着你们经过时偷看了,那个女人和你年纪相近,三十五六岁,很漂亮,就是打扮有些俗气,但当时没认出她就是陈默吟的母亲,因为……"

"因为岁月催人老,哪怕只是年过三十。"严笑如替她说了出来。

办公室安静了一小会儿,但外面走廊上却传来不少学生断断续续的脚步声。想来,是隔壁技校的战斗落幕了，观众们散场回家了。片刻，历史老师把那张素描轻轻拿起来，用一根手指抹掉上面的灰尘，良久，讲："你今天没去上学吧？"

对方承认："我今天请了病假，专门去了一次她家。"

陈默吟昨晚听到阿健的噩耗之后，今天没来上课。南蕙一不做二不休，下午找了生病的借口逃学，直奔陈家，和她摊牌。

"她都说了？"

南蕙推了推鼻梁上的眼镜："我是你教出来的学生，怎么会让你失望。"

10. 残酷的直觉 ═══════════

十五年前，陈默吟那只有二十岁的母亲被父母嫁给了一个工作稳定的钢铁工人，而不是作为初中老同学、家境贫寒的严笑如。于是后者参加了刚恢复不久的高考，成了大学生。他考上外地大学的第二年，初中老班长来信，说她生了个女儿，非常可爱。后来他毕业，在外省的中学教书，从一个学校教到另一个学校，就是不回来家乡。

七年过去了，老母亲身体愈发不好，严笑如只得调回了本市，调到了这所学校，教的第一个班级就是南蕙他们班。

"本来我可以带你们班到初三的，但是你初二那年，陈默吟考进来了，在学校里看到她的第一眼，我就知道她的母亲是谁。"严笑如边说边又从烟盒里抽出一支烟，"我跟校长说我经验不足，以前在外地也没带过初三毕业班，所以请求分到初一，积累一些经验。"冥冥中注定了什么，他被分到陈默吟的初一（4）班，每天都能站在讲台上看着她。那时候陈默吟就已经是"Miss Trouble"级别的人物，身边麻烦不断，比如男生的追求，小地痞的骚扰，还有女生的嫉妒。

他决定要保护她。

第一次去陈默吟家做家访的时候，三个人都惊呆了，陈母，陈父，还有严笑如自己：十五年的时间，当年那个女孩已经开始人老珠黄了，十五年里一直出现在他的脑海里和梦境里的女孩已经改头换面，心中的神像被彻底打碎。

幸好，还有陈默吟。

可是，陈默吟的父亲自然也认得严笑如，虽然表面上没说什么，但严笑如一直放心不下，生怕他会让自己的女儿转学，或者只是换个班级。

严笑如说："他是我的障碍，一直都是。"

南蕙扬扬眉毛："他父亲关进戒毒所，也是你的功劳吧？"

笑面虎笑了，赞赏地看着自己曾经的学生："你的直觉是可怕的武器，我以前就发现了——其实我当初只是歪打正着。"

陈默吟的父亲赶上了改革开放的黄金时期，结婚几年之后从钢铁厂辞职下海做生意，发了点小财，结果和那个时候的很多暴发户一样，有了点钱就不知轻重，黄赌毒，陈的父亲染上了最后一样。严笑如一开始并不知情，只觉得这个男人骨瘦如柴，精神有些萎靡。他有个高中同学在税务局上班，便利用这层关系举报陈父的公司偷逃税，因为这在当时的私人企业是很常见的现象。税务局的人上门去查，账目倒是没什么问题，偏偏陈父在他们面前毒瘾发作了。

该他倒霉。严笑如讲，得知陈父被关进戒毒所强制戒毒那天，平时滴酒不沾的他喝了半斤二锅头。况且毒品这东西轻易戒不掉，陈父戒毒完出来不到两个月，再度复吸又进去了。陈母知道他算是没救了，便离了婚，带着女儿改嫁他人。但改嫁对象不是严笑如，因为此时他关心的就只有陈默吟，昔日那个女子的完美复制版。

严笑如说："你不要这样看着我，没有我，那个男人早晚要家破人亡，如果不是我掺了一脚，他会把家财败光再被关进去。"

南蕙避虚击实："你为什么要袭击班上两个女生？"

笑面虎脸上的微笑消失："因为那个阿健。"

女孩明白了："栽赃嫁祸。"

阿健的存在，在严笑如看来是陈父阴魂不散的延伸，这让他在陈默吟心目中独一无二保护者的地位受到严重威胁。严笑如在学校里严厉打击那些追求陈默吟的男孩，体罚他们，吓唬他们，很多次陈默吟放学回家，他就跟在后面暗中保护，并且，当班里女生在自己面前恶毒地诋毁她时，也不屑一顾。她本来就是个好女孩。可是好女孩身边又多出一个坏男孩，阿健。他偷偷给陈默吟送钱，帮她摆平那些骚扰她的小地痞。陈默吟知道严笑如和自己母亲的关系，一直误以为他对自己的暗中关照是出于对母亲的情愫，所以将严笑如当亲叔叔，什么秘密都对他没有保留，包括阿健。

严笑如将空掉的烟盒揉成一团："我受不了她谈起那个小流氓时的眼神。"

南蕙她们截获那封写给周丽芳的信，让严笑如觉得有了利用的机会，所以决定牺牲一下班里那三个讨厌的女生。可惜千算万算，没算到阿健当时因为涉嫌偷车正被关在拘留所里，陷害不成，反倒差点害得陈默吟吃了苦头。

不过现在他死了。严笑如叹口气："这个结局比我想得严重了点。"

南蕙说："这是一条人命。"

严笑如反驳："她爸当年在厂里也不是什么省油的灯，和那个小流氓有几分像，怪不得后来对那小子那么好，结果呢？大的这个进了戒毒所，小的那个以后未必会比他好到哪里去。当年我没能做到让她离开她父亲，今天不会再允许历史重演。"

两个人又默不作声地坐了会儿，严笑如耐不住寂寞了："你现在都搞清楚了，想怎样呢？举报我么？"

南蕙知道这不可能，因为没有证据。严笑如做事总是谨慎，出了这个门，刚才的一切都可以不认账。她站起身，讲："我只是想搞清楚我一直在怀疑的事情，搞清楚那个我很早就觉得无法信任无法原谅的人是否其实更加糟糕。"

严笑如说："我也搞清楚了，我很久以前就很器重的学生果然聪明过人，可惜还差了一点点火候。"

说完，办公桌后头的男子重新拿起那幅素描。这是陈默吟初一那年他画的，借口是说想画她母亲当年的样子，请她做模特，两人就在咖啡厅里画了整整一个下午，然后他复印了一份，将原件送给了模特留作纪念。

严笑如定定地盯着画中人："画这幅画，用的还是你初一那年教师节送给我的钢笔，真是巧。"

南蕙说："那时候我还觉得你是一个好老师，现在想起来就后悔。"她真的拿起书包就开门出去，可没过一会儿又回来了，但只站在办公室门口，"有件事情我忘了说，你知道阿健为什么会被人追杀么？"

历史老师怔怔地望着她。

阿健所谓的江湖恩怨，南蕙已经打听清楚，其实是因为他捅伤了当初一个想强暴陈默吟的小流氓头子。一开始那帮人还不知道是谁干的，后来不知道哪个人出卖了阿健，这才导致小头头的手下疯狂追杀阿健。

南蕙说："刚才隔壁技校的群架，应该就是阿健的朋友要教训那个出卖他的叛徒。"

严笑如几乎要从椅子上跳起来，南蕙似乎隔老远都能看到他脑门上的青筋："有这样的事！……为什么她没告诉过我？"

女孩耸耸肩，装作思考片刻的样子，然后讲："可能是在陈默吟的心目中，阿健这个小流氓，比你这个和蔼亲切的怪叔叔更值得信任。"

说完，扭头就走。

11. 无能

隔壁技校当日的战果是，北军大败对手，把出卖阿健的叛徒打进了医院。获胜者的奖励是治安拘留了十五人，其中六个进了少教所。

但对逝去的生命于事无补。

阿健的命案还在调查中，但因为确认是失足落水而死，抓住了那天追杀的人也没多大用处。所以作为重要目击证人的南蕙一直没有声张，而是按照原定的计划又回到了高中部的剪刀小组，继续着自己的使命。至于那两起女生袭击案的调查毫无进展。后来警方开始一年一度的扫黄打非活动，这个案子就成了悬案。严笑如依旧教他的历史，指导着初中部的剪刀小组。唯一的变动就是陈默吟换了个班级，因为和那两个被袭击的女生这样一直抬头不见低头见，实在太尴尬。但也只是换到了初二（4）班斜对面的教室，严笑如依旧能每天看到她。

倒是邓恺墨有一次忽然问起来过，说初中部那个小陈后来怎么样了？南蕙怔怔，讲自己也没怎么关心，不大清楚。

唯一可以肯定的是，她中午应该不再踢毽子了吧？

那天和严笑如摊牌之前，在陈默吟家里，陈母上班去了，股民继父一如既往泡在证券交易所，只有装病的女儿一个人在家，但也是双眼无神地躺在床上，呆望着天花板，既不哭也不说话，即便知道南蕙是"受邓学长之托"来看望自己。但她手里一直握着一个毽子，上面的羽毛都变了形。南蕙在床边干坐了五分钟，轻叹一口气，起身离开，陈默吟也没动。临出门的时候她看到了压在客厅桌子玻璃板下的钢笔素描，灵机一动，便悄悄"借"走了——严笑如平时喜欢画画弄弄，这是她很早就知道的。

但南蕙改变不了什么，她最多只是弄清楚自己想知道的真相，然后保持缄默。她没有将阿健嘱托的零用钱偷偷塞进陈家的信箱，只是把她父亲从戒毒所寄来的信放了回去。严笑如将继续在毫不知情的陈默吟面前扮演慈祥叔叔的角色，不光因为他是初中剪刀组负责人，也因为那个女孩已经不能再承受什么打击。

最后倒霉的还有南蕙的那套初中校服，在一个风和日丽的星期天下午，被她用剪刀慢慢剪成了破布片。当时在场的还有来下棋的陈琛，差点被这个举动吓坏了，问剪它干吗？南蕙说没什么，就是看着碍眼。

陈琛知道南蕙有时候也有点神经质的小毛病，没敢拦："你以后要是哪天看我碍眼了，切记提前几天打电话通知我。"

南蕙没接话，只是看着他手背上的那道疤痕，眼前又浮现出被追杀那天的临分手前，行将突围逃亡的女高中生问了阿健最后一个问题："你和默吟，真的没有在恋爱么？"

眼角有疤的男孩不知道自己只剩下半小时的寿命了，他朝对方笑笑："她以后想做明星的，不会跟我这种混混在一起——他爸爸以前待我像自己的父亲，我就把她当做自己的妹妹。"

真是傻瓜呵。她悄声嘀咕了一句，然后把支离破碎的初中校服塞进了一个塑料袋，对陈琛道：

"等会儿回去的时候，帮我把它扔了，越远越好。"

S·eason ③

辛德勒的名单

1.强迫购买

……你们学校也太过分了，买保险本来就是自愿的事情，怎么可以变相地强行要求买呢？不买的人就把班级座位往后调，天哪，你们班主任怎么想得出来这种办法的？那万一买了保险的是个一米九的大个子，没买的人只有一米六，那不是不用看黑板了？……你们可以打电话到报社或者电视台去反映情况啊，还有教育局……

收件人：高一（7）班　张明达（外号"达明一派"）

寄信人：麓山中学　高一（5）班　李晓雅

邮戳日期：10月27日

剪刀代码：95-10-29-S-21

标签：【暂无】

李晓雅同学想得太天真了。

南蕙嘴角微微一牵，然后不动声色地把这封信放到一边。张明达大概是在上一封信里，跟外校的好友说了学校强令学生购买保险的事情。说是说本着自愿原则，但那些没有购买意向的学生，还是被各班班主任请去单独谈话。南蕙知道这次买保险的达标率，与班主任奖金挂钩，各个班头都很重视——谈话以后还是坚持不买的人，座位就会被调到很后面。本校属于重点，大部分学生比较爱学习，或者说，"距离黑板越近越好"已经是义务制教育下洗脑出来的惯性思维，哪怕你的近视眼镜跟哈勃望远镜似的，也希望座位越靠前越好。这一招杀手锏使出之后，就没剩下多少人坚持不买这份"可买可不买"的保险了。

至于向报社和电视台反映情况，这种事情比老师打学生要严重一点，比学生杀老师要轻一点，属于不轻不重的灰色地带。学校每年的新年时节都有媒体招待会，专门招待本市各路报刊记者，包个红包，塞点年货，送些礼品，灰色地带自然就被抹杀掉了。

一个能成立秘密小组私查学生信件的学校，还搞不定几家当地媒体？南蕙记得，学校里某个主任的亲弟弟就在一家报社当副主编。让他们去曝光这种事情，用时下最流行的香港电影里的台词说，就是"你有无搞错"！

李晓雅和张明达之间似乎是纯粹的笔友关系，没有暧昧的蛛丝马迹，也没有约会的信息，两个人倒是像愤青一样成天讨论中美关系、日本阪神地震①、尼采哲学、索马里维和、粮食危机与素食主义……每次南蕙读到两人的信件，都当笑话来看。你可以天马行空地谈论世界大事、历史政治，却无法阻止班主任强迫你购买一份五十元的保险，这不是笑话是什么！

她更加无法想象，要是熟读马基亚维利②著作的张明达同学，知道了学校里每人上交的各类费用里，还有一小部分被用于剪刀小组的活动，会是怎样天崩地裂的感受。滕逊就曾经跟她和邓恺墨吹过，说学校对剪刀小组如何重视，经常拨款用于研制化胶药水，学生花钱买下的每本教辅书、每件校服上，都有一个铅字或者一根线的钱是用在了剪刀小组。

"他们付钱来让我们监视他们自己。"这就是南蕙的总结陈词。

但事情显然没有她想得那么简单。

查完李晓雅这封来信，她和小唯完成了今天的工作。正在收拾时，滕逊进来了，腋下夹着个小包裹。虽然平时在具体工作上帮不上忙，但中午和傍晚每次收工离开，滕逊都会在场，他要监督剪刀成员们不会把信件

---

① 日本阪神地震：1995 年日本时间 1 月 17 日清晨 5:45 分，发生在日本神户的一场里氏 7.3 级地震，死亡约 6500 人，在日本地震史上具有重要意义，它直接引起了日本对于地震科学、都市建筑、交通防范的重视。
② 尼可罗·马基亚维利（公元 1469—1527 年），意大利政治思想家和历史学家。其著作《君主论》被拿破仑、希特勒、墨索里尼作为案头书。

或者胶水带离办公室。平时他经常夹着一卷报纸或是杂志之类的，今天却是一个小包裹，细心的南蕙特地多扫了几眼，小包裹和女士皮夹子差不多大小。不管这是什么东西、来路如何，有一点南蕙可以肯定，这不是副校长赏赐给他的，否则这厮定会喜笑颜开，迫不及待地拿出来夸耀一番。

和滕逊打了个招呼后，南蕙和小唯就离开了办公室，回各自教室去了。整理书包时，南蕙才发现电子腕表留在剪刀组里了。这块表是陈琛初中时送她的生日礼物，她一直很在意。况且，滕逊那种人给她的感觉，喜欢占点小便宜，所以得赶紧把表找回来。

于是南蕙快速小跑回剪刀组办公室，敲敲门，用的节奏是"自己人"暗号：一下，连续两下，一下，一下，又是连续两下。

滕逊还在，只是他弄出的声响太大了，南蕙站在门外就能听到里面一连串响动：台灯被碰倒的声音——纸张的声音——脚步声——停顿——抽屉拉开的声音——朝门口走来的脚步声——又是停顿——关上抽屉的声音——扶起台灯架的声音——玻璃瓶落在地上碎掉的声音——"哎呀"一声——用脚踢开地上的碎玻璃的声音——走路被什么东西绊到的声音，里面的人又叫了一声"哎呀操"……

肯定是绊到了那只装着信件的箱子。南蕙判断。

过了几秒钟，门终于打开。滕逊的脸色半红半白，表情狼狈，弓身捂着自己的右膝盖，还要装出很镇静的样子："Nancy 啊，什么事？"

南蕙心里想，你这种笨蛋是怎么发明出 438 药水的，嘴上却说："我的手表落在这里了。"

滕逊看看办公桌，说你等下，我找找，我找找。

但南蕙已经进了屋子，径直走向那张大桌子，边说我自己来吧。她进来的时候故意没带上门，滕逊顾此失彼，只能先去把门关上，然后才回到桌子边上。南蕙翻起桌子上的文件、纸片、档案袋和其他杂物，眼睛却瞥到滕逊带来的那个包裹，现在完全展开，里面空无一物，想来是已经被放进了抽屉。

"奇怪，怎么找不到了……"她喃喃自语，然后抬眼问，"滕老师您看见了么，一块绿色的电子表。"

"没……有啊，是不是很贵重？"

"嗯，外面卖四百多块吧，香港带回来的。"

1995 年，一个普通工人的工资也就七百块，高中老师的工资也差不多。这个价钱让滕逊的眼皮抖了一下——就凭这个，南蕙知道手表在他身上。其实那块表只要二十块钱，陈琛一个学生，买不起那么贵的表。

她假装刚刚看到地上的残渣，"呀"了一声，说是不是药水掉在地上了？ 438 挥发的速度相对较快，但现在地上的水迹还是看得出来的。滕逊说："哦，刚才不小心碰倒在地上的，明天叫小唯来收拾吧。"语气就像小唯不是剪刀成员，而是清洁工打杂的一样。南蕙说还是我来吧，便拿出墙角的扫帚和簸箕清理现场。果不其然，她刚把玻璃碎片清扫完毕，滕逊就在桌子脚边问："你的手表，是不是这块?"女孩走过去一看，的确是自己的表，欣喜地捡起来说："太好了没有弄丢，谢谢您啦。"

说完就朝门口走去，开门的时候，她回头看了一眼滕逊，滕逊也在用一种疑惑的眼神看着她。

"那我先走了，您不要加班到太晚啊，老师。"

化学老师没有说话，只是眼神更加疑惑了。

她和他都清楚，在剪刀组里他是从来不加班的。况且，每次她和小唯"下班"离开时，所有的化胶药水是合紧盖子放在墙角的柜子里的，由滕逊用一把小锁锁上，钥匙只有他自己才有。现在掉在地上的那一瓶药水，只有可能是他拿出来的。

南惠突然意识到，方才滕逊带进来的那个包裹，看着是女士皮夹大小，其实和信件的尺寸也差不多。可是，学生的信件每天只有上午和下午两批，雷打不动，不会多也不会少——那么，滕逊刚才背着她和小唯，亲自检查的，难道是……

她心里一激灵，背着书包走进校门口的门卫室，佯装查看自己班级的信箱。老师的信箱就在学生信箱旁边，按照学科和后勤管理分类放着。她从外语组的开口式信箱里悄悄取出一封老师信件，正好是隔壁班外语老师的。信是本市寄出的，上面的接受邮戳显示是三天前。可邮局递送本市平信最多只要两天，按理昨天就该到了，就该被拿走了，昨天这个老师来上班的，今天却请假没来，找了南蕙的外语老师代课。

可它还躺在这里。实际抵达时间晚于理论抵达时间，完全符合剪刀小组的流程特征。

她把信飞快地放回去，确信正在听广播的门卫老头没看到自己的举动，便转身要走出去，却发现滕逊不知何时已经站在门卫室的门口。剪刀小组的成员，平时都是不写信的，就算写信也是让对方寄到家里，这点大家都心知肚明。所以南蕙此刻像其他普通学生一样站在门卫室的信箱柜子前，实在是个巨大的讽刺。

"还好你没走……"老师的语气里有种说不出来的味道，不像是对自己的学生，倒像是对着掌握了毕业论文大权的大学教授，"我有点儿事，想找你。"

女孩没有办法抗命，只能跟着他往教学楼走去。看着对方心事重重的背影，南蕙想，原来你也没有那么笨。

2. 最擅长的事

还是在教材研究室，办公桌上却比刚才还要狼狈：一杯咖啡翻倒在桌子上，杯子已经空了，流出的棕色液体染花了一张信纸。边上还开着台灯和一瓶438。

南蕙瞬时明白了面临的灾难：滕逊这笨蛋违反了不能带食品进入的规定，结果弄脏了正在检查的信件。更糟糕的是，根据她刚才的推断，这封信不是学生的，而是老师的信件。她拿起桌子上的信封，果然不出她所料，这是寄给高二年级副组长的信件，寄信人是他老家的亲戚。

"谢天谢地，信封没有被弄脏，不然彻底完蛋了。"她说。然后也不问为什么这是老师的信件，而是看了一眼信纸说，"找一瓶英雄牌蓝黑墨水，一支钢笔，还有一打最普通的文稿信纸，学校小卖部里就有。"

滕逊动若脱兔，几乎是一眨眼工夫就不见了。

他和南蕙都清楚现在必须重新誊写这封信。因为这是一封挂号信，不能像普通平信那样号称遗失然后把责任怪在的确不大靠谱的中国邮政身上。当然，要是把弄脏的信纸就这样放回干净的信封然后翌日交给副组长，那还不如滕逊和南蕙直接站在学校操场上大声宣布剪刀小组的存在。

滕逊搞墨水和信纸的时候，她仔细研究了一下那封信的笔迹，男人写的，且文化程度不高，有十几个错别字，漂亮就更说不上了，但还算好模仿，因为这样的字都大开大合不拘一格，没有形成很明显的文字风格。漂亮的东西往往就那么几个套路，丑恶的玩意儿却千奇百怪，就是这个道理——另外文化程度不高还有一个好处，就是不会写长篇大论，五六百个字就写完了。

　　南蕙一笔一画模仿那个大老粗的信文时，滕逊就一脸肃然地坐在边上看着，几乎是一动不动，恨不得连呼吸也不要，安静得像一个做错事的小孩子，又像正在观摩一场重大而高难度的手术，或者一场重要而危险的实验，自己的随便什么动作就会影响到南蕙的发挥，然后两个人一瞬间灰飞烟灭。事实也的确如此，高二年级副组长素来以脾气火暴著称，连顶头领导他也敢对着吼三吼，是为数不多见的中年猛男。要是这封信出了岔子，引起副组长的怀疑，剪刀组很有可能在几天之后就不再存在了，而滕逊会另外找一份工作，比如在街边卖茶叶蛋和臭豆腐，或者和其他下岗的中年男子一样去开出租车。

　　结局太悲惨，滕逊自己都被自己吓唬住了。

　　终于，南蕙写完最后一个标点符号（乡下的那位老兄连落款和日期都不写），呼出了长长一口气，直了直自己的腰背，然后双手抓住信纸，轻轻揉捏起来。一旁的滕逊大为紧张，以为是写砸了或者南蕙发神经病："你这是干吗？"

　　南蕙已经不屑于去看他："那个信封一路风尘仆仆，被折出了很多皱纹，里面的信纸怎么可能像刚买来的那样崭新光洁、折痕整齐？"

　　滕逊被她一提醒，看了眼皱皱巴巴的信纸原件，这才恍然大悟地笑笑："怪不得，怪不得……"

　　南蕙造假完毕，这才转向他："您还要继续检查内容么？"

滕逊脸色泛红："……不要了，不要了……"

女孩把信纸塞回去，用胶水封口："没事的话，我就走了，老师。"

"等下……"滕逊拦住她，神色凝重地说，"既然你今天都这么帮忙了，我也就不瞒你了。"

学校共有教学类老师七十八名，其中有高级职称的占了将近一半，还有三名特级教师。外加后勤、行政职能工作人员，以及返聘的若干老教师，加起来刚好一百单八将。这一百单八将也像《水浒传》里的梁山好汉们那样，不是很容易就能管理好的。他们当中不是每个人都那么听话，或者表面上听话，背地里却对学校高层意见多多，甚至还会付诸行动，比如给教育局和市教委的领导写匿名举报信。

于是，学校高层就需要用一些特殊手段来查明，究竟是哪些喝饱了墨水没事干的家伙在给自己捣乱添麻烦。

做这种事，自然要极为心腹的人，滕逊就成了不二人选。

可惜，这个人选到底还是有点"二"，私查老师信件的事情没出几天就被南蕙发现了。现在，他只能自作主张地做了决定，即把对方也拉下水。

南蕙说："拆学生的信，说到底是为了他们好——

但拆老师的信不一样，完全是内斗啊，我没这个胆子牵扯进来。"

滕逊苦笑："上面的命令，我哪敢违抗？再说了，你是学生，拆其他学生的信，我是老师，拆其他老师的信，大家都一样，都是在自己人搞自己人，中国人除了烧菜和乒乓球，就这最擅长了。"

南蕙认识滕逊这段时间，觉得他这句话说得最有水平，当刮目相看。

滕逊继续讲："我这人，你也看得出来，只能在实验室里搞搞药水，在副校长面前拍拍马屁、说说荤段子，这种特务，不，呃，安全防范工作，一点也不擅长。你看刚才就差点闯大祸。我们现在人手少，新的人手几时能进来还难说，小唯性格太软，关键时刻估计不大可靠。小邓就算不是高三，但他本来就和很多老师很熟，不能跟他说这个，所以我只能指望你了。"

女生知道还有一点滕逊没说出来，那就是她母亲毕竟是一个重要的局级单位里面的处长，背景过硬，万一哪天出事了，还有这个身份罩着。

南蕙说："我考虑考虑。"

滕逊说："我向你保证，这件事，就你知我知，没有第三个人知道。"

南蕙扶了一下鼻梁上的眼镜："我还需要一项保证。"

"什么？"

"以后无论剪刀小组进来多少人，无论进来的是谁的皇亲国戚，必须是我说了算。"

滕逊笑了，笑容中带着不自觉的臣子般的敬畏："一言为定。"

3. 行刑队的子弹 ══════

在任何时代，在任何国家，学生有两件事是绝对不能做的：一是检查老师的隐私，二是对老师动粗。这两样只要有一样被触犯，任何文明人都有义务去祈求上帝用雷电把那个学生劈死。

当然，"文革"除外。

第二日，她开始私查老师信件。

私查老师的信件和私查学生的信件一样，都有一个"名单"。名单之外的人享受着隐私不被侵犯的自由，名单之上的人被一个字一个字地解剖分析。剪刀组针对学生用的是白名单排除法，成绩特别优秀、长相特别丑陋的，都在名单里，其信件不必检查。对于老师，则是相反，由高层钦定了十三个人的黑名单，都是明里暗里对高层心怀不满情绪的老师，或者派系斗争中的敌方分子。滕逊每次去取信，拿走的是所有老师的信件，但只拆这十三个人。

南蕙的语文老师也赫然在列。

拿到这封信她抬头看了滕逊一眼，对方解释："据说去年她和副校长闹过不愉快，因为看不惯学校周末开设补课班，就给上面写了举报信……"

南蕙若有所思："听说过，好像被教育局行政批评了。"

"嗯，所以，她到现在还没评上高级职称。"

"她是个好老师。"

滕逊没说话，只是等着她有所动作。女孩犹豫了一会儿，还是小心地将药水滴涂在信的封口上。和学生来信不同，老师所收到的信件里，公务信函之类的占了很大的比例，私人信件反倒不是很多。正因为如此，黑名单上的人的私信，在剪刀组看来才弥足珍贵。

这是一封私信。但是很蹊跷，没有寄信人的信息。

台灯照射半分钟后，封口干了。她戴上白色手套，把信封里的信纸倒出来，除了信纸之外还有两三张照片，上面是语文老师和一个男子的合影。她把信纸展开，阅读，然后脸色煞白。一旁的滕逊却像是猎犬发现了猎物般的兴奋，也不管自己有没有戴上手套，从她手里夺过信纸，只是飞快地扫了一眼，就被字里行间的敏感词汇震住了：

……请你不要再接近我的老公，不要再写信或者约他见面，他是一个老实巴交的人……要搞婚外恋，要勾引别人的老公，请去别的地方……你们以前恋爱过，但那是以前的事情了……为了我家庭的完整和美满，请你不要再出现了……你我都是读过很多书的知识分子，我也不想让别人看笑话，所以现在写这封信给你……大家都是女人……我们的孩子已经三岁了……为了这个家，我会做任何事情来保护它，哪怕和你面对面……尽管我一直在说服自己不要这么鲁莽和冲动，你也是有工作、有单位的人……这是第一次警告，也是最后一次……不要逼我。

随信附赠的照片，想来就是证据吧，那个男人和语文老师偷偷出去旅游的合影，然后不幸被妻子发现……

假如不是南蕙在场，滕逊真想吹一声口哨以示惊讶和欣喜。他干咳了一声，看看有些走神的南蕙，把信纸还给她：“抄写下来吧。”

“第一次拆老师的信就有大收获，你果然是福星。”他说。虽然信封上没有寄信人的信息，但信纸上赫然印着红色的“第三钢铁厂”字样。写信人的字体娟秀，行文虽然有些激动，但遣词造句可以看出是受过良好的教育，应该是宣传科室之类的人。

而语文老师呢，今年三十一岁，两年前丈夫去世，没有小孩，却也一直没有再嫁——看来，是一直和自己的老相好保持着不同寻常的关系。滕逊把三张照片拿在手上反复看着，最后留下一张两个人挨得最近、笑容最甜蜜的照片放进自己口袋里，剩下两张让南蕙等会儿放回信封。语文老师收到这封信时，一定是脸色死灰，然后可能还会把这两张照片烧毁。她绝对不会料到还有一张照片在别人手里，以后如果哪一天又和滕逊的幕后老板发生摩擦，也许这张照片的复印版本就会在学校里广为流传。

第三者，婚外恋，出轨，这些绝对是重磅炸弹，足以给上头一个满意的答卷。

抄写语文老师来信的那一段话，南蕙写得心不在焉，字也不如以往那么漂亮好看。她把信纸和照片塞回信封，用胶水重新粘合好封口，外行人再也看不出它和新到的邮件有什么区别了。滕逊见她脸色不好，问，"没事吧？"

女孩摇摇头："没事。"

滕逊虽然在剪刀小组的业务水平上不是行家，但每个成员刚开始做这个勾当，不，这个行当时会有的心理问题，他还是多多少少了解的。私截信件就和开枪杀人一样，拿起枪支射击一个你不认识的人，和射击一个你认识的、也许还每天朝夕相处的人，那种感觉大不相同。罪恶感，羞愧，内疚，厌恶，都会席卷而来。这就是为什么每天剪刀小组在工作时，拿进办公室的信件首先要每个组员全部浏览一下收信人，遇到自己认识、熟悉的收信人，这个成员就可以把它标出，交给别人来拆看，自己则可以自我安慰说我没看过我好友的私人信件。据说以前枪毙逃兵的行刑队也是如此，五个人开枪，但其中一支枪里的子弹是空包弹。没人知道到底是谁打出了空包弹，每个人都可以自我安慰说，是我。

残忍之中的仁慈。

但南蕙这次没得回避，她是唯一一个做这件事的人。只有她一个人开枪，只有她一个人击中目标。

滕逊收拾好摘抄下来的文件，将 438 药水放进柜子锁好，想行使自己身为小组负责人的职责再安慰下属南蕙几句，比如"你不开枪，总会有人来开这一枪，比如我"之类的，却发现她已经走到了门口，连招呼也没打就离开了。

像个鬼魅。

南蕙回到家，却发现家里十分热闹。

根据官场的规则，除非领导生病，否则家里不会来三个以上的下属或者同事。以往每次登门拜访南蕙母亲的干部，最多也就两个人。

但这次，却来了四个人，有脸熟的，也有脸不熟的，分坐在客厅的沙发上或者桌子边。每个人的脸上都有一种热情洋溢的轻松表情，不像平时上门求母亲办事时那样刻意的造作。

宛如一群即将出去春游的孩子，而母亲的那间书房，就像春游大巴的车门。

南蕙心里很清楚，大家都很开心的原因，只有可能是母亲很开心。因为她是他们的领导，领导开心，手下就要跟着欢乐。领导阴云密布，手下人就要如丧考妣。凡是混得好的人，个个都是奥斯卡影帝。至于大家伙为什么那么高兴地齐聚一堂，南蕙用头发丝也想得出来：母亲升职了，也升值了。

看到南蕙回来，客人们立刻向女孩递来和蔼可亲的招呼声和笑容，但她却像看见空气一样完全无视，径直回到自己的房间。保姆按照惯例给她端来牛奶、全麦饼干和水果点心，说："今晚他们要在外面吃，您想几点开饭？"然后又小声补充道，"李处长升了，副局。"

果不其然。

南蕙撇撇嘴，说晚点开饭吧。然后就把保姆打发出去了。她拿起一块饼干，却毫无胃口。母亲终于又在仕途上向前迈了一大步。四十一岁当上副局，前途不可限量，何况还是个女人。南蕙能猜中，不是她冰雪聪明，只是以前常有这样的情况：副科级，科级，副处级，处级……母亲就像一只精力充沛的蜗牛，在官场上孜孜不倦地往上爬，和父亲的关系也越来越糟糕，最终同床异梦，不，最后连同床也很少有了。如今父亲索性不回家，就泡在他的摄影工作室里。她记得母亲从科级升到副处级时，自己只有小学四年级，那是家里第一次有那么多大小干部上门道贺，而且都很乖巧地没有带任何贵重礼物，只是普通的水果糕点。然后他们不约而同地夸奖小南蕙聪慧漂亮，是学校里的大队长三道杠，以后肯定是学生会主席，考上清华北大，然后去美国留学云云。

后来南蕙长大了，悲伤地发现，所有大人夸奖小孩时都是这么一个套路，乖，成绩好，干部，北大清华或者诸如此类的名校，最后在资本主义大本营的美国胜利大会师……她还发现，当初那些对她无限祝福的大人们，都不是真心实意地夸奖自己。他们或有求于母亲，或者和母亲属于一个帮派，有一些后来根本就成了母亲的对手，还有的因为某某事件而永远告别了官场。以前有个小科长，三天两头往南蕙家跑。后来眼见升官无望，便扔下公务员的饭碗，下海经商。有天南蕙念初中时在外补课，正好遇到那个叔叔。曾经一脸和蔼可亲的叔叔倒是认出了她是李副处的女儿，却把头别过去，一双鼻孔几乎要对着天空。

所以今天，她再也不会相信客厅里那些笑脸和奉承。

刚把吃了半块的饼干放下，母亲没有敲门就进来了："小蕙，回来了？学校里情况怎么样？"

最后这句话说明，她已经很久没有过问和关心女儿的情况了。"学校里情况怎么样"和"今天在学校过得怎么样"看似就差了几个字，实则有天壤之别，前者搞得像是巡视工作，责问学校领导一样。

"学校里很好，强制购买保险很顺利，食堂饭菜依旧可以喂猪，这个月检查学生信件让我们抓到了十几个赌博打牌、逃课玩游戏机和看黄书的小子，我还进入了小组核心，开始检查老师的私人信件，帮助副校长铲除异己……"

如果真要这么回答，母亲会不会当场爆炸？

南蕙说："就那样吧，上课，作业，测验，开会。"

母亲似乎知道就这种答案，也没兴趣多客套，马上开始自己的真正议题："前面你回家，都没和叔叔阿姨打招呼啊，这样很没礼貌你知道么？"

南蕙就知道她的真实目的。其实这不是礼貌不礼貌的问题，而是新上升副局长的前任处长觉得，自己这才升官没两天，女儿就对着外人那么高傲冷漠，对那些"看着她长大"的长辈翻脸不认人，一定会在单位被人说闲话。新官上任，放不放火其实无所谓，但不能这么快就被传出负面议论。

"他们上门是为了给你庆祝，又不是为我。"

副局长有些诧异她的冷硬："难道你不替妈妈高兴么？"

南蕙反问："你升了官，回家的时间又会减少，为什么要高兴？我在学校里做干部升职，您替我高兴过么？"

母亲的回答完全是下意识："当然高兴。"

南蕙说："那你告诉我，我现在在学校里都有哪些职务？"

母亲哑然。这个问题搞得在官场身经百战的副局长也措手不及。

　　南蕙说："你升到副局，也就升职五次；我从小学一年级当中队长到今天，升职十三次，你替我庆祝过么？从我小学五年级升到红领巾大队长之后，你就再也没有问过我的职务变化。我当上班长，当上副部长，团支书，学代会代表，理事长，部长，还有初中主席团成员，你从来都不在意。你只知道你女儿是一个学生干部，成绩优秀，仕途坦荡，就和你一样——然后你就再也不关心了。"

　　陷入沉默。

　　"你能升职十三次，是因为我升职五次。"母亲再度开口。

　　女孩毫不示弱："你升职五次，都是因为我爷爷的缘故。"

　　这还是她第一次和母亲说话说得那么坚决、那么理直气壮，宛如辩论队的最佳辩手。而她此刻的对手，昔日在大学里真正夺得过全学院最佳辩手称号的母亲，却一言不发，动作缓慢地转身走向门口。

　　"你真是像极了我小的时候。"

　　这是母亲那天跟她说的最后一句话，然后轻轻带上门。独自留在房间里的女孩知道，就凭最后这句话，刚才的小小辩论赛，母亲输了，她自己也输了。于是她就那样呆坐着，既不打开书包，也不去动那杯快要冷却的牛奶，尽管她现在很想把杯子砸碎在地上。几分钟后，外面的人终于都一股脑儿地走了，清净了，她才出门，拿起客厅里的电话拨了个号码。

她需要放松一下，需要一个是非圈子之外、和一切阴谋无关的、单纯的人来陪她。

只有他最合适。她心里想。

4. 因为公平 ══════════

陈琛看电影看得要灵魂出窍了。

他喜欢看科幻片、动作片、侦探片、战争片和武侠片。投影仪里放的电影《廊桥遗梦》是今年风靡美国引起轰动的爱情大片，实在不符合他的胃口。自导自演的男一号克林特·伊斯特伍德这个老男人，风度翩翩，但不像007那样行走在谍战生死线。梅丽尔·斯特里普五官很好看，可她演的是家庭主妇啊！家庭主妇！要看家庭主妇，回家看自己老娘就可以了……用得着这么大的一块投影幕布和立体声音响的奢华配置么？

但他不想抱怨。

和南蕙待在一起时，他从不抱怨。再说，南蕙主动约他周末出来，一定是又遇到什么不顺心的事情。女孩此时此刻正专心地看着录像带，认真的劲头不亚于在钻研全真考卷上的加分试题。他们现在身处的放映室，其实是闹市区一家咖啡吧的三楼。1995年，星巴克尚未入驻中国，国内的大部分咖啡厅都装修得像国营西餐厅，有着火车软座型的座位，以及味道永远不怎么正宗的现磨咖啡，价格却足以令普通工人咋舌止步，来光顾的都是一些港台生意人、外国人和外烟贩子，更不要说高中生来消费。但陈琛的表哥是这家咖啡厅的合伙人，所以他们可以经常来玩。咖啡厅的一楼是沙发座，二楼是包厢，三楼顾客止步，是给老板的朋友聚会或者看看电影用的，所以有专门的录像带机、投影仪和幕布，还配置了立体声音响。南蕙初中时就跟他来过，已经很熟了，有时候遇到迷路走到三楼的老外，还能说几句英文和对方练练口语——在上世纪九十年代中期这是很难得的机会。

好不容易看完一百三十五分钟的爱情大片，陈琛终于可以舒一口气。说到底，就是一个要不要为了第三者而抛弃家庭的故事嘛，也拍得太细腻了。接下去又换了一盒带子，《辛德勒的名单》，两年前的片子，全黑白的，严肃而深刻。而他身边的女孩依旧像座雕塑一样静静地看着，投影的光线通过幕布又反射到她身上，她的曲线轮廓也变得黑白分明。

"邵老师的事，你听说了么？"

她点点头："嗯。"

邵老师就是南蕙的语文老师，前天开始就没来上课，都是其他老师代的课。据说是生病了，在医院。学校里却悄悄流传着另一种说法，邵老师不是生病，是吃了太多安眠药。至于服药过量的原因，都不太清楚，有

人猜测"绝症说"，因为她身体一直不算很好，也有说
"为情所困"，被一个做生意的男人抛弃了。邵老师病假
后，陈琛是极少数想去主动探望她的学生之一，但被语
文组的老师回绝了，讲邵老师现在最需要的就是休息，
你们过段时间再去看吧。学校的路子走不通，他就悄悄
去了一次邵老师家，邵老师父亲已经过世，离婚之后和
母亲一起住。但邵母去医院陪护了，陈琛跟邻居打听了
半天也不知道哪家医院，只知道是半夜被送去医院的。

"好好的人，怎么就会吃安眠药了呢……"陈琛一
声叹息，"一个好老师啊，当初……"

南蕙用眼神阻止了他的叙旧，声音很轻，但内力十
足："你还让我看电影么？"

男孩耸耸肩，住了嘴。

"邵老师是个好老师"，这话她听了好多次。滕逊这
么说，只是出于虚伪和警惕，不想在南蕙这种学生面前
说别的老师坏话。陈琛这么说，完全是出于对性格派老
师的盲目敬仰。南蕙就一直没觉得邵老师"好"在哪
里：她和学校高层"不是很合拍"，部分管理人员一直
觉得邵老师脑子一根筋，原则性强过了头，所以不招人
待见，平时在老师队伍里也没几个好朋友。按理她在高
中部教了十年，可以评高级教师职称，上头一直卡着，
就是这个原因。

南蕙自己也不太喜欢这个语文老师。她初中时作文
很好，备受老师赞赏。进了高中部，邵老师却只给她平

平的分数，南蕙不服，到语文教研组讨教原因，邵老师丝毫不顾忌南蕙家里的来头，直白地告诉她说，你的作文，观点清晰，语言流畅，层次分明，一个错别字都没有——但是，都是空话大话套话，都是重复别人的观点，没魂儿，没美感，没主心骨，没属于自己的看法。南蕙暗中咬牙，但没辙。相反，邵老师很欣赏班上那个上课从不专心听讲、老爱跟老师唱反调的小男生的作文，说他有想法有胆识有骨气，作文分数都是九十分上下。

　　这样的老师，他们是怎么招进来的？南蕙当时心里就纳闷。

　　但现在，邵老师已经彻底被击垮了，通过她的手。这种感觉，即便现在回想起来还是不可思议，一个学生，击败了高高在上的权威老师。教书育人的强弱关系一下子发生了倾覆。

　　这就是"特殊权力"的奇妙吧。

　　看完电影，在楼上喝东西。南蕙吸了半天芬达汽水，忽然讲："前面看电影的时候我态度不好，你别在意。"

　　这种态度和口吻，有点把陈琛吓到了，他差点就想要伸手去摸女孩的额头："没事儿，没事儿。"

　　南蕙说："我知道你心情也不太好。"

　　这种体谅，把男生给感动坏了。和邵老师一样，陈琛这两天也遇到了挫折，是跟第五中学那个掌掴事件有关，就发生在南蕙从初中部帮忙回来后不久。看来那个传闻是真的，而且五中的部分学生动了义愤，眼看报纸和电视台对此不闻不问，就悄悄地搞一些抗议活动，比如写联名信给教育局。在收集到了五十多个签名以后，这帮幼稚的小傻瓜把信寄到教育局，隔天，这封信便落到了五中校长手里。校方就像抓脸盆里的蛤蜊那样，把那群小子一个个地揪了出来。除了本校学生，签名阵容里还有若干来凑热闹的外校学生，其中就有陈琛的大名。陈琛的初中同桌很快就把他的来历供了出来，第二天一早，陈琛就被请去教导主任螃蜞那里喝麦乳精。

教导处请喝麦乳精，是个人性化的措施。来座谈的学生，根据罪行大小，享受浓度不同的这种冲剂饮料。麦乳精越稀，说明你犯的事越大。还好，陈琛的行为只是给其他学校造成了一些麻烦，所以那杯饮料还不至于能透过杯子看到对面的人。螃蜞只是教育了他几句，让他写个五百字检讨，就既往不咎了。

学校难得宽大一次，陈琛却耿耿于怀。

"跟你说件事，那个，我想，我想退出学生会，还有合唱团……"陈琛用手指慢慢转动着红茶茶杯。

南蕙吸管里的芬达走到半途忽然又缩了回去："你说什么？"

男生艰难地把刚才的话重复了一遍，又讲："我这几天一直在想，自己身上的职务都毫无意义，什么学生

会啊，自主委员啊，还有那个合唱团，都是扯淡，天天
背法语，唱《马赛曲》，'自尊的骄傲'，'美行懿德'，
'该如何扬起我们的激情'，还有'勇于思考'——都是
扯淡，嘴巴里唱得好听，生活里说得更好听，可是，为
其他学生的遭遇签个名都要写检讨，有意思么？不如退
出算了，省心，就当个小班长，为班上同学服务，起码
不内疚。"

"你烧糊涂了……"南蕙第一次为他感到诧异。

"我没有，你别摸我额头——我想，不如你也退出
学生会算了，你们那个文艺部，不是开会就是让我们荡
起双桨，没别的事情好做了，你妈妈那么厉害，这点头
衔无所谓，还留着干吗……"

越说越不像话了。南蕙真想把手里的冰镇汽水泼
到胡言乱语的陈琛脸上，让他清醒一下。但转念一想，
不，他其实很清醒，因为虽是胡言乱语，却句句在要
害上。

但她比他更清醒。

"我给你讲个故事吧？"咬了一会儿吸管，女孩才
开口。

"啊？你说，你说……"

"我上初中之前，每到过年，我妈妈都会带着我去
她的几个上级领导那里拜年。那时候我妈妈还没有公家
派给的专车和司机，要坐公交车。我那时还不算很认
路，但能感觉到，我们去拜访的顺序，并不是按照离

我家远近来安排的，有时候先要走很远的路去一个伯伯那里，然后再绕回来，去另一个叔叔家，知道为什么吗？"

"官衔……"

陈琛毕竟家里也是有人在官场混的。

"对，大领导家先去，然后是二把手，再接下去是中层领导。每进一户人家之前，我妈都会关照我，要表现得有礼貌，要主动亲切地叫人，就连自己在学校里哪一门功课最好，都要根据拜访对象的不同而相应变化，因为有的领导是学文科出身，有的是搞理工科起家，这就叫对症下药。"

南蕙继续道："不光如此，假如对方领导家里生的是儿子，妈妈会把我打扮得很漂亮，辫子上扎着蝴蝶结；如果是女儿，而且长得不怎么好，比如又胖又壮，妈妈就会拿下我的蝴蝶结。"

陈琛只是注视着南蕙。

"有一年，妈妈的领导换过了届，去拜年，却不带我去，我很奇怪，后来才知道，那个最大的领导的独生子去年出车祸死了，没有再生。妈妈不带我去，是怕刺激到他。"

沉默。

连玻璃杯里的汽水都不怎么冒泡了。

南蕙最后总结陈词，终止了陈琛这个不切实际的话题："那一天我才真正相信，我是妈妈的工具，只不过是洋娃娃和吉祥物的用处，我是她为了官场而生的，我的道路和前途被她决定好了的，现在你让我退出学生会，不当干部，不走她想让我走的路，可能吗？"

可能吗？

可能吗……

5. 意外的猎物

到了第二周，邵老师仍未回学校教书。据传语文组已经在打算聘请新的语文老师。

即便邵老师回来了，也已经无心和学校管理层发生什么摩擦了吧！南蕙每次路过语文教研办公室的时候都这么想。

倘若如此，老师信件的黑名单上会少去一个人。她唯一可以自我慰藉的是，至少邵老师的事情，她只是窥测到秘密，始终没有起什么决定性的毁灭作用。

但下一次，也许就没有那么好的"运气"了。

中午她在剪刀小组的办公室里忙完学生那块的事务，先将小唯打发走，然后又检查完了三五封老师的信件，所幸都是公务往来，没什么把柄。滕逊在边上美其名曰监督，其实就是在看报纸。对南蕙的忠诚度和业务能力，他是一百个放心的。收拾完中午的东西，他忽然讲："邵老师估计要离职一段时间了。"

南蕙没说话。

滕逊摁摁太阳穴，好像很累的样子："过两天会进来一个新的成员，到时你平时的事务会轻松很多了。"

女孩"嗯"了一下，也没有心情问是谁。下午的体育课，她也上得心不在焉。这节课正好是仰卧起坐测验，女生两两一组，互相帮着压住脚和膝盖。结果她帮搭档数数的时候走神了，老师过来问成绩时，她随口捡了一个刚好够及格的数目报上去。老师将信将疑地看看她的搭档，没说什么，写了数字走人了。接下来是自由活动，她打了一会儿羽毛球，想用出汗和运动来暂时回避不愉快的东西。然后去食堂后面的那排露天洗手池洗了一把脸。

还没用手绢擦干净额头的水珠，一瓶东西就摆在了她旁边的水池边缘。那是一盒纸包装的荔枝味饮料，是当时除了碳酸饮料之外最流行的饮品。南蕙抬头，看到是刚才搭档仰卧起坐测验的女生。女生姓麦，不巧单名一个"雅"字，于是得了个外号叫麦芽糖。

"请你的！"

麦芽糖笑起来的确有点甜甜的感觉。但她身材有些婴儿肥，否则也可以搏一搏班花的头衔。前面测验的时候，麦芽糖一上一下很吃力，按理应该是没及格。但是负责数数的南蕙在老师眼里一直是个说话做事一板一眼、从来不会撒谎的二杆子班长，体育老师也就信了。这大概是麦芽糖同学发福以来第一次测验及格，所以特地来酬谢恩人南蕙。

这也是南蕙进入中学以来，第一回有女同学请客她。

大家都是第一次。

按照南蕙以往的性格，她是不会接受这类小贿赂的。刚才是一次失误，不是故意的怜悯，不值得这类犒赏。但女生说的下一句话就让她的婉拒彻底缩回了喉咙口："那天我看见咯。"

啊？

麦芽糖吸了一口自己手里的饮料，说："就是上周六啊，看到你和一个男生从咖啡厅里出来。"

陈琛……南蕙脑子"嗡"了一下。

"你别紧张啦，我不会跟老师告密的。"麦芽糖见她脸色煞白，安慰道，"你看。"

南蕙见她抬起左手，小指根部环裹着一张创可贴，但仔细看，就会发现创可贴后面隐隐凸起了一圈。

戒指？

"嘘……"麦芽糖示意她小声点，在学校里佩戴任何首饰，就像你没穿衣服在操场上跑步一样性质严重，"我也有男朋友的，所以，你放心啦。"

南蕙本来还想说你误会了，但转念一想，在这种情况下怎么解释都没有用的，都被人家看到出入咖啡厅了，越解释就是越显掩饰，于是只好"嗯"了一下。同时脑海里不断搜寻着剪刀小组的记忆，麦芽糖似乎没有什么可疑的来信。眼前的这个女孩属于那种一旦认定安全，就全然没什么警惕性的人，"那个男生，看上去蛮眼熟的哎，我们学校的吧？没想到班长你也会恋爱啊，居然去的还是咖啡厅那种高档的地方……"

南蕙笑笑，笑得很尴尬，但也容易被误以为是羞涩："那，你们平时都去什么地方呢？"

"公园啊，电影院啊，哦，还有台球房和游戏厅。"

南蕙觉得后二者根本就是黑帮混混才会去的地方。

"我男朋友桌球打得很好哦。"麦芽糖补充道了一句，然后讲，"不如下次四个人一起出来玩吧，哈哈。"

南蕙险些口吐鲜血当场阵亡。

"那，那，你没对别人说这件事吧？"她不放心地追问。

有些小胖的女孩笑道："我们学校除了你和我，没有第三个人知道，这是我和班长两个人之间的秘密，嘿嘿！"

说完，她用手里的饮料和南蕙手里的饮料轻轻碰了一下，算是干杯。

麦雅，女，高一（3）班音乐课代表，非本校初中部的考入生，各科成绩属于班级中游水准。

目前记录在案的外校寄来的信件有四封，均是同一名女生（经过笔迹确认），从内容上推测对方是其初中和小学时代的闺蜜，目前在市郊一所寄宿制重点高中念书。信件内容多以流行音乐、港台影星、减肥秘方、初中同学八卦居多。寄信人谈及过自己的暗恋对象，但没有证据显示收信人麦雅有早恋行为。

剪刀小组的工作总是有死角的。

这也解释了，为什么麦芽糖在目击了陈南"约会"之后，会对南蕙那么有好感。她不是初中部过来的原班人马，而那所初中考进这所高中的学生很少很少，在这里她没有老朋友。唯一的好友在能吹到海风看到耕牛的郊区，属于"友情饥渴症"患者。那之后的体育课、午休，再到后来的课间休息，麦芽糖经常会来找她。换成别人，南蕙一定会用冷屁股去应对热脸，因为从小到大她都习惯了没有闺蜜、没有女性好友的生活——陪伴她一起长大的"闺蜜"是中队长和大队长标志、点名册、学生会会议记录、伟人传记、文房四宝和国际象棋。

但她没有谢绝麦芽糖的靠近，因为那天私下查阅女孩学生档案的时候，在家庭情况那一栏，登记在册的家属信息只有她母亲的：区政府某机关办事处副科长。

父母离异，还是父亲过世？上面没写。但南蕙总觉得这是一个和自己情况相似的孩子，只是她却能笑得那么甜，像从来没有被风雨吹打过的细嫩花蕊。她很好奇麦芽糖到底有个什么样的母亲，是李副局长那种么？所以她终究没有拒绝对方的介入。麦芽糖唯一感到遗憾的，就是放学后，南蕙总跟她说有事，比如学生会开会之类。好在麦芽糖和她回家一点也不顺路，所以无所谓。至于中午，南蕙则知道麦芽糖不怎么爱学习，就借口要到清静的地方看书自习，午间休息时总会"消失"半个多小时。

原本总是独来独往的女班长，现在和麦芽糖在一起玩，这多多少少有些出乎其他人的意料。至少在本班那些原班人马看来，平时不苟言笑、成绩优秀、专职做班主任传声筒的南蕙几乎就是机器人的代名词，没料到进了高中会有这种转变。麦芽糖后来也说，刚进高中时一直觉得你对谁都很冷淡，不跟任何人做朋友，所以他们都管你叫"北冰洋"，那天看到你和（7）班那个男生一起约会，真是吓了我一大跳，还偷偷走近看了好几次才确认是你啊……

那时，麦芽糖已经知道了陈琛的身份，毕竟学校高一就那么几个班级。陈南在学校装作路人，麦芽糖是理解的，现在外面谈早恋如谈虎狼，学校里恋爱的学生都夹紧了尾巴做好自己的地下保密工作。后来连陈琛也有些诧异，说："你最近和你们班那个胖乎乎的女生走得很近啊，不像你的风格。"

南蕙白他一眼，说："那我是什么风格？北冰洋还是机器人？还是你看上了人家，要我帮你介绍么？"

男孩说："真巧，今天天气不错。"

等到厮混得熟了，南蕙终于会问麦芽糖家里的事情，但没提父亲，只是旁敲侧击说起了自己的母亲。麦芽糖说："我妈啊，成天让我别减肥，每天都给我烧很多菜，说女孩子胖点没关系，还说要是瘦下去了身材变好，就会有男孩子跟着了，哈哈，她好可爱。"

南蕙听得心里发酸，是那种米醋的酸味。除此以外，还有麦芽糖的毛衣是她妈妈织的，她每天书包里必定会有的一个苹果一盒酸奶，那也是她妈妈放的，连骑自行车这种父系技能都是她妈妈教的……南蕙心里的那杯米醋越听越有变成硫酸的趋势。

同样是政府机关干部，差别实在太大。

同样家庭不算完整，麦芽糖比南蕙幸福得太多太多。

但她只是羡慕，从未嫉妒。而这种羡慕，正是她愿意对方进入自己生活的动力和许可证。因为自己得不到，所以想要有一扇窗口，看看得到的人，是怎样的幸福，然后被那种幸福感染。后来偶然一次谈话，她才知道，麦芽糖有男朋友这件事情，全校上下，居然也只有南蕙知道。

"没有告诉别人？"她诧异道。

"为什么要告诉别人？这种事情还是要低调一点比较好。"麦芽糖一如既往地吸吮着纸包装的荔枝饮料，"这种秘密，和一个朋友分享就足够了，我连小米都没有告诉哦。"

小米就是经常给麦芽糖写信的闺蜜好友。"没告诉小米"，这种话普通人听听也就拉倒算了。但南蕙一听，顿时明白为什么小米给麦芽糖前前后后写了四五封信，却一封都没提到麦芽糖的男朋友，因为她根本不知道。反过来想，麦芽糖看到南蕙和陈琛，其实完全可以不必告诉南蕙她自己也有恋人，但她还是说了，相当于主动用自己的秘密和南蕙交换秘密，在当时她和她还只是普通同班同学的前提下。

因为她相信你，南蕙。她对自己说。

从小到大，她已经听过无数次"信任你"。母亲从小就对她说，"妈妈相信你会考好的"，"妈妈相信你会是最优秀的"，然后每次她测验没进前五名，母亲就会严厉批评她；班主任也总是说"我相信你能把班级工作做好"，但那还不是因为母亲的官位的缘故；滕逊也经常说，"我自然是相信你的"，"组织上很信任你"，但每次拆信，他总会指派小唯和南蕙互相监督；以前邓恺墨也说过"我信得过你的能力"，但每次她在学生会部门里独当一面，邓恺墨总是给她太多的指导，虽然那些指导都是正确的、善意的……甚至，陈琛也有几次说，你呀，心里面装太多东西了，就是不肯说出来，我也不敢问，就算问了，你肯定也不会说实话，要么就是"没事""没事"地敷衍，对吧？呵呵。

而麦芽糖，从来没对她说过"相信"或者"信任"，但却把自己最大的秘密主动交给了她。

但这还不是最凄凉的。

凄凉的是，有天晚上她做噩梦，自己和小唯正在剪刀组的办公室里忙着，忽然滕逊进来，一脸严肃地对她说："南蕙同学，没想到学校这么信任你，交给你这么重要的工作，你却辜负了信任；我把老师信件的工作也给了你，没想到你却隐瞒了这么重要的事情。"

她一脸茫然，手里的药水瓶口子开着，却飘出来一股烧焦的味道："我，我怎么了？"

滕逊往里面走了一步，身后的门外走进来一个女孩，身材微胖，但笑容甜美："你好啊，班长。"说着举起了自己的左手，小指根部的创可贴被她撕了下来，里面根本没有什么戒指，而是一根普通的红色棉线而已。

"你知道我在早恋，却隐瞒不报，这是什么性质的行为呢？"她追问。

滕逊："这是麦雅同学，她就是我跟你说过的新来的成员——她的第一项任务不是拆信，而是测试你们的忠诚度。"

麦雅挥挥手算是打了招呼，对南蕙道："你天天拆别人的信，真的以为会有人这么'信'任你么？"

南蕙口干舌燥，浑身像被抽走了血液。她看到麦雅背后又站了很多人：邓恺墨，严笑如，陈默吟，邵老师，还有陈琛。她只能从身高和轮廓上辨认出他们，因为每个人都是黑影，只有眼白的部分是煞白煞白的，白得像此刻桌子上堆积如山的信封，一黑一白的反衬，醒目到刺眼。

然后她就醒了，像好不容易从水底浮到水面的落水者，大口呼吸，心跳快速。床边柜子上，只有陈琛送她的那块电子手表的夜光闪烁，让昏暗的房间有了些许光亮。

女孩扶额，擦掉一层冷汗，然后很长一段时间不愿意重回梦乡。

原来，最悲哀的不是没人相信你，而是你永远在怀疑那些相信你的人。

她看着天花板，这样想。

6. 警告

老师的十三人黑名单上少了邵老师，但很快又补进一个人。

新目标叫卫筠，是教音乐的女老师，二十四岁。

音乐课是副科的副科，和美术并列，一周一节。所以学校的音乐老师和美术老师都是独苗，全校学生都上过他们的课。在南蕙的记忆里，这个女老师前年才从师范大学毕业，半年前刚调来本校，教的又是与世无争的五线音，何须上榜，难道是怕她用竹箫打校长的头不成？

滕逊说我也觉得很纳闷，后来打听清楚了，她是教务主任的远房外甥女，能进这所学校就是靠主任的关系。主任就在我们的名单上，为了全面防范，她也加进来了。

南蕙"哦"了一声，埋头做事，心里却在想：你们当我三岁小孩子么？

麦芽糖就是音乐课代表，平时跟卫老师关系不错，曾经还半开玩笑说要跟着多才多艺的卫老师学古筝和吹箫。卫老师跟麦芽糖说过，自己老家在一千多公里外的某省，祖籍地则还要远。她在本市念大学，就不愿意回去发展了。而教务主任呢，一个性格顽固的老太太，在初中部和高中部加起来干了有十多年，正宗的本地人，五代以内都是本地的族系——卫庞两家的这远房亲戚未免也太远了点，估计五百年前都轮不到一家。而且从未在学校里看见两个人有什么来往。

尽是鬼扯淡。

倒是滕逊才有靠山，那就是郑副校长。南蕙还知道他的老婆得了绝症，据说最长也就半年左右的日子了。这位太太比副校长大了三岁，是市教育局前领导的千金。郑副校长正是靠了这个老婆的关系才从一个普通生物老师做到了副校长，而且据说将来有可能会调去其他高中做正校长。再看看卫老师档案里的一寸免冠照，非常漂亮，真人比照片还漂亮，身高腿长，就是胸部微微小了点，B罩，南蕙推断过。卫老师也算是文艺女青年，自然喜欢写信写日记。偷看日记，副校长是别想了；查阅来信，正好是剪刀小组的特长。

每次有卫老师的来信，滕逊总是一改平时不过问具体事务的态度，自己先亲自审读一遍，小眼睛滴溜溜乱转，然后才假模假样地让南蕙去做内容摘抄——那里面对学校高层的坏话，当然是屁都没有的。

因为留了这么一个心眼，南蕙放学后悄悄去过卫老师经常待着的艺术楼音乐教室，仅仅是装作路过，五次里倒有一次看见副校长和卫老师在里面谈话，还有一次她没在教室里看到，却在下楼时遇到正往上走的副校长。幸好副校长只是从滕逊口中知道剪刀组有南蕙这么个人，没正式见过她，更不知道滕逊私下把截查老师信件的任务分给了这个女生，所以只当她是哪个班级的音乐课代表而已。

至于卫老师收到的那些信的内容，倒是蛮有趣，有老家的，有大学同学的，高中同学初中同学小学同学的，纯粹笔友的，文学杂志的退稿信，甚至还有著名的作曲家和音乐评论家的，当然，还有男友的。一开始这个信息给了滕逊很大的打击，但仔细研究就觉得没那么糟糕。原来卫老师的男朋友比她大两岁，师范毕业后工作了一年就去西南偏远山区支教了，看样子还有一年半才能回来。郑副校长的老婆还有半年，卫老师的男友还有一年半，一减下来，副校长还有一年的战略时间，绰绰有余，于是滕逊便喜滋滋地去跟领导汇报。

留下南蕙坐在那里独自头大。

她看着桌子上卫老师的信，还有其他几个老师的，整个人宛如失去了做任何动作的气力。当初她刚进剪刀小组的时候，邓恺墨跟她说过，剪刀小组做的是见不得光的事情，但宗旨还是好的，是这所学校的风气、安全和名誉的黑色盾牌与黑色利剑。检查的每一封信、每一个名字、每一个标点符号，不是为了获取掌握他人隐私的快感和权力感，而是为了消灭那些罪恶，仅此而已。

但现在，呵，这把剪刀用刀刃在实施更不可告人的目的，成为压制异己、满足私欲的工具，彻头彻尾的罪恶工具。

作为一件工具，需要自问其意义和立场么？

邓恺墨的忽然出现，替她回答了这个问题。

当时南蕙完成了中午的检查，在走回教学楼的路上被人拉了一下胳膊。转身一看，邓学长就站在那里，一只手还拿着本厚实的历年高考化学卷汇编。大概因为实在和他共事久了，南蕙是极少数几个可以轻易从这个静水流深的少年眼里看出某种情绪的人。

"跟我来一下。"

不出所料，目的地是他以前刻章的图书馆资料室，无人打扰。

"和你认识这么久，我就直接说了。"邓恺墨把那本书放在桌子上，"我知道你和滕老师在搞鬼。"

虚张声势，看似知道真相其实是在套取信息。这些都是当年他教给她的，而她的回应也已经成为了下意识反应："不懂。"

邓恺墨也料到这是自己最出色的学妹，马上追击：

"两个迹象，一，你最近总是让小唯先离开，自己和滕老师又在办公室里待一段时间；二，我去看过门卫室的老师信箱，邮戳日期和收到时间对不上口。"

南蕙在过来的一路上基本猜到了邓恺墨手头上会有的间接证据，早有准备："第一条，是我和滕老师在重新确定黑名单上要不要加人减人，不让小唯参与，因为滕老师不喜欢她，这个你也知道；第二条，我是刚听你说的，不清楚怎么回事——你这样怀疑我，我很难过。"

最后这句补充，南蕙本来没打算说，但她和各类老师打交道久了、和学生会那帮人虚与委蛇，和辩论协会的对手比赛久了，甚至和母亲顶嘴次数多了，都已经让她养成了一种潜意识里的技能，就是反客为主地还击。那两条证据一一反驳之后，便所应当然地加了最后一句，好比蝎子有两只钳子，还要有一根毒尾巴。

她算得很准，邓恺墨手上也就这两个证据，苍白无力，而且不可能向别人反映情况，因为他唯一能反映问题的对象，百分之九十九可能就是幕后主脑。他不会跟普通老师说，他知道，这样一来，剪刀小组的隐秘性也随之消失，因为阻挠检查老师信件而导致整个小组覆灭的事儿，他不干。

他要先劝一下。

"其实当初，他们刚刚提出建立剪刀组的时候，我就预先想到过这个可能性。"

男孩的这句话倒是出乎了南蕙的意料。见她有些小诧异，他笑笑，苦笑："我生在校长和特级教师的家庭，就像你爷爷和母亲是高级干部，耳濡目染，看很多事情就像看课本一样频繁；其实学校就是半个官场，你从母亲那里看来听来的肮脏龌龊，学校里一样也不少，我也是在各类窝里斗和权力阴谋的故事里长大的，我就猜到，也许有一天，上头想要把剪刀小组当做内斗的工具。"

女孩一言不发。

邓恺墨说："所以我那时可以推荐人选的时候，立刻想到了你。"

她看看他，努力不让自己的眼神泄露更多的内心活动。

"我以为你会很理智很聪明，会巧妙地避开这个漩涡，尽管它现在看上去，可能只是一个小水花。"

"那也许说明，你并不了解我，师兄。"

"也许吧。"高三男生的脸上显示出与年龄并不相衬的老沉和憔悴，"你知道我不能对你们的阴谋行为采取什么遏止行为。剪刀本身就是一个阴谋，一个说出去别人不太会相信的阴谋。但让另一个更不太让人相信的阴谋去推翻它，不忍心，我不会看着它灭亡，毕竟，它还在行使着最初衷的那部分功能。"

"我让你失望了吧?"

"嗯。"

"因为，我不再是以前那个被你指导什么该怎么做，什么不该做的小助手了。"

他像看陌生人一样看着她，她神色平静。

邓恺墨说："你们在玩火，我怕你们会烧掉那间办公室里的成就。"

她看看表，讲："还有人在等我，师兄。"

男孩点点头，讲："桌子上那本试卷汇编，你翻开看看。"

南蕙不知道他卖什么关子，但还是翻了。在29和30页之间夹了东西，所以半自动地，书就翻到了那一页，然后女孩几乎连心跳也要随着静止的书页而静止。

邵老师的照片，当初滕逊留下来的那张，她和那个男人的合影，一只手勾着对方的胳膊肘，笑容甜蜜而灿烂。

足足半分钟，没人说话。

邓恺墨走过去夹出照片，讲："邵老师以前和我父亲关系不大好，但无论如何，她都是一个敬职敬责、充满人情味的好老师，我也知道她现在的状况，和你们无关，你也不要问我是怎么得到照片的，我只是提醒你，阴谋的背后总有另一个阴谋在窥探着它，千万不要做得太过分，不然会有战争的，而且非常惨烈，双方都会输的。"

说完，他把照片放在女孩面前："它怎么处理，随便你——下个月就是你生日了，算是生日礼物吧。"

然后拿起书，走人。

7. 年少无知

邓恺墨之后，又是麦芽糖的事情。

和麦芽糖虽然关系很好，但一直到现在，南蕙都不知道她的男朋友到底乃何方神圣，只晓得他比麦芽糖大几岁。周末的时候，麦芽糖和他男友出去看电影，热门好莱坞动画巨作《玩具总动员》①，跟她妈妈称是和南蕙出去。身负掩护重任的南蕙在电话里小心翼翼地撒着谎，挂了电话之后，讲："你们去哪家影院？"麦芽糖知道她是担心自己被熟人看到，说："你放心吧，在城南区的国泰，过去要一个小时呢。"

南蕙点点头，不再多问。

她无法告诉麦芽糖说，她早恋的事情，前天也就星期四的时候，差点被曝光。那天中午她再度截获小米写给麦芽糖的信件，里面的一句话让她吓出一身冷汗："听大胖说你有男朋友了啊，他看到你和一个男生在××游戏厅里手拉着手……难怪你周末现在都不大肯出来嘛，小混蛋，有男人了居然也不告诉我！老娘好伤心啊……胖子说那个男生还蛮帅的，老实交代吧！他是谁，怎么勾搭上的，你们到哪一步了？二垒？三垒？"

小米的最后那几个问题，南蕙也很想知道，尤其是"二垒三垒"的术语，从来不关心港台流行文化的她实

①《玩具总动员》是皮克斯的动画系列电影，目前共制作了三部，第一部于1995年公映。

在不明白，只能隐约猜测几分。

麦芽糖很幸运，这天另一个组员小唯的例假来了，而且痛经，所以没来学校，办公室里就她和滕逊两个人。滕逊自从肩负了检查老师信件的任务后，就很少关心学生信件，以前还会象征性地随机抽查看看，现在已经撒手不管了。南蕙面无表情地将小米的来信归档进了"没问题"的那一堆里，然后接着看下一封。正好这第二封里，写信人在交流偷窥女生厕所的心得，南蕙有事可做，又能吸引滕逊的注意力。直到小米的信重新粘合完毕被放进那个纸箱子，南蕙才在心里暗暗松了口气。

滕逊以为她很累，说新成员明天就要来了，到时候你就轻松很多了。

南蕙心里却叫苦，这次她能瞒天过海，下一次组里人一多，怎么瞒过去？下午第二节课间休息的时候，麦芽糖已经拆开了那封信，看着看着就坏笑了起来。两个女生结伴一起去上厕所的时候，麦芽糖说："我的事情还是被小米知道了，她暗恋一个男生四年了，都不敢去表白，我恋爱，肯定刺激到她了……"

南蕙却听不进去这些情感琐事，她更关心明天来的新成员到底是谁，是小唯那样的性格，还是和南蕙一样。

或者，真的是深藏不露的麦芽糖？

想要事先知道内部消息中的内部消息，放在以往完全可以去问邓恺墨。但邓因为老师信件的事已经和她闹别扭了，她拉不下那个脸去找他探听消息。

只能干等。

翌日，她终于见到了传说中的新人。对方走进剪刀小组这间狭小阴暗的办公室时，南蕙呼吸一凉，还不如就是麦芽糖呢。

"没想到吧？"来者微笑时，嘴角像被刀子割开的一道细长口子，声音也有些黏黏的，却带着冰冷，"我们又在一起共事了，南同学。"

滕逊有些讶异："原来你们早认识？"

来人说："嗯，我们都是原班人马啊，以前她们班就在我斜对面呢。"

滕逊说："这么巧。"

南蕙说："何止？你怎么不说说初一那封信的事情，在这里说可是很应景的，马超麟。"

剪刀组新成员迅速回应："那是年少无知，呵呵。"

话虽这么说，但他看着南蕙的眼神，却是蛇类看到小白鼠的感觉。

是的，蛇类，这是南蕙觉得对眼前的男生最贴切的比喻。

人与人之间在性格上的差距，有时就是那么大。马超麟比陈琛南蕙大一届，也是初中部直升上来的。他妈妈是高中部的财务处负责人，属教工子女，而且还算高级教工。但马超麟却没有遗传到他母亲的低调、朴实作风，而是走向另一个极端。从初中起，他就很看不起班级里那些成绩差的学生，并且很为自己的成绩优秀而沾沾自喜，一遇到成绩比自己还要优秀的，就十分巴结，并且千方百计贴上去打听学习方法。等哪天超过对方了，立马脸色一转，鼻孔朝天，四处宣扬自己的丰功伟绩，说某某某也不过如此啊之类的。

光这一块缺陷也就算了，偏偏他又很贪小便宜。有一件事情是个很好的例子。初中时，每年临近暑假，各个班主任都要清理自己堆积如山的旧报纸、旧书、旧考卷，当然还有"小黑库"，就是这一个学期里从班里没收上来的小玩具、香烟牌子、动漫卡片、歌星磁带、项链戒指、俄罗斯方块掌上游戏机之类的。班主任一般不会亲自出马，都是各班班长和干部在那里出工出力，根据潜规则，小黑库里的战利品会送给这些小苦力们。陈琛人老实，虽然也是历年的苦力之一，但每次都谢绝了那些零零碎碎的玩意儿，总觉得老师没有权利拿走学生的东西，就算暂时保管也没权利保管那么久，久到物主都忘了，更没权利这么随便送人。

和他相反，遇上马超麟班主任的小黑库分赃，马同学永远是"一马当先"，总能以迅雷不及掩耳的速度把战利品里最好的东西占为己有，连用舌头捕食猎物的变色龙看了都会自愧弗如。马超麟的妈妈是学校中层，爸爸是高级知识分子，家境不错，他却如此贪小便宜，南蕙总觉得不可思议。有一次学年末，她在走廊里看到马超麟捧着一大堆战利品从老师办公室往回走，东西太多结果两盒磁带和一把玩具金属小手枪掉在地上，马超麟费劲地蹲下去捡，南蕙冷不丁来了一句"你真的是你爸妈亲生的"？马超麟愣在那里，脸色又青又白。

她和马超麟的渊源，真是往事不堪回首。

南蕙初一的时候，马超麟也不知道是吃错了什么药，给她写了一封信，具体内容是什么她也不清楚，因为马超麟不好意思亲自送，就托了一个还算可信的同学去南蕙她们班。谁知道那同学看上去和马关系不错，其实心里很讨厌他，所以并没有交到南蕙手上，而是在南蕙他们全班面前大声朗诵。偏巧当时是午休，南蕙不在教室，没能亲临现场，据说教室里笑倒一大片。马超麟那时也不在现场，得知真相后脸色煞白无比，并且很快被自己班主任请去恳谈。这件事情最终只成为初中岁月的笑料和调味剂，谁也没挨处分没挨骂，但南蕙从此以后就尤其讨厌马超麟，而马超麟也由衷憎恨那个不称职的信使。

后来马超麟不止一次在各类场合解释说，那是因为他和一个年级里的尖子生测验时打赌，谁输了谁就给学校里看上去最冷冰冰的女孩写情书，结果马超麟输了，只好硬着头皮上。

但他始终不肯说是和哪个尖子生打的赌。

就凭这点，南蕙更加看不起他。推三堵四，敢作不敢当，不是男人所为，现在又开始说"那是年少无知"了。

南蕙对马超麟的"年少时期"最深的印象可不是"无知"，而是太聪明了。她刚进高中部的时候，就听说了马超麟的一件功劳。他们高二年级在郊区学农，班里有个男生的 walkman 随身听被偷了，但老师又不能让大家一个个开包检查。结果班长借着其他学生在地里挑大粪的空当，悄悄潜回男生宿舍，从自己寝室某人的包里搜出了赃物。但又不能明说是他擅自搜查出的，怎么办呢？结果马超麟跟老师说，我去举报学农时偷偷抽烟的同学，你们再一个个搜过来就行。

一群人抽烟，性质比一个人的随身听被盗要严重很多，老师们自己弄了几个烟头作为证据，咋咋呼呼地去男生宿舍查房，香烟自然没查到，随身听倒是搜出来了，蠹贼落网。

可能也是因为这个事情，所以上头在考虑剪刀的第四名成员时，就相中了他：成绩稳定（优秀），教工子女（可靠），聪明机警（狡猾），对同学下得去手（冷血）。

剪刀小组这下热闹了。

换句话说，有马超麟这样的"战友"在，麦芽糖的事儿就悬了。

不过，她也不是没有最后一线生机，那就是滕逊的支持。马超麟的母亲是学校中层干部，这种背景注定了他不可能接触到截查老师信件的行动，也不可能让他知道这件事。南蕙将依旧是全校掌握秘密最多的学生（或许还有邓恺墨，但他高三了），滕逊完全可以为此做一些暗箱操作。让他对麦芽糖的事情网开一面，不是不可能的。因为和私下检查老师的通信相比，一个高一小女生的早恋几乎无足轻重。

但南蕙还没来得及想好怎么跟滕逊开口说这笔交易，一封匿名信就彻底把滕逊吓得六神无主。

8. 恐怖袭击 ════════

马超麟进入剪刀小组是星期五，下一周的周一，那封匿名信就来了，没有寄信人的任何信息，只写着"××中学　卫筠老师　收"的字样。

刚拿起这封信的时候，南蕙就觉得很怪异。以往寄给卫老师的信，都有寄信人信息。信件有些厚，微微有些沉手，捏一下，感觉很硬棒。打开封口，证实了南蕙的猜测：又是照片。只不过这次不是邵老师的两三张，而是十好几张，上面都是卫老师，只不过不是风景照或者摆拍的合影，而是很生活化的场景，有些照片里她的身影还有些糊——卫老师走出校门，卫老师打伞走路，卫老师走进服装店，走出服装店，在音像商店门口看广告海报，在烟杂店买东西，傍晚在小区里遛狗，在公交车站等车……南蕙心里一沉，翻过照片，看到背面上用红色圆珠笔写着拍摄日期。

偷拍。跟踪。变态。

南蕙一下子只能想起这三个词汇。

一旁的滕逊早就脸上像涂了一层粉笔灰："这……"

女孩比他镇定得多，重新仔细审查了那些照片，一张张分开，确信没有什么浴室偷拍或者不雅照，这才松了小半口气："背面日期显示，是上周五和上周六拍的，嗯，拍照的不是我们学校的人。"

滕逊诧异她的迅速："怎么看出来的？"

南蕙指着卫老师下班从校门口出来的照片："假如那个人没骗我们，这真的是礼拜五拍的，那么，卫老师最晚那节课是下午一点三刻结束，她最晚三点就会下班，这个时候，学生还没放学，其他老师也没那么早走的。"

滕逊吃了一惊，因为女孩居然把老师也考虑在嫌疑人之列。

南蕙继续讲："为了以防万一，可以查查看那天我们学校有哪个师生请假没来或者早走的，这张照片只有可能是拍摄者提早在校门口的马路对面等着她才能拍到的，不过我估计那个人不会这么笨，真要这样，不会把日期写在后面。"

滕逊问："还有什么线索？"

女孩摇摇头："照片的质量和角度来看，是专业相机，你看这两张，明显是马路对面拍的，但还是拍得很清晰，普通的傻瓜相机镜头做不到。"

换成别人，滕逊肯定会想，少扯淡了，一个高一女生装什么专家，但他知道南蕙的父亲是专业摄影师，一些作品还在全国获过奖，南蕙这点专业知识应该是有的。

南蕙说："专业相机，学生是不大会碰的，成年人的可能性似乎比较大。"

滕逊有些咬牙切齿："这得什么样的变态啊，这么跟踪偷拍。"

"你们不也是在偷窥别人隐私么？"南蕙在心里嘀咕。

"现在的问题是，您确定这封信要交到卫老师手里么？"她这句话点中了滕逊的要害。

有邵老师的前车之鉴，这次是不能轻举妄动了，何况卫老师不是邵老师那样的"敌人"，倒很有可能成为"自己人"，更要好好保护。

滕逊当机立断，说不能流出去，得扣下来，这事很严重，他要请示上级。说完把照片收起来放进口袋，还不忘装模作样来一句："尽管卫老师在黑名单上，但这种针对她的变态行为是不能允许的。"

南蕙心想，老师，你演技真的很差。

但她没想到，两天后，表演拙劣的化学老师滕逊会为此付出很惨重的肉体代价。

因为调查卫老师的偷拍照片完全是另外一个业务范畴，南蕙插不上手，所以也不过问。只是那几天，滕逊跑副校长办公室的次数很是勤快，并且总是脸色凝重，和平时的样子截然相反，有些好笑。滕逊在办公室时间一少，南蕙和马超麟身处同一房间的压抑感就更强了，幸而还有小唯在，算是一个缓冲。邓恺墨则彻底不来剪刀小组了，据说正在忙月考。

但即便小唯在场，马超麟也是喜欢滔滔不绝地自说自话，发表自己的观点，比如——

"优秀的学生，和不优秀的学生，将来必然是两个阶级、两个社会种群……尖子生，优等生，拼成绩拼到最后已经没什么悬念了，因为高考满分就是一百或者一百五十分，同一张卷子，你再聪明也就满分，无非字写得好看难看罢了。所以拼到后来，就是比个人价值的附加体现……二战时有个著名的狙击手说过，衡量一个狙击手的价值，不在于他射杀了多少人，而在于给敌人造成了多大的负面影响；同样道理，一个优等生除了做出满分的考卷，还必须在其他方面做别人做不到的，或者师长们不放心给别人做的，然后影响到其他很多人的学习和生活，这才是优等生存在的最终价值……他们才是精英中的精英中的精英。"

听得小唯一愣一愣的。

南蕙冷不丁问："你昨天的数学测验拿满分了？"

精英中的精英中的精英一下子懵掉。

有的人成绩好，需要拼死拼活头发掉光；有的人成绩好，是因为小聪明，关键时刻能融会贯通小宇宙爆发；还有的人成绩好，却不知道为什么别人成绩会不好，在他们看来，听课写作业之后去考试，就像把水倒进杯子里那么简单——南蕙属于最后一种；马超麟别看平时那么拽，其实属于功底很虚的第二种，但平时在学校还非要打肿脸充胖子装成第三种，还老看不起第一种人。

这段插曲发生在滕逊遇袭前一天。第二日中午，南蕙陪麦芽糖去医务室看感冒，到教材研究室时，马超麟和小唯都已经到了，但两个人都一脸凝重，不亚于这几天的滕逊，而房间里的第三个人却出乎她意料，既不是滕逊也不是邓恺墨，而是教导处主任，一个姓庞的五十岁老头，外号"螃蜞"。教导处作为学校里的"警察局"，负责处理学校里所有违法乱纪的事情，其部门领导自然是知道剪刀小组这个情报源的存在，但他还是第一次来这里。

"庞老师好……您怎么……"

老头身上一股淡淡的烟味："滕老师昨晚出事了，领导把办公室的钥匙给了我，今天我来代他开门和护送信件。"

"诶？怎么会？"

"昨晚下班路上，在小区的停车库里被人背后袭击了，轻伤，但还是在家休养比较好。"

十几秒钟的震惊之后，南蕙反应过来，滕逊估计是夸大了伤势，好让领导觉得这个手下又是流汗又是流血，十分卖力。

"会是谁干的呢？"

"不清楚，派出所在调查，不过他身上的钱包给拿走了，民警判断是混混抢劫。"

"真可怕。"她喃喃自语，心里却想起当初严笑如的那件事，也是伪装混混抢劫，其实却是向几个说陈默吟坏话的恶毒女生进行报复。滕逊这几天大概都忙着追查对卫老师的偷拍事件，搞不好是已经接近了嫌疑人，于是遭到了毒手——我们的郑副校长一定很感动。她猜测。

螃蜞只是临时负责开门，然后转达了挂彩的滕老师的一句话："他说，他休息期间，这里的事情都交给你了，南蕙同学。"女孩点点头，习惯性地讲："我不会辜负领导的期望。"说完自己都觉得犯呕，然后一转身就看到了马超麟略带嫉妒的目光。这是她和滕逊的交易，无论剪刀组进来什么新人，她都是这条潜艇的"大副"，船长不在，她就是老大。

螃蜞交代完就走了。他自己的部门也有很多事情要处理。最近学校里出了几起小的盗窃案，还有四个男生在食堂里打群架，一堆烂摊子。老师一走，房间里的气氛就有些诡异起来，但南蕙全然不予理会，她只是琢磨，今天老师的信件无法检查了，因为螃蜞也是教师，应该不知道老师那块的事情。

　　想着，她开始逐一浏览今天的信件。纸箱子里的信件是不管三七二十一全部从邮差那里拖回来的，必须先根据学生"白名单"进行筛选，留下那些需要检查的。结果她就发现了那封很诡异的信件，纯黑色，上面没有用笔写过字，没有寄信人、收信人，自然也就没有邮戳、邮票，而且开口处也没有胶水粘过的痕迹，只用一小片透明胶粘住。

　　是被谁放进纸箱子的？

　　她心里有种不祥的预感，但还是撇下其他信件，戴上白色手套，打开封口，从里面取出一张没有折过的小纸片，两面分别写着字，横竖明晰，像是用尺子比划着写下来的，一面写着——

　　好孩子不说话
　　坏孩子不撒谎
　　没有秘密没有糖
　　告密的孩子上天堂

　　另一面则是——

　　阳光的背面
　　看到不该看的东西
　　音乐老师不在

却响起七个音符的变奏

信封里还有一样东西，是枚金属制品，女孩把它拿起来凑近了观察。这东西只有小指甲盖的长度，造型有点像金属小帽子，应该是铅的或者铜的……

"这是什么？"一旁的小唯忍不住发问。从刚才起，她也觉得这个黑信封很奇怪。

"这个……"

南蕙认出这东西的一瞬间，忽然脊背上的细小汗毛如看到阳光的向日葵般挺立。然后几乎就在下一秒钟，窗户外面传来一声清脆的崩裂声，是玻璃碎裂的声音，而且应该就在不远的教室。马超麟和小唯还在纳闷，想这栋楼的哪个笨蛋把玻璃窗户打碎了。但南蕙已经一把拉住小唯的衣领用力往下扯，自己身体再往她身上一压，对方顿时摔倒在地上，与此同时第二下响声也传来了。站在桌子另一头的马超麟不明就里，看看这两个女生，听到第三下玻璃破碎的声音，他放下手里的胶水瓶子，又听到第四下，然后走向窗户想要看个究竟。

"闪开！"

南蕙朝他喊了一句，但惯性缘故，男生无法立刻停下，但对危险的下意识让马超麟瞬间举起双臂，想要护住自己脑袋。

第五下，教材研究室的窗户像块不堪一击的大冰糖一样响亮地炸碎开，碎片飞溅，然后哐啷散落在桌子和地上。

宛如一支空灵清脆的打击乐曲。

南蕙听到站着的男孩怪叫一声，像女孩子看到蟑螂时的那种叫声。她脑海里却把现在的场景和那张怪异纸片里的细节一一对应：阳光的背面——剪刀组的办公室面西；看到不该看的东西——剪刀小组的行动；七个音符的变奏——这层楼朝西一共七个房间，七扇窗户。

而随信附赠的那颗金属制品，是气步枪的子弹。

怪信，是专门为剪刀组准备的。气步枪的射程视具体枪支构造而定，高手自制的气枪，有时最远可以达到五百米，但会失去准头。击中大块玻璃窗，两百米内即可搞定了。射击的人一定是在这个距离外用望远镜盯着这个房间里的一举一动，看到南蕙拆开黑信、取出子弹，便开始七次连续射击的"变奏曲"。

第六下、第七下之后，整个世界仿佛都死气沉沉了。

豆来米法索拉西。精心为剪刀小组准备的突袭。

过了十几秒钟，南蕙抬起头，马超麟已经停止怪叫，只是像只猫一样缩在墙角里喃喃自语："我受伤了……我受伤了……"南蕙瞥了他一眼，只有手臂上有划伤，便没理他，蹑手蹑脚绕到窗户一侧。下面的操场上传来叫声和人群的脚步声，走廊里也传来人声的嘈杂。

但南蕙没去管它，她只想看看对面是谁！

剪刀组的办公桌上本来就有一面很小的镜子，是为了防止有哪个天才像达·芬奇那样用左右颠倒的手法来写信的，现在镜子倒在桌面上。女孩控制着呼吸，飞快将它勾过来，然后背靠墙壁，将镜子慢慢伸到窗口中央，利用反射光线窥探着外面的景物——对面的教学楼，窗台上挤满了好奇的看热闹的学生的脸。再远点，是几栋六层高的老式居民楼，差不多相距一百五十米，有鸽子在飞，但居民楼的窗户里或者天台上没有任何活动的物体。

只有北侧那栋楼的最顶上，一排晾在铁丝架上的衣服，在干燥无风的天气里摇摇晃晃，像是一群沉默的卑鄙小人在告密：有不速之客刚来过此地。

但那里空无一人。

射击的"音乐家"，已经撤走了。

Season ④

沉默的羔羊

1. 死亡坐标 ══════════

在瞄准镜里，世界被一分为四。

镜头中垂直交叉的竖线和横线，看起来就像数学课上讲的直角坐标系。它们交汇的地方，那个点，意味着破坏，意味着毁灭，意味着死亡，意味着，归零[①]。

"不要犹豫，不要鲁莽。"

有个声音在说。

没有人答复这个声音，只有死亡般的沉寂。下午的阳光从西边漫不经心地照过来，给乌黑的枪管罩上了一层朦胧的金属光泽。枪管笔直、纤细，像一段美术铅笔的铅芯，加上奶黄色木纹的枪身和流线型设计的枪托，一点也不像一件颇具杀伤力的射击武器。

此时此刻，枪身上方那根瞄准镜的后面，是不带有一丝一毫感情色彩的眼眸。

"不要想太多，瞄准它的时候，它就已经死了。"还是那个声音。

———————————
① 直角坐标系的 X 轴和 Y 轴的交汇点坐标正好也是（0，0）。

它，此刻在瞄准镜里就是一只麻雀而已，停在二十米开外一棵柏树的枝桠上，离地约两米高。小家伙那毛茸茸的脑袋偶尔转动一下，却察觉不出自己已经身陷杀机。

鼻子吸进一小口气，停顿两秒，嘴唇露出条小缝，二氧化碳从缝中徐徐流出的同时，右手食指用力弯曲。

气枪的枪声分为两段，刚开始是好像猛击了你耳廓的尖锐噪音，然后是气囊仓里的压缩空气被打出去后留下的低鸣，后者能在耳膜上留下好几秒钟的回响。

瞄准镜里，枪手已经看不到柏树枝上的小生物，只有更后面的那棵树上，两片叶子摇摇晃晃地落了下来。

——飞走了？

——没有。

一直单腿跪在枪手边上的指导者用望远镜在地上搜寻着，讲："你往下，树根左边一米多，那块白岩石和红色落叶之间，看到了么？"

枪手看到了。刚才那枪打偏，猎物没死，仅一只翅膀被打中，残破的羽毛都翻折了起来——小东西正努力在落叶堆里往外爬，和往日里一蹦一蹦的机灵模样相去甚远。但它犯了一个错误，那就是朝着白色石头那里挪动，在瞄准镜里，麻雀的身形轮廓在白色背景下显得无比清晰。

枪手的右食指再度伸进了扳机口。

现在用的这支是上海产的工字牌 **QB-79** 气步枪，

是该厂出产的少数可以连接气瓶的型号，所以不必扣压上气和重新装子弹就可以连发。气瓶里用的是二氧化碳，威力十足，一支气瓶可以打两百发子弹，但枪手现在只需要再打一发即可。

折翼的麻雀，在自然界已经和死无异，现在结果了它，反是件好事。

直角坐标系再度"套"住了地上的小东西。

吸气，停顿，吐气，扣扳机。

终于，瞄准镜里，白色石头前升起一层很薄的血雾，只是短短一瞬间。

然后大地上没有东西再移动了。

沉寂和死亡持续了五秒钟，所有人都沉默足够久了，枪手这才把让眼睛离开瞄准镜，慢慢放下枪。QB-79是这个系列里最轻的型号，全长1米多，只有2.2公斤重，但对于一个初中一年级女生而言，长时间持枪瞄准还是一种重负。

刚才指导她的人此刻也放下望远镜，他背上背着一支折叠式气枪，不带瞄准镜，叠起来时只有八十七厘米，威力也不大，这支枪更适合她。但刚开始练靶时女孩拒绝了，说："要用就用威力最大的。"

到底，和普通女生不一样啊。刚才因为她要射击，同来的几个学生都闭紧嘴巴大气不喘地挤在一边看她开枪，有两个小女生从头到尾都拿手捂着耳朵，哆嗦得像待宰的兔子。现在她们算是缓过来了，围着这位女中豪杰射手叽叽喳喳，像群麻雀感叹个没完。

"你天生适合做一名枪手。"他接过那支狙杀了生灵的气枪，检查零部件状况。

"大概是遗传吧。"女孩笑笑，丝毫没有初次用枪射击生物后的紧张和恶心反应。他知道她爷爷是老红军，后来还在反特部门待过，出生入死，见过不少血。

"继续这么练，再过不久，你就能打松鼠和鸽子了。"

"你打过？"

"不止，还有野兔。"说着他把QB-79放在毛毯上，然后起身往那棵柏树走去。有个男生问他去干吗？

"把它埋了——这是南蕙第一次打到的猎物，不能拿回去挂在墙上，埋掉总是必须的。"

初有斩获的女射手听了这话，笑笑，脸庞泛起了类似于枪管上的那种朦胧光泽。

"那就多谢你了，邓学长。"她对自己的射击指导老师说。

邓恺墨，邓学长。

2. 不是巧合 ══════════

碎片遍地，风吹无阻，现场一片狼藉。

西教学楼三楼西侧的七间办公室，于当日中午十二点四十七分左右遭到不明身份人员的袭击，七扇玻璃窗被打碎，据悉袭击者使用的凶器是……弹弓和石子。当然，也只有不明真相的围观学生才会相信这种说法。用弹弓和石子在八十米外击碎玻璃，除非袭击者是精英中的精英中的……长臂猿。

学校不想说是气枪造成的，自然是为了遏制谣言（或者真相），避免恐慌。不然，要是知道自己行走在校园里随时有可能被气枪瞄准，谁家家长敢再让孩子来上学，这儿又不是美国。

教导处主任螳蜋是第一批赶到现场的老师之一，先去的当然是教材研究室。无论如何，把剪刀总部的东西放到安全的地方保护好是首要任务，教导处办公室是唯一的选择。事发时在场的三名剪刀组成员，是和材料一起离开的。马超麟被送去医务室处理划伤的手，两名女生则一直待在心理辅导室里，只不过和她们谈话的不是心理老师，而是螳蜋本人。

"那么，你们什么都没看见？"

老头问。

两个女孩一前一后地摇摇头。后摇头的是小唯，手里的热水杯微微有些抖，但很快控制住了。事情发生的时候，她根本来不及反应就被南蕙压在了身下，然后是爆碎的声音、玻璃碎屑四处飞。等她站起身来，才意识到大概发生了什么，接着开始感到恐惧。

但螳蜋好像根本不在意小唯的回答，眼睛只看着南蕙。当教导主任当到他这个资历，人和人之间的差距一眼就能看出来。同样是两个看似弱不禁风的瘦小女生，同样为剪刀组卖命，小唯就是非常听话、但除了忠心和听话就没别的优点的类型。南蕙呢，脸色虽然也有些泛白，但自始至终都没有表现出过一丝慌乱和恐惧，刚才在沙发上坐下的时候，还不忘把皱了的校服裤脚管边缘弄弄整齐。

到底是滕逊吩咐过暂时管理小组的人。

所以她一定能发现一些小唯没有察觉的异象。

但南蕙只是迎着他的目光，讲："庞老师，我觉得，这是故意针对剪刀组的。"

"哦？为什么？"

"滕老师不是昨晚被偷袭了么？今天我们的窗户就被打碎，这应该不是巧合。"说完她抬起头看着教导主任，"是有人盯上我们了。"

小唯停止了轻微颤抖，转身看着南蕙，像是发现大半夜太阳升上了天空。螃蟓却没有诧异，女孩的推测和他的一模一样，世上没有那么巧的事。但他想听的不光是这些。

"还有呢？"

"没了。"

"没了？"

"剪刀组的任务里，牵涉到各种乱七八糟的事情太多了，任何一个被我们截查过信件的学生都有嫌疑……"

老头把手伸进口袋，摸到一盒烟，却没急着拿出来，而是打断她的话："可是你不觉得很奇怪么，假如是被查过的学生报复，为什么不直接公开剪刀组的存在呢？却要用这种方式。"

女生怔怔，像是自己的推理思路被绊了一跤，站起来回神了一小会儿，道："也许是没有直接证据吧。"

老头终于拿出一支烟，点点头，说："嗯，今天的事，我不说你们俩应该也明白……"

南蕙接受暗示道："一无所知，等滕老师回来，查个水落石出。"

螃蜞笑笑，像是会意，但也带着一点点轻蔑的色彩："但愿他能查出来。"

出了心理辅导室，小唯小心翼翼地跟在她后面。南蕙看了她一眼，想讲些安慰的话，但余光却瞥到身后心理室的门口，螃蜞一边抽烟，一边正往这边看。她到了嘴边的话被那股无形的目光一刺，像蚌肉缩回了贝壳，只是轻轻讲一句"没事的"，便不再多话。

大楼外，很多好奇的学生还在西教学楼楼下围观，然后又不断被几个老师哄回教室。南蕙没多看一眼，径直穿过操场，在东教学楼门厅和小唯分了手，却没回教室，而是来到二楼女厕所，进了隔间锁上门，蹲下身，翻卷起自己刚才整理过的左脚裤脚管。可刚卷起来，女厕所又进来一人。南蕙迅速停下动作，眼睛紧盯着自己隔间的门锁。

　　还好，那姑娘真是来小便的，小桥流水声之后就出去了。

　　南蕙听到四周围安静了，这才重新卷起裤脚，两根手指插进了左脚鞋子的后跟部位，微微探索一会儿，便夹出了一个金属颗粒。

　　金属颗粒很小，长约一厘米，形状像日本喝清酒时用的那种白瓷酒壶，两头粗，在长度的四分之三处忽然收得很细。如果是外行人来看，最多以为是什么机器上的金属小零件，甚至是一个螺帽什么的。

　　但邓恺墨不是外行人。

　　他捏住它，用小拇指的指甲盖比量了一下"酒壶"壶口的直径宽度：5.5毫米口径，铅制气枪弹。

　　南蕙"嗯"了一声，显然这不是她想听到的结果。

　　因为西教学楼遭到不明身份人员"石块"袭击的缘故，学校今天很早就放学了，连邓恺墨他们高三班级亦不例外，可谓破天荒的福利。剪刀小组也被暂停了活动，南蕙这么久以来还是第一次这么早就放学，正好可以在放学的时候截住正要骑车回家的邓恺墨。

　　她给他看的，正是那个神秘黑信封里的气枪子弹。

　　中午遭到气枪袭击的时候，她一直紧攥着它。后来确认安全了，她立刻把它偷偷塞进鞋子里，然后才打内线电话给教导处的螂蜞请他赶紧过来。她始终没说出这枚子弹的存在，是因为她早就认出了子弹上的特殊记号。

"特殊记号？"邓恺墨扬扬眉毛。

"是的，这种特殊记号可以直接证明，这枚子弹的主人，是你，邓学长。"

"何以见得？"

"这个，还是当年你教我的。"

南蕙初中的时候，是邓恺墨在学生会的得力助手，即便称之为小跟班亦不为过。那时邓恺墨的爷爷、老校长还没过世，小邓的兴趣爱好不像今天这样只有篆刻石章一项，还会垂钓和气枪射击。彼时，国家对气枪的管制没有后来那么严格，在有些地方，气枪可以放心大胆地挂在商店里卖，价格也不很贵。加上邓恺墨有个舅舅是退役的国家一级射击运动员，家藏气步枪、气手枪若干，库存丰富。小邓六年级开始就跟着舅舅舞枪弄炮，初三时俨然一个非常专业的业余爱好者，周末或者寒暑假的时候，经常带了几个学生会的亲信干事和要好同学去郊区打枪，几乎每次都有南蕙的身影。

邓恺墨若有所思道："你当时学得很快，而且，从来不惧怕射杀生灵。"

女孩回避这个话题："子弹的学问，也是你告诉我的。"

气枪子弹成本低廉，又不似真枪子弹那样要求严格，所以市面上品种鱼龙混杂，质量不一。即便是同一个厂商或者作坊，不同批次的产品质量也会有很大差异。故而，比较讲究的爱好者一旦遇到一批不错的子弹货源，往往会一次买进很多，不说几千，甚至几万发都有可能。

比如邓恺墨。

南蕙说："我记得很清楚，那时候我们用的子弹，就是这种，铅制，但是底部包了很薄一层铜，你当时还说了，这种工艺的子弹不多见，所以一口气买了很多。"

少年不置可否地笑笑，将那枚子弹举在半空中，侧对着阳光，可以看到底部那暗黄色的光泽，是铜制品所特有的。即便击发后弹头撞到物体变形，底部的特征也不会受损。弹身呢，是铅制品暗灰色的反光，有点像南蕙第一次打下猎物那次，枪管上夕阳映照出的光晕。

好猎手总是敏感而多疑。

这次，她瞄准的是邓恺墨，她的射击指导者。

"你是在说，今天的事情，是我干的？"

"你当时在上课，不是你开的枪，但肯定和你有关，卫筠老师的照片应该也是如此，所以才来找你。"

"然后呢？"

"我知道这次是警告，但你叫人射击的，是你爷爷和你父亲曾经为之奋斗的地方，甚至是牺牲的地方——你不会感到不安么？"

这句话并没有起到她想象中的激将效果，少年只是淡然地把那枚子弹还给她："可惜你们现在的某些做法已经违背了他们当年为之奋斗的初衷，滕逊他们把这里弄'脏'了，你也成了帮凶——剪刀组本来应该是'净化'的功能，现在呢?"

女孩没说话。

邓恺墨说:"还有，我的爷爷和爸爸都是牺牲了自己的人，你，还有滕逊，滕逊的后台老板，从来都没牺牲过自己，只牺牲他人来成就自己，如果有一天有必要，他们也会牺牲掉你，就像今天教学楼的那七块玻璃一样。"

南蕙终于接了话茬:"不好意思，恰恰相反，我有七成把握猜到你是派谁去袭击了滕逊和我们，普通学生不知道剪刀组的存在，其他老师不知道剪刀组最深的秘密，我是在走钢丝，但秘密会牵制其他秘密，只要适时保持沉默管住嘴巴，我是不会摔下去的。"

邓恺墨摇摇头，似乎也不想再继续谈话:"你以为，保持沉默的羔羊，是最安全的? 羔羊，毕竟只是羔羊。"

3. 你不相信我

"弹弓案"翌日，学校照常开门营业，不，上课。一切看上去和往日里没什么不同，最多就是大家都在纷纷揣测，昨天是哪位英雄豪杰用极端行为向学校发泄了不满，以及今天会不会还有什么惊喜剧目上演。但在个别人眼里，看到的却是很多办公室的窗帘布都拉得严严实实。文体楼的天台上居然还能时隐时现一个老师的身影，像在瞭望监视四周大楼的情况。

这是要全城戒备么？南蕙在心里笑笑，就差狼狗、铁丝网、探照灯和机枪了。

出乎她意料，负伤在身的滕逊老师，倒是冒着可能吃子弹的危险回学校上班了，勇气可嘉。只是南蕙怎么看都看不出来，他到底伤在了哪里，难道说现在的医疗水平如此先进了？

"Nancy 啊！你们受惊了！"

滕逊一见面就真情流露起来："我听说昨天的事儿，立刻就不休病假了，要是当时我在场就好了，害得小马受了这样的伤。"

南蕙闻言瞥了马超麟一眼，"这样的伤"，其实就是手上划了几个很浅的口子，红药水涂一涂就没事儿了，马超麟为了这点伤还哼哼唧唧呻吟了半天——再说，要是滕逊在，也许情况只会更糟。

一如既往，又没提小唯。

滕逊说因为遭到袭击的缘故，这几天剪刀小组就暂停活动，等到学校查出谁是罪魁祸首之后再继续行动。据说学校已经暗中报了警，派出所已经在介入调查，所以，"不出三天，应该就有眉目了"，滕老师很有自信地说，"与校方为敌，与广大师生为敌，与教育事业为敌的，都没有好下场。"

南蕙觉得他越来越有领导的样子了，前脚在台上讲话、后脚就被请进反贪局的那种领导。

有了这样意外的小假期，南蕙以为接下来几天可以轻松一些，有了空闲时间，中午午休时分，她就能陪着麦芽糖出去逛逛附近的小商店。这种生活，南蕙进中学以来还是头一遭，以前既没时间也没同伴。

但即便休假，也不得安生。

学校里因为被气枪袭击，弄得神经紧绷，保卫力量武装到了牙齿，可也只是在白天。一到晚上，师生回家，万籁俱静，只留门卫室一个保安，是座空城。结果袭击案第三天，一大清早，学生们上学，走到靠近外马路的那段学校围墙时，就看到了一大片用紫红色粉笔写的大字报，个个都有拳头大小，笔画力道十足，可惜字形不好看。内容倒是挺慷慨激昂，直指学校，说你们就知道考试，考试，考试，一切都为了考试，考试就他妈是一切。写这段大字报的人还很周到，语句的书写顺序是从右到左，专门让走这条路去校门口的人看清楚。

我们没有时间思考
只有时间来做习题
我们在选择题里成长
我们在判断题里成长

我们在填空题里成长
我们在计算题里成长
我们在打分制度严格单一的作文里成长
好不容易给你大片空白的主观题
一看
思想政治课试卷
马克思在向所有人微笑……

很多学生觉得这人写得太他妈有水平了，句句到位，字字精准，纷纷停下脚步围在墙边观摩默念，还不乏胆子大的在那里朗读出来。没打这个方向来的学生看到了这边的热闹，也跑来看，弄得人心浮动，都顾不得进校门了。最后终于有个好心的学生干部把这事儿告诉了教导处，老师们才带着水桶和刷子赶来，驱散观众，毁尸灭迹。

向他们报告的人，是南蕙。

到了上午第二节课，此事传遍全校。不少人怨念她，觉得这丫动作太快了，自己还没亲眼目睹呢，就被老师的走狗给告发了。南蕙一上午都能感觉到自己受到比平时更复杂凌厉的背后眼神。连马超麟在走廊里遇到她，都不顾身上的重伤，忍不住截上去恭喜说："你动作够快啊，五十米肯定全班第一吧？"

南蕙知道以马同学的为人，要是在现场，跑去报告的速度比她快不知道多少倍。他纯粹是在嫉妒这次的

"表现"被她抢了先。

可她不是为了表现自己。

她是为了保护某个白痴。

中午吃完饭后,她打破常例,直接去高一（7）班找他们班长,说团委老师找。和陈琛关系不错的劳动委员一脸诧异,反问陈琛不是早就去团委办公室了吗?南蕙讶然,立刻掩饰讲:"哦那再好不过。"中午的会面泡汤,放学后剪刀组暂停活动,她编了个借口没跟麦芽糖去逛街,直接回家,进门后第一件事是问佣人母亲在不在,第二个动作扔下书包,第三个动作就是抓起电话机打给陈琛。

人写字,无论是用圆珠笔钢笔毛笔还是粉笔,都有自己固定的字迹。粉笔字甚至比纸上写字更能定型。南蕙初中时看过陈琛客串宣传委员在教室后面的大黑板上出黑板报,记住了他的粉笔字字形（顺便说一句,那期黑板报是他们班有史以来最丑的一期）。

今天清早,南蕙站在那一大块愤怒宣言跟前,看了不到五行就认出来了谁是作者。陈琛写"横折钩"时转折总是很圆,毫无锋芒,还带着下垂趋势。因为他是左撇子,而横折钩是自左向右再往下拐的,陈琛使不出力道。

南蕙不相信陈琛作为班长平时在黑板上不写字。这段文字被围观越久,被人认出来的可能性越大,所以她立刻去报告给校门口执勤的几个年轻老师。这帮菜鸟经验不足，轻易上当，没有留下任何图像证据，就把粉笔字给擦除了。

南蕙说："看不出来你那么有文采，写得真好，可以去当作家了。"

但陈琛在电话里拒不承认："你说什么？你怀疑我？"

南蕙说："那你昨晚在干什么？"

她知道这段时间陈父在外出差，他妈妈平时也很忙。陈琛有充足的作案时间，却没有不在场证明。

陈琛说："还能干吗？跟那上面讲的一样，在填空题里成长呗。"

南蕙一个冷枪狙击："你今天好像没来那么早，怎么知道那大字报的内容？"

陈琛哑火了足足五秒钟，才找到借口："我同学告诉我的，他亲眼看到了。"

答案并不重要，这五秒钟才是问题的关键。南蕙心里已经有了九成半的把握，但止住恨铁不成钢的火气，问："陈琛，我最后问你一遍，要是你相信我，就老实回答，那些是不是你写的？"

"……不是。"

南蕙没想到他否认得这么快，这么果决，一点都不像她平时认识的那个男生，反而更有要弥补先前反应迟钝的漏洞。

看来，你连我也不相信了。

南蕙握着听筒倒不知道该怎么办了，她第一次对着
陈琛没了主意和掌控权，只能讲："行，那我没事了，
再见。"

陈琛大概也是第一次看到南蕙如此妥协和退让，而
不是狠狠紧逼把他逼死在墙角，颇有些意外，但也知道
自己言多必失，只能换了软一些的口气，说："好……
那，明天学校见。"

但南蕙已经挂了电话，没听到那个"见"字。她的
动作很用力，不知道是在生谁的气，也许有对自己的失
常表现不满，但更多是怨怒陈琛不知死活。因为他写的
粉笔宣言，教导主任螳螂的脸色更是青了一整天。这种
新时代的大字报以前不是没人写过，但都是突然袭击，
冷不防。这次呢，已经有了气枪案的前奏，教导处和保
卫处理当高度警惕，防微杜渐，扼杀一切捣乱行为，谁
知眼皮子底下又来那么一出，成了一级大的笑话，学校
管理层在学生眼里变成了可以随便调戏的软蛋，还有比
这更糟糕的么？

要是那个无名英雄被找到，其后果那真是……
呵呵。

还好，螳螂现在恼怒大字报作者，更恼怒那群过早
擦除罪证的笨蛋老师。

可，到底是什么，让在高中里胆小如鼠的陈琛有了
当年和小流氓同学搏斗的勇气？那次联名信的检讨？要
退出学生会的冲动？还是，还是这次气枪袭击让他误以

为是有志同道合的人向学校发泄不满，让他也有了"必须要做点什么来唤醒大家"的热血？

你真是个傻瓜，陈琛。你的动机，比那个枪手要高尚纯洁多了。

所以你很难赢。

这不是纯洁者的游戏。

她彻夜失眠。

4. 你还不知道

关于陈琛的事情还没完。

大字报出现的翌日，她刚和麦芽糖从附近的新华书店回来，在门卫室查看自己班级信箱的信件。她们班来拿信的学生每次要么是只拿自己的，要么是拿自己和自己好友的信，不会学雷锋做好事一次性把自己班的信全拿回去分发掉，所以这种差事只有班长南蕙来干。

碰巧高一（7）班的信箱就在她们（3）班的正下方，她无意中就瞥到了排在最前面的那封信，信封是女生常用的温暖风格，字体秀丽，内容如下：

×××中学　高一（7）班　陈琛　$H_2\uparrow$[1]

---

[1] $H_2\uparrow$：氢气的化学式写法，取"亲启"的谐音，是当时学生书信的流行写法。

寄信人是：西城中学，高一（2）班，苏月宁。

南蕙脑子里有根神经顿时"咔嗒"一下短路了。过了两三秒钟，她才反应过来，这的的确确就是初中时和陈琛隔壁班的苏月宁，曾和陈琛一起在学生会文体部共事的苏月宁，以前和陈琛家住得很近的苏月宁——哦对了，他们两个还是幼儿园和小学同班。

典型的"青梅竹马"。

初中时，这颗青梅和这匹竹马就被传出过"绯闻"，但没什么证据，最多就是看到两个人一起放学回家。这其实很正常，苏家和陈家就在同一个小区，回去的路上就一条公交线可以直达，难道非要陈琛骑车苏月宁坐公交才能避嫌？何况，初中，正是年纪轻轻就开始早熟的年岁，除非你长得像只癞蛤蟆，否则谁没个绯闻对象？人在江湖，就会有传言。她南蕙自己都有马超麟那段不堪回首的情书小插曲。

但，南蕙此刻却无法释怀。因为她记得很清楚，初二时陈琛生日，请了班级里和学生会的几个同学吃饭，苏月宁和她都去了。那个女孩子看南蕙的眼神，总让她感到有种说不出来的不舒服——比敌意要淡一些，比戒备要重一些。但那时南蕙是邓恺墨的助手，后台很硬，两个女生也不在一个部门，没什么更多的交集。

后来苏月宁搬了家，不能和陈琛同路，再后来苏同学中考时发挥失误，没能进到高中部，去了一所私立学校，和陈琛关系应该就渐渐地淡掉了。

　　可现在，她的信来了。

　　因为苏月宁这个名字对南蕙而言有些敏感，所以她记得很清楚，这是自己第一次看到对方的来信。偏偏，现在剪刀小组暂停活动，无法检查该信内容，太不巧了。南蕙对这封信的内容，那是无比好奇的。尽管她和陈琛也没什么不正当关系，但她已经是习惯了"没有秘密"的人。苏月宁那封来信上的黑色汉字，此刻就像几只蚂蚁，在这名剪刀小组骨干成员的心眼里钻进钻出，忙得不亦乐乎。

　　可能是发愣发得太久，麦芽糖碰碰她胳膊，说："你怎么了？"

　　南蕙回过神，讲："哦，有封信的字迹很模糊，我想看仔细点。"

　　敷衍完毕，取了信，两人一同往教学楼走。经过操场的时候，南蕙脑子里正在想苏月宁的事情，完全没有留意路过操场时可能遇到的各类小危险，所以当那只足球朝两人飞过来的时候，她丝毫没有察觉。

　　踢出那脚球的男生本来是打算射门的，但半路被对方后卫伸腿挡出，余力威猛，不偏不倚，直直击中了南蕙身边的麦芽糖。

　　南蕙听到惨叫，转身一看，好友脸色紫如茄子，正捂着肚子，刚刚买来的零食掉在了地上，那只肇事的足球也不好意思继续运动，慢慢滚到了南蕙脚边就停下了。球场上的男生见势不妙，立刻跑过来好几个查看伤情，并且想要和南蕙一起把女生扶起来，但麦芽糖一动就惨叫着喊疼，脸色也已经煞白煞白，和刚才的茄子颜色截然相反，比红绿灯变色还快。

南蕙觉得这脸色白得不正常，不像是普通被球砸到的那种苦难相，很担心地问："你没事吧？"

麦芽糖的汗珠已经在额头上汇聚，气息不平地讲："肚子，肚子好疼……"

南蕙顺着她捂住小腹的手往下看去，发现好友两腿间的裤子这里，隐隐出现一片深色的污迹。校服本身是深蓝色的，那块污迹却泛着铁锈般的暗红，而且面积还在渐渐蔓延扩大……

边上有个围观男生还嘀咕了句："我靠，肠子踢破了？"

南蕙隐隐感觉到出了什么事，但现在还不好说，只是跟那白痴讲："快叫卫生老师！"

男生被她严峻的神色吓到了，怔怔，立刻起身飞奔而去。此时过来围观的人慢慢增多，南蕙不管众人的眼神，只是紧紧攥着麦芽糖的手，俯身把嘴唇凑近到她耳边。

因为两人靠得很近很近，围观学生没听到她讲了什么，只看到麦芽糖神色怪异地点了点头，然后说话的女生脸色也变得和麦芽糖一样白，甚至更白。

宛如两根粉笔，脆弱到随时可以被一折为二的粉笔。

到了这天的傍晚，学校里已经开始流传，说高一年级有个女生怀孕了，不巧被球踢到肚子，紧急送往医院，目前生死未卜——当然不是指女生的生死，因为目击者说女孩血流了一地，小孩肯定是"没了"。

1995 年，重点高中女生怀孕，绝对是个巨大的丑闻，写成纪实小说一定会畅销，如果新闻出版署允许出版的话。在此之前，人们一直认为这种堕落的行为是三校①女生或者荒淫的古罗马帝国里才会有的。未成年人发生性关系，就像社会上的乱伦、通奸，似乎亚当和夏娃的在天之灵都会因此而蒙羞。

而麦芽糖，大概是建校以来第一个在学校里怀孕加流产的女生。遇到这种填补了历史空白的突发事件，教导处的人都头疼不已。前几天气枪袭击，昨天洋洋洒洒大字报，今天人造人的事迹当场败露，还传得全校皆知，都是史无前例的案子。下一次还不知道又是什么新的幺蛾子。

教导处主任螳蜥额头上的皱纹越来越深。

"……小姑娘的妈妈出差，现在已经从外地赶回来了，大概今晚就会到，我下了班就会过来。"

螳蜥说完，挂了电话。因为气枪事件的缘故，教导处办公室的窗帘也拉着，屋里开着电灯，却还是去除不掉那股阴阴冷冷的气氛。老头拿起桌子上的红双喜

---

① 三校：即职校、技校、中专。在高中扩招前，这三类学校有很多学生。

香烟，又看看桌子前面的女孩，问："抽烟没关系吧？"然后也不待对方反应，已经拿起了打火机。

抽之前问一下，已经是给足剪刀小组成员面子了。

在今天各种版本的足球堕胎事件传闻里，没人提到当时在女孩身边的好友，但这不等于没人记着她。麦芽糖被送去医院不到一节课时间，南蕙就被请到了这里。作为平时关系最要好的朋友，这次谈话，她是躲不掉的。但也是这一节课的时间里，她可以镇定下来，想好怎么应对庞老头虚虚实实的询问。

尽管剪刀小组一直为教导处提供情报，滕逊不在的时候螳蜞会负责开门和送信，但其实两者之间的关系相当之微妙。剪刀组是秘密组织，教导处是明面上的官方部门，和正统的后者相比，前者宛如一个私生子，而且权力和触角过大了一些。南蕙很早就听说，教导处曾几次向上面要求接过剪刀组的领导权，但都被滕逊的后台拒绝了。这当中，校领导派系斗争是最大的因素。螳蜞在这所学校做教导主任有十多年，是前任校长（邓恺墨的爷爷）一手提拔的。郑副校长调来不过五六年，已经自成一派，和螳蜞不是一个山头的，教导主任有时还不大买副校长的账。所以检查老师信件的黑名单里，教导处几个老师都榜上有名，也包括螳蜞，只是这老头平时真没什么私人信件往来。要是被螳蜞知道教师黑名单的事，后果不堪设想。

老头抽了两口烟，才开始问话——

麦雅平时和你关系最好，对吧？

——是的，但也只是在学校里接触，她平时还有几个要好的初中女同学在周末碰头。

……南小蕙，你是我在这所学校里最好的朋友……

你没见过那几个人？

——周末要补课和写作业，没时间，但我们检查过她的信件，通信对象都是女生。

……我都不让我男朋友给我写信，我们班主任看到是男生的字迹，一定会告诉我妈……

是你自己亲自查，还是其他人来？

——其他人来，我只做二次复查。

……我会帮你保密和陈琛的事情，可以一辈子都不说出去！……

那她平时有没有说起过恋爱方面的事情？

——没有，只说过喜欢哪个港台明星。

……下次你我、陈琛还有我男人，四个人一起出来玩吧！……

她有没有多次提起某个男生，无论校内校外？

——没有这方面印象。

……我跟我妈说今天和你出去逛街，帮我打一下掩护，谢谢啦……

真会保密啊，那能让我看一下她以往的信件记录么？

——这个我做不了主，您得问滕老师。

……你好像从来不写信啊南小蕙，以后进了大学我给你写信，你一定要回的啊！

"那么……"老头抽了一口烟，"她出了这种事，你怎么看？"

"对不起，对不起……"这是中午麦芽糖在操场边，咬紧牙关和好友说的最后一句话。南蕙以前曾经问过她，两人有没有吃禁果，毕竟牵牵手接个吻是小事，亚当夏娃搞出人造人来就麻烦了。当时麦芽糖一脸殉道修女般的圣洁和坚贞不屈，说怎么可能呢？你想得真龌龊啊南小蕙。结果一个半空飞来的足球，就把这个谎言给踢破了，而且还是当着很多人的面。麦芽糖当然不知道自己这个谎言的危害性到底有多大，她可能只是觉得自己骗了最好的朋友，是友情上的伤害。救护人员赶来后，她像只倒在猎人枪口下的小母鹿一样被抬走，还不忘努力扭头朝南蕙看去，两个女孩的眼神都支离破碎，无法弥合，只是原因不同而已。

剪刀组的女生沉默了两秒，扶了一下眼镜架，镇定自若："她要是早点告诉我，不会到今天这个地步。"

螳螂话里有话："是啊，不好的事情瞒着别人，只会更加不好。"

电话铃再度响起，他接起来听了一会儿，放下，讲："就谈到这里吧，滕老师在等你。"

南蕙知道滕逊会找她，问："在哪里？"

老头扬扬眉毛，眼睛里有颗小火花短暂地闪了一下："剪刀小组昨天就已经开始重新运作了，临时地点在文体楼四楼的奖状陈列室，这你不知道么？"

女孩一时说不出话来，只感到血液的温度骤降，然后被无名黑洞很快地吸干。

羔羊，保持沉默，保持沉默。

教导主任侧过脸，不再去看她僵尸般的脸色，拿起香烟又抽了一口，喃喃自语："过几天要降温了吧，看样子，今年冬天会来得很早啊。"

5. 我不相信你 ══════════

剪刀组早已恢复运作，身为骨干成员，她却还被蒙在鼓里。

说明问题很严重。

剪刀，本来就是一个因为怀疑和恐惧而诞生的组织呵。怀疑别人，也怀疑自己人，也许，尤其是更喜欢后者。

举起手敲门的时候，南蕙手指的温度和门板一样冰冷，好像冬天早就来了。

文体楼奖状陈列室，和教材研究室一样也是鲜有学生会来的地方，每年只有那些在某些领域功成名就、但走路都颤颤巍巍的高龄校友才偶尔在校庆日时光临此地，而且还要跑四楼，没有电梯，真是难为了他们。南蕙此前走了四层楼，在门口深呼吸了几下，稳了稳情绪，这才敲门。很巧，陈列室的门上居然有个猫眼，无须核对敲门节奏的暗号，里面的人就径直开了门，是滕逊，而且房间里面就他一个人。

"Nancy，请进。"

这句话让她很不自在，好像自己是客人，而不是剪刀小组的成员。以往，滕逊都是说，Nancy，你来了啊。剪刀小组恢复运作却没有告诉她，直到麦芽糖出事了才找她来，这里面的问题很严重。现在滕逊的客套让她心中更加不安。而且一走进屋，南蕙几乎是立刻就发现了那张桌子上摆放的信件、镊子、台灯和药水。很明显，刚才应该至少还有一个人在房间里帮着滕逊做事情。她环顾了房间一圈，如愿地看到了南墙这里的一扇小门，通往隔壁，关得很紧。

"坐吧。"滕逊朝远离桌子的一把椅子挥挥手，自己却站着，"庞主任没为难你吧？"

女孩没说话，只是怔怔看着桌子上的 438 药水瓶。

"估计他也不会的……"滕逊自顾自讲，"这件事情会弄得我们很难堪啊，你知道麦雅的爸爸是谁么？"

这句话倒是把南蕙点醒了，扭头看着化学老师。麦雅很少提起自己父亲，只一直说她妈妈的事，南蕙总以为她是单亲家庭，父亲过世或者离异。滕逊见她如此迷茫，叹了口气，说："我跟你说，你别外传，麦雅父母离过婚，现在跟着她妈妈住，但她爸爸是市府里面的一

个小头头，和我们区教育局的关系很好，据说和蔡副局
长以前还是部队里的老战友……"

"呵?"

"你别'呵'，我一开始也不知道，可谁叫咱们是百
年老校，虽然不是市重点，但牌子老，什么牛鬼蛇神，
不，是各路神仙，都喜欢把自己子女往这里塞。"

身为其中一路神仙子女的南蕙却暂时无法接受麦芽
糖这个身份的真相大白："她一直瞒着我……"

滕逊"嗯"了一声，道："不过今天叫你来，还不
光是因为这件事——这个这个，前几天被气枪袭击，
你，是不是有什么事情瞒着上头?"

女孩看着他，眼镜镜片后面是两道怪异的光，倒不
是因为含有什么煞气，而是来的一路上心凉手凉，眼神
也不会正常到哪里去。偏偏身为剪刀组领导的滕逊平时
对上面阿谀奉承多了，自己的眼神并不犀利，现在反倒
被南蕙的目光看得不自在，稍稍转了个侧脸，提醒属下
道："好像出事那天，你在信件里发现一个黑信封，是
么? 里面还有很特别的东西?"

"您是听谁说的?"

"这个你不必关心，我只想知道是不是?"

"没有的事。"

"可是别人说看到了。"

"您把那人叫出来对质。"

滕逊说不出话了。

　　南蕙却很认真地看着对方，一脸淡然。滕逊说的"别人"，除了告密专业户马超麟还能是谁？和马超麟舌战，她太有经验了。再说，没有证据——黑信封和小纸片，她当时趁着场面很乱，揉成一团放进裤子口袋里带走了，查无对证。况且她也料定，滕逊是没有胆子说出谁是线人的，妥善保密信息来源，有点智商的人都懂这个基本道理。

　　南蕙继续替自己辩白："当时情况很乱，本来要检查的信也很多，我根本不记得有什么黑色信封。"

　　滕逊见她态度明确语气平静，有些无奈："但是，小唯都跟我说了。"

　　"诶？谁！"

　　"小唯。"

　　那一瞬间，南蕙还以为自己听错了。竟然不是马超麟，而是小唯，那个平时不爱说话、凡事都喜欢向南蕙请教的小唯，那个在小组里一直扮演她助手角色的小唯，那个在走廊上小心翼翼跟在她身后行走的小唯。南蕙看了一眼那扇小门，觉得此刻躲在门背后的，应该就是那个唯唯诺诺、看似无害的告密者吧。

　　滕逊见南蕙卡壳，深知自己命中了要害："她说气枪打来之前，就看到你在检查那封黑信封，还有那个金属子弹，当时她还问过你这是什么——枪击之后，她还看到你把什么东西悄悄塞进了鞋子里，后来庞主任问话的时候，你什么也没说，这也就算了，教导处和我们关系微妙，有事情的确不能轻易告诉他们，但是就连我，你也没有报告这个情况，不能不让我们起疑啊。"

南蕙没接话茬。

千想万虑，就是没料到背后给她一枪的人是小唯。现在仔细回忆当时的场景，的确也是，马超麟在整理档案，不在桌边，可能压根没注意黑信封。从头到尾在南蕙边上的就只有小唯。枪击之后，马超麟因为一点点小伤就在那里哭爹喊娘，更不可能留意南蕙隐藏子弹和信件的举动。

由此可见，小唯的确是告密者，滕逊并没虚晃一枪。

千年难得一次，滕逊在南蕙面前夺得上风。现在他底气十足，微微探身朝女孩，眼神前所未有的犀利："小唯同学本来不想汇报，但她内心很挣扎，良知在召唤，这几天做了很久的思想斗争，才终于相信老师，相信校方，主动来找我坦白情况。你也是剪刀组的成员，你也应该像她那样，选择相信老师啊——所以，你到底发现了什么？Nancy？为什么不说呢？为什么一开始不相信组织呢？嗯？"

"我，我是发现了……"

"哈！发现了什么？"

"……"

"说吧，没事的，我们会保密。"

"对不起。"

"啊?"

"对不起,不能说。"

"……为什么?"

"因为我不相信你会保密。"

"什么?你怀疑我?!"

滕逊说这话的时候眉毛都快飞起来了。也难怪,尽管他在剪刀组不亲自参与什么事务,但名义上到底是指导老师,平时组员总要给他很大的面子,都是客客气气向他汇报和请求指示。谈不上权威,但总还有身份在。南蕙现在这样公然说"我不相信你",已经不是违抗指示那么简单,绝对是一种忤逆和大不敬!就像中世纪的教会发现自己手下的神父说,地球可能绕着太阳转,并指责教会在忽悠劳苦大众——这种人绝对会被绑上烧烤架。

"你……你居然不相信老师?……"

南蕙避其锋芒:"小唯,她曾经相信您的吧。"

滕逊没料到她反问这么一句:"什么?"

南蕙说:"小唯,她平时和我关系不错,进小组的时候是我一直带着她,被袭击的时候也是我把她压在身下,没有受到什么伤害。她现在会在您面前说我隐瞒了黑信的事,只有一种可能,就是您一直以来都很看不起她,把她当做空气,无论是表扬还是安慰,都没有她的份,再乖再听话的人,也受不了这样的对待,可能您在学生时代就是老师眼中的红人,所以无法感受到那种情绪。"

这次轮到滕逊卡壳。

南蕙继续道："以我对她性格的了解，一旦她把我抖了出来，心里一定会不安，应该曾经要求您保密的吧，不要说是她说的，毕竟当时还有马超麟在，我不能确定究竟是谁背后告密——可您刚才为了让我承认，毫不犹豫就说出是小唯说的，没有遵守对她的承诺。"

"咳……"

化学老师干咳了一声，声音轻微得像蚊子叫。

"今天您为了套我的话，这么轻易就出卖了小唯，明天也许为了别的事情，就会出卖我，您说，我怎么能相信您？"

所以，羔羊必须保持沉默。

如果说两分钟前滕逊的脸色还像一块猪肝，那么现在则宛如死鱼的肚子。

"可我是你的老师！"

看似严厉的斥责，实则是苍白无力的伸张。

南蕙知道今天得把很多话说开了："不错，您是我的老师，可邵老师也是我的老师，庞主任也是老师，卫筠老师也是老师，还有那份黑名单上的其他人，都是老师，我遇到他们向他们问好，背地里却检查他们的信件，'老师'，对我而言只是一个称呼罢了。"

"你……"

滕逊已经理屈词穷，几乎就要走上去用手指着她的脑门了，南墙的那扇小门却"吱呀"一声开了。

南蕙本以为躲在后面的告密者小唯会诧异地走出来，或者，小唯和马超麟都诧异地走出来。但她错了，进来的，是一个矮矮胖胖、四十岁左右的中年男子，头顶毛发稀疏，其眼神，看似随意，其实深不可测。

这下，轮到南蕙诧异了。如果说他们这三四个学生是剪刀的刀刃，滕逊是拿着剪刀的手，那么眼前的人，就是那只手的主人。

郑常伟，郑副校长。

和大多数学校一样，学生热衷于给老师起外号，比如教导主任姓庞，就叫螃蜞。滕逊的外号是屁屁虫……总之，几乎人人都有，个别人还不止一个，可见"人缘"有多好。这样的传统，即便学校高层领导人都不能幸免。但必竟是高层人士，外号不能粗鄙，比如正职校长外号粉笔头，管教学的副校长外号烧杯，邓恺墨的爷爷外号是三角尺……

唯独郑副校长的外号很别致。

见过他的人都觉得，这位教育工作者身上有着一种屠夫的气质，比如，他个子不高但身板厚实、脖子很粗，戴上黑墨镜，像大老板的私人保镖，穿上白围裙，像菜市场卖猪肉的；比如，他那粗实的小手臂上长着很多毛，和老外有一拼；比如，有传言说他年轻当兵时在西南边境的战场上杀过八个人；比如，尽管平时要穿西服，但他很少打领带，衬衫领口也总喜欢敞开着，并露出里面白色背心的局部——背心配衬衫，这在很多重视形象的知识分子看来是乡下人的穿法。

所以他的外号是：郑屠。

但就是这么一个形象另类的校长，绝对不是外表看上去那么粗鲁莽撞。四十多岁能在百年重点里当副校长，说明他能在校园官场里混得如鱼得水，在智商上一定是有两把刷子的。

小门一开，滕逊像二等兵看到元帅一样，立刻腰杆挺直表情僵硬而严肃，其身体动作之迅速猛烈，让人怀疑是不是他背部肌肉抽筋了。

郑屠没去看这个小兵，而是目不转睛地盯着高一女生，用一只手理了理自己敞开的衬衫领口，然后语速缓慢地开口，却带着一种不允许怀疑和抵抗的权威感，像是一门坦克的炮口正对着你：

"你刚才说什么？卫筠老师？教音乐的卫筠老师？"

南蕙愣了一下，点点头。她知道卫筠老师对于郑屠的"特殊性"。卫老师是他正在关注的目标，也许在郑屠的原配病逝后，成为新的校长太太。后来正是因为对卫老师的信件窥探，导致了邓恺墨的粗暴介入，才有了那些偷拍照片，有了滕逊的遇袭，有了气枪事件……红颜自古是祸水，真没错。

屠夫的下一句话却击碎了南蕙以上的想法："这是怎么回事，卫老师怎么也会牵涉进来？我从来没有说过要检查她的信啊。"

南蕙看看脸色苍白的滕逊，谨慎地选择着词汇："那就是滕老师在擅自揣测您的心意了。"

"什么心意？需要监视她的信件？都是自己人啊。"

"自己人？"

南蕙心想您这占有意识也太快了，人家现在毕竟还是有男友的，居然就成了"你自己的人"。

郑屠说："是啊，卫老师，是我太太的远房侄女，对她，我再放心不过了。"

这话一说出来，房间瞬间清冷得像个停尸间，足足有半分钟时间，谁也没说话，因为年纪最大的和年纪最轻的人都意识到了什么，然后都不约而同地去看化学老师的脸。

滕逊巴不得自己被硫酸当场融化掉肉身。

终于，副校长打破了沉寂，嗓音粗粝，如刀割岩石："你们，你们几个，到底在搞什么？"

没人敢回答。

但这的的确确是一个很好的问题。南蕙心想。

我们，到底在搞什么……

6. 车的困境

"马走日，相走田

炮打隔山，士占四角

车跑一路烟……"

路边摆棋摊的老头一边喃喃地念叨着，一边在手里把玩着几只被他吃掉的棋子。在市井喧闹之地，这种棋摊随处可见，总是一个满脸皱纹、衣着脏旧的老头，在路边、天桥或者小桥边的地上摆下一副象棋残局，你可以花二十块钱和他接着对弈，赢了拿十倍的钱，输了走人。

不消说，这样的棋局，都是从那些残局古谱上拿来的，看似你再走几步就能赢，其实暗藏杀机，真想赢，是很难很难的。摆出这种残局赚钱的老头，肯定是吃透了那些残局的门道，行走了多年的江湖，自然也是很厉害很厉害的。

眼下，那个出钱对弈的年轻人，一双眼睛恨不能把地上那张本来就很旧的棋盘纸给彻底看破。从接下棋局到现在，他已经被老头连着吃掉了三个子，己方老营危在旦夕。周六，休息天，路上闲人多，所以边上围了一大群看得津津有味的象棋爱好者，但都很君子地一声不吭，静观战事发展。

这群观棋不语的人当中，却少见地站着一个穿高中校服的瘦小女孩。虽说旁观者清，当局者迷，可是现在围观的人都在看棋局，唯独那个摆摊的老头一点也不在意和自己对弈的对手。他脑门上的皱纹像无数车轮在大地上碾出的车辙，显然行走江湖多年。老头很轻松地在围观者里扫了一眼，目光在这个高中女生脸上停留了片刻，一笑，像是蔑视，又像是自豪，继续念叨刚才那段口诀："马走日，相走田……"

　　马走日，相走田

　　炮打隔山，士占四角

　　车跑一路烟

　　兵卒过河不得退

　　将帅照面胜负见……

南蕙在心里帮他把这段口诀补完。

她小学在少年宫国际象棋班上课之前，先学过几个月的中国象棋，但后来南父觉得这玩意儿太土，是市井小民爱好的，不够洋气，就让她改学了贵族般的国际象棋。这首"马走日"的口诀，就是帮助初学者记住中国象棋规则的，因为朗朗上口，南蕙一直都没忘记。

口诀里，她最喜欢的是那句"车行无限"。

中国象棋里，威力最猛的棋子就是"车"，因为行棋没有格数和四个方向的限制，吃子也没有隔山炮那样的规矩，可谓日行千里、深入敌后，神出鬼没，攻势凌厉，是不可缺的攻击力量。

象棋是游戏，剪刀组呢，也是她在玩的游戏，"伟大"的成年人的游戏，起码当初加入时南蕙是这么想的。她曾经觉得，自己就是"车"的化身，在剪刀小组的棋盘上。她是业务尖子，也是学生里的负责人，知道高层的秘密，深得领导的信任，对外的身份掩护也天衣无缝。

以此类推，身处高三的组长邓恺墨现在是不过河的相，干什么都要利用别人的马超麟是炮，忠实但能力不出众的小唯是兵卒，跟在领导屁股后面的滕逊算士，所有行动都屈服于常规舆论限制的教导处螳蜋是马，郑屠则是身居幕后的将帅。

可眼下，局势却反过来了，同一方的棋子们开始了内讧。因为检查老师信件，她和邓恺墨闹了个不愉快，却又帮他隐瞒气枪子弹的事情，招来了郑屠和滕逊的怀疑，而背后放枪的却是最看似无害的小唯；滕逊不但背着郑屠，秘密让南蕙参与了这件事，还假传圣旨以权谋私想要追求卫筠老师，结果呢，南蕙已经被停职了，搞不好还会进一步成为牺牲品；马超麟满脸野心，一有机会就想将她取而代之；螳蜋呢，他似乎总是对剪刀组有什么戒心或者怀疑，而南蕙可能是他预谋中的突破口……

帅，士，相，马，炮，卒，现在都想对她这枚车不利，从六个方向上将她围堵得水泄不通。邓恺墨是对的，即便沉默不语，羔羊毕竟是羔羊，面临屠刀，没有退路……

"我输了！"南蕙的思绪被年轻人的投降宣言所打断。这个笨蛋可能终于明白了，面对这种老江湖，自己是没有一丝一毫胜算的。

年轻人输了钱一走，没有别的挑战者，那些看热闹和看门道的人也随之散了。南蕙却没动，看着老头把二十块钱收好，然后慢慢把棋局摆成一幅新的残局态势：挑战者的黑方除了将，还有一马一炮一相一士一卒，老头的红方除了帅，就只有一车一士一炮两兵。而且一上来，红车就处在被优势力量的敌军夹住的危险之中。

红车，该怎么办？

她只知道既然是老头做红方，一定会有化险为夷的办法。

因为路上在棋摊这里耽搁了点时间，南蕙赶到第二人民医院已经是下午四点。麦芽糖的病房就在住院部大楼的三层。

这是那件事发生后，她第一次来看自己的好友。

本来，麦芽糖因为意外而流产，是不必住院到现在的。但是人一倒霉，什么祸事都会来——那天给她紧急做手术的时候，妇科大夫技术不精，手术器械损伤了宫颈，导致并发感染。术后处理也不得当，导致输卵管积水。这些后遗症倘若处理不好，以后麦芽糖也许都无法生育小孩。所以麦家很快将她送到了这家大医院，进行进一步治疗和调理。

麦芽糖的事情，卷起的风波不单是这些。比如踢出那脚球的男生（他现在得了个外号叫"斜脚贝利"），是不是应该负有一定责任，这个双方家长有争议；学校有没有尽到看护学生的责任，家长和校方也有争议；再加上第一家医院的治疗不善，又带着医患纠纷的色彩……看似普普通通的高一女生麦芽糖，其实倒像一颗地雷，不响则已，一响，就是连环爆炸的效果。

但这枚地雷所休养的病房很安静。

南蕙以前只来过这种高级病房一次，是当年她爷爷住院的时候。因为爷爷是离休的高级老干部，功勋彪炳。麦芽糖的爸爸也是大领导，所以他的小孩能受此类待遇。这种病房都是单人间，有空调、电视机、独立卫生间，床头有电子按钮召唤医生或者护士，不像那种拥挤的普通病房，只有电风扇和痰盂，病人万一出现情况需要别人站在门口扯着嗓子喊护士快来。

但南蕙知道，无论怎么优越的住院环境，现在都不能消除麦芽糖生理上和心理上所遭受的伤害和痛楚。

说来也很神奇，就是事发到今日，麦芽糖居然都咬定牙关没有说出谁是那个让她怀孕的混小子。她肯定知道，一旦说出来，男方首先会被自己父亲暴打一顿，甚至以流氓罪强奸罪之类的告上法庭，这样男孩的未来就毁了。所以气炸了的麦老爹几乎就差用枪顶住女儿的脑门了，麦芽糖还是没有说。任凭老师一遍又一遍地做思想工作，任凭麦母一次又一次以泪洗面，任凭麦父一回又一回地恐吓发飙，她都像当年我党英勇的地下工作者面对严刑拷打那般坚定不屈，不愿吐露一个字的机密。

用教导主任螃蟏的话说，"这孩子，鬼迷了心窍了……"

好在，她和小米的通信还没有被家长发现，那些是南蕙暗中"放水"的最有力证据。

麦芽糖的母亲近期请了假在医院照顾女儿，而她那个离异的父亲则负责和争议各方周旋和争论，一对离异若干年的夫妇这时倒是分工明确、配合默契。因为害怕记者之类的人来刺探消息，麦母对于出现的访客总是抱着十分审慎和怀疑的态度，除了学校领导和班主任来过几次之外，其他人等都被麦母挡了回去。

也包括南蕙。

按理，南蕙这种头发很短、个子瘦小、戴着近视大眼镜的放心模样，一看就是成绩良好、当班干部、不看闲书也不听港台流行乐的好学生，应该深得广大父母的信任才对。

女孩的表面伪装第一次失效，很是纳闷，问眼前这个明显连续几天没睡好的母亲："为什么？"

麦母说："你就是她一直说的南蕙吧？"

"对，她……"

"她一直跟我说起过你，说你们是无话不谈的好朋友。"

"呃……"

麦母揉了下自己两侧的太阳穴："既然无话不谈，

我女儿先前谈恋爱，你知道么？"

南蕙瞬间明白了，也释然了。麦芽糖的妈妈虽然平时对女儿很好，但人家也不是笨蛋。利害关系，以及同龄人好友之间那种秘密的分享原则，她是知道得清清楚楚的。呵呵，想来也是，只有南蕙母亲那种在中学时代没经历过真正友谊的女强人，才不会在这种事情上明察秋毫——可眼前的这个母亲，这个"正常"的母亲，是知道何为"闺蜜"以及这两字称呼背后的潜在规则的。

南蕙此刻是被扔进了烧开的火锅里，四周是滚水，下面是烈火，进退不得。说不知道吧，这算什么好朋友？何况她说不知道，人家信吗？说知道吧，好了，知情不报，欺瞒师长，麦芽糖今天的局面，有一部分就是她的责任，南蕙还好意思来看望她？

无论如何，母爱是没有逻辑可言的。

看女生怔在那里，麦母动了慈悲，不忍心看她为难，说："你还是回去吧，麦雅需要好好休息。"

南蕙深知多说无益，便将带来的塑料袋递向她，问："麦雅转学前，我还能见到她吗？"

"出了这样的事，转学是肯定。"麦母没有接塑料袋，只是讲，"请你以后，不要再来了，谢谢。"

女孩却坚持把塑料袋放在走廊的长椅上，走人。

麦母叫她叫不住，又生怕惊动了病房里的女儿，只能任由对方离开。她怀着纯粹的好奇打开那个袋子一看，半透明的塑料盒子里是一块精美的鲜奶油蛋糕，一头尖一头大圆，看样子是从大蛋糕上切下来的一块，雪白的奶油上有半个红色糖浆浇出来的"乐"字。

难道，今天，是那个女孩的生日？

7. 生日要快乐

南蕙的阳历生日是每年 11 月 21 日，天蝎座的最后一天。

常言说，蝎子的尾巴，最毒。

但进了中学之后，班级里没有多少人知道她的生日，因为没有人愿意去记一个对老师唯命是从、平时不拘笑颜的女班长的生日。初中时就连邓恺墨都不知道她是几月几号生的。唯一知道她生日的同学，就那么两个：麦芽糖，陈琛。

现如今，流产住院的麦芽糖如坐监狱。陈琛呢？不提也罢。历年南蕙生日，他送的不是《星球大战》录像带，就是《侏罗纪公园》的恐龙模型，或者《星际迷航》里的飞船玩具……南蕙有时候真希望哪天他会送来一把绝地武士的激光刀，这样她就能把陈琛的脑袋给轻松地切下来。

今年陈琛送的礼物比较正常，是一副可以折叠后随身携带的国际象棋，棋子都只有一节小拇指那么大，金属制，棋盘则带有磁性。这副棋价格应该不低，但南蕙并没有为此感激他，反倒是问："苏月宁给你来信了？"

陈琛撒谎和掩饰心理活动的能力太弱了，在南蕙这种老手看来不堪一击，简直像没穿衣服就来变魔术一样："啊……对，给我写了一封信，你怎么知道的？"

"去门卫室拿信，无意中看到的。"

"哦。"

"都写了点什么？"

"叙旧，嗯。"

"比如？"

"……这个，好像是个人隐私……"

"哦，这样啊，真会保密。"

"你不是说，要留有秘密，才公平么？"

"我说过这话？"

"说过的……"

南蕙这才想起来自己当初的确说过这种话。好吧，他不想说，也不敢说，表明问题比较复杂。而她现在厌恶一切复杂的东西。而且，从麦芽糖被球踢到开始，之后那几天，还寄来过第二封信，也被她在门卫室瞥到了——而不是陈琛说的只写了一封。

撇开学校围墙大字报那回，这已经是第二次了，第二次了——连你也在不停地骗我，这个世界是不是真的要在2000年世界末日了？南蕙心里这么想。

陈琛送她礼物是礼拜五放学后的事情。每次生日，两人互送礼物，但不请客吃蛋糕，已经成了惯例。等她回到家，发现除了佣人，父母都不在。桌子上却有一个大蛋糕，还有一个小小的包裹，包装纸很漂亮，是生日礼物。

不用猜都知道，蛋糕是母亲买的，那个礼物是父亲买的，两人分别把东西放在桌子上，然后各忙各的，一个处理工作，另一个，天知道在哪里逍遥快活。

一问佣人，果然如此。

只是有一点和南蕙所想的不同，父亲回家放礼物的时候，还带着一个年轻的姑娘，不知道是时装模特还是干什么的，总之长得很漂亮。不巧的是，当时母亲也在家，并且对父亲这种把野女人带回家的行为非常之愤慨。父亲则反击说，什么野女人，你也是受过高等教育的人，还是国家干部，怎么说话这么没教养——这是吴小姐，海外华侨，我的朋友，也是我影楼今后的合伙人。说完放下礼物就和那位吴小姐走了，号称是喝咖啡谈正事去了，这一谈，搞不好今晚就不回来了。母亲在书房里摔碎了几个茶杯，然后也让秘书备车去火车站，因为她要到外地考察开会，连去三天。

所以，没人陪南蕙过十七岁生日，就像她的前三次生日一样。

南蕙拆开了母亲的蛋糕，是一家名牌西点店的鲜奶黄桃蛋糕，那个尺寸，摆明了应该七八个人才可以一起消灭。她再拆开礼物，是当下最流行的电子宠物玩具，日本人风靡世界的发明。它只有火柴盒大小，里面的电

子小鸡，你每天要按时给它喂食、喝水、睡觉、做运
动，养得不好还会生病甚至翘辫子。这么一个新奇的玩
具，刚刚上市就要一百多块钱一只，是最昂贵也是最时
髦的学生新宠，不少人为了筹钱买它甚至愿意去菜市场
打劫老太太。

母亲总是买蛋糕，因为没心思去思考"应该给女儿
买怎样的生日礼物"这类无聊问题；父亲总是给她买最
流行最贵的东西，因为他是很懂得用礼物讨好女人的，
尤其是二十岁到三十五岁之间的那群。

但他永远也讨好不了自己女儿。那个电子宠物在客
厅里摆了一晚上，南蕙都没碰过。翌日她带着电子鸡去
医院看望麦芽糖，在路上随手就把它送给了一个正坐在
马路沿上玩石子的脏兮兮的小男孩。后者对着手里的昂
贵礼物摆弄了半天，确定不是一个空壳子，便狠命把快
流到上嘴唇的鼻涕吸回鼻子里，再一看那个天使姐姐的
化身，早已消失在人海。

好成绩，班长，学生会干部，官员母亲，摄影名家
父亲，三室两厅的住宅，两部座机电话，佣人，电子宠
物……这个高一女生看上去什么都不缺，但其实却什么
都没有。即便是麦芽糖，这枚不是那个棋盘上的棋子，
生活中一个难得的朋友，现在也保不住了。

倒是南蕙自己给了自己一个意外的生日礼物：一颗
青春痘，生日前一夜新长出来的，位置就在额头中心偏
左的地方，半颗石榴子一般。她早上起来时，在盥洗室

呆望着镜子里的自己，轻轻摸着那颗痘痘，像在摸一枚孤军深入敌后的红"车"棋子。

我的"青春"，真不愧是与众不同的，来得这么巧。她想。长这么大，第一次有青春痘，还是这种分外特殊的时期，难道真是上天的"眷顾"？她又想到麦芽糖，这丫头十三岁就开始长痘了，一直到现在。倘若她在身边，定会"幸灾乐祸"半天，然后帮南蕙挤掉——这方面她是老手了。

可她不在了。

南蕙站在镜子前心绪难宁，于是有了要去医院看望闺蜜的想法。

然后在麦母这里吃了闭门羹。

从人民医院出来，南蕙却没有要回家的意思，因为回去了也就是她和佣人两个人。她一点也不喜欢这个佣人，做菜水平一般，又不似普通农村人那样淳朴直爽，而是像个小官僚那般小心翼翼地做着这份工作，在这关系紧张的一家三口之间走着双面间谍的钢丝。

她甚至连家里那张床都不想再睡。

不如自杀吧。

她开玩笑地想，生活好像已经没有意义了。她被停职的这段日子里，看似和一切秘密绝了缘，其实从未摆脱因为窥探秘密所感染的梦魇。看了太多别人的隐私，世界就不再单纯。比如，你在走廊上和隔壁班的班花擦

肩而过，你看着她公主般高傲的神情，却知道她那个
二十五六岁的后妈对她很差，甚至不允许她冬天在脸上
擦百雀羚霜①来保护皮肤，于是她在后母的茶里放 502
胶水，并引来父亲一顿毒打；你看到高二年级那个学生
会副主席梳着三七开的发型夹着文件本、假模假式一脸
严峻地走在行政楼里，哪里会想到他在给初中同学的信
里给学生会每个新老部长都起了不堪入目的外号；你看
到篮球场上那个投篮百发百中、引得很多女生关注的帅
哥，其实他的写信对象都是外校的男生，而且字里行间
的那种温柔足以让人浑身发冷；你看到年级里最有名的
"文艺五姐妹"，她们给自己起了很相似的笔名，梦婷雅
婷莹婷钰婷芳婷之类，好得像巴不得五个人上厕所都要
共用一个蹲坑，其实在她们给各自的笔友的信里，都把
这些姐妹用刻薄无比的语句里里外外奚落一通；班级里
的劳动委员，那个五大三粗的黑胖子，冒充女生和一个
北方军校的猛男作笔友；平时班里最冰冷冷的单亲家庭
男生，在信里毫无忌惮地表现出对已婚美术老师近乎色
情狂的爱慕；哦，还有坐在南蕙正后方的那个女生，她
在信里嘲笑南蕙的发型是五四时期的遗留物，每天看着
这个后脑勺都想发笑⋯⋯

　　诅咒上帝，她看过太多阴暗的东西了，即便是以保
卫纯洁的名义去看。那些黑色素污染了原本洁白的世

---

① 百雀羚：上世纪三十年代起源于上海的国产老牌护肤品，被誉为新中国第一
　代护肤品。

界，并且无法洗白。当然事实更可能是，世界本来就是半黑半白，只是年幼的小雪人们想当然地以为这个世界上并不存在煤炭。

半黑半白，这个人生命题让她又想起了滕逊。

被停职的第二天，滕逊就来悄悄找南蕙做思想工作，当然不是劝她回心转意坦白黑信内容，而是试探地问，郑副校长有没有单独找南蕙谈话问卫筠老师的事。因为那天真相大白之后，南蕙是先离开的，滕逊和主子在房间里又发生了点什么，她一无所知。

其实对上司的老婆的亲戚有追求的心思，这在职场或是官场上都是司空见惯的事情，谁不想攀高枝以求飞黄腾达呢？郑屠自己就是靠老婆的关系上位的，滕逊只是上行下效而已。可惜，他找错了方式方法，以权谋私，还露馅了。事情不大，只是偷看一下信件，但追究不追究全看顶头上司的一念之差。万一郑屠真动起火来，滕逊从此失宠，后果不堪设想。

所以滕逊当时一点也没有面对停职成员的权威感，还是那么低三下四，甚至有点装可怜："其实，我……是真心欣赏卫老师的……"

南蕙一听这话就头皮发麻，心想你跟我说这些话有什么用？要说就敲音乐教室的门去，还可以用化学试剂调配一瓶香水送给她——但南蕙不会表现出来，只是乖乖地站在原地，像是不知道该怎么接话茬，其实只是装傻飚演技。她根本不想去弄明白滕逊是不是真的对卫老师有那种"发自内心"的欣赏。

见南蕙没反应，滕逊又飞快地换了个话题："其实，Nancy，你的苦衷，我也明白的。"

从他们此刻所站的教学楼四楼窗户往下看去，学校放学的景象一如既往，零零散散的学生走出校门，体育班的学生在操场上训练跑步。下一周负责升旗的四个执勤班学生也在跑道上练习走正步。红色的旗帜在阳光昏暗的黄昏里鲜艳得有些古怪，盯着它凝视久了，神经微微会发酸。

南蕙回过神，反倒觉得滕逊的话很好笑，问："您真的明白么？"

"当然……我好歹也是学生会、班干部出来的人呐。"滕逊耸耸肩，道，"那些天天抱怨学习压力大的孩子，其实有什么好叫唤的？有学生干部压力大么？自己成绩要好不说，经常夹在老师和学生中间，里外不是人，还不能对任何一方发火。你就说我们那时候收个书报杂志费吧，教育局不点头，学校硬要收，学生刺头又多，说我不看书报，不给钱不行么？只好去找班主任，班主任说这么点小事你都办不了还怎么当学生会部长……哎，操蛋的事儿多了。"

滕逊这种人骂脏字，南蕙觉得还真是千年一见。显然他还是有点底子的，起码做官做干部这块的底子，他有的是。

"这样的事，我也遇到过。"南蕙附和道。

"是吧？你是还没经历过大学啊，还要黑呢。"

操场上国旗卫队的人似乎刚刚反应过来，他们把国旗给拿反了，星星们朝着较低的那一头，真是一群菜鸟。南蕙想自己当年第一次当护旗手可比他们老练多了。

"黑？怎么个黑法？"

滕逊似乎也注意到了护卫队的闹剧，但思维并没有被轻易打断："你看啊，高中生累死累活考试，图什么？考个好大学。考个好大学图什么？还不是好就业好工作？别看高考那么重要，其实大学毕业包分配才是最后的目标，分配到哪里又是系里领导说了算的，领导喜欢你你就留在大城市，进事业单位，进大企业，或者保送研究生，领导讨厌你，哎，你就回老家小城一辈子窝着吧。大学里每个人都是挤完独木桥九死一生才进来的，怎么能眼见着最后功亏一篑？所以大家都要和老师搞好关系，这里面的内部矛盾和斗争学问就大了去了，那真的叫有钱的出钱，没钱的出血，没血的卖肉了。"

南蕙以前倒还真没想过这些，现在被滕逊一说，倒是恍然大悟了。好在，她有个强势背景的母亲，大学里的日子应该不必那么勾心斗角。

滕逊说着说着就来了劲头，继续道："所以在那里面当干部，就更加要小心了，老师要伺候好，身边的同学也要打点住，太极图你见过没有？老师要是白色，学生就是黑色，咱们呐，就是当中那根曲线，看不见摸不着，你说那根线是什么颜色？黑？白？屁，其实就是没有颜色，没有原则没有态度，把两边的人都接好了，才是存在的意义。老师让你注意同学的言论动向，学生让你向老师刺探考试的范围方向，你说谁黑谁白？说不清楚，就像太极里那两个点儿，白中有黑，黑中有白，好老师，坏学生，坏老师，好学生，不同人不同的标准，你要是认死了自己就是那根曲线，其他啥也别想，做事情反倒舒心了。"

南蕙第一次从滕逊这里真真切切学到了东西，不禁感慨："滕老师，你讲的东西好有禅机……"

滕逊能给南蕙上一课，也觉得不容易，挠挠头说哪里哪里，一挠居然挠下了几片头皮屑，看来是有几天没洗头了。

南蕙强逼自己忽视那飘落的雪花，问："可是，既然进这个太极圈子这么苦，那您当初为什么要当干部、领导剪刀小组呢？"

滕逊说："嗨呀还不是因为家里条件不好吗？寒门想出贵子，就要历尽磨难啊。"

"滕老师家境不好？"

"嗯，小县城出来的人，那地方一共就三所中学，当年好不容易考上城里的重点大学，家里还借钱摆了三天酒席……"

滕逊眼里闪过一丝小小的光彩，好像眼前浮过了当年的"风光"场面："……没念过书的人都以为只要书念得好就行，那是外行人，中国是什么？政治大国啊，中南海里有政治，国务院里有政治，芝麻大的小科室里有政治，公司办公室里有政治，学校里更逃不过校园政治，那句话叫什么来着？哦，有人的地方就有江湖，有江湖就有领导，有领导就有权术斗争。想要做点事，你就得过领导那关。抗倭名将戚继光知道吧？那么厉害的民族英雄，整个国家就他们几个能搞定倭寇之患，结果呢？也照样要送礼给当朝宰相张居正，也要开后门走点关系路子，其他人就更别说啦。当初我也是志气蓬勃，想要干一番事业，我还不如戚继光呢，能不进这个太极圈么？后来点背，临毕业出了事，没进外企，进了学校，但你说我是那种愿意在学校里当教书匠的人么？呵呵，你这么聪明，肯定知道我不是啊，我还是要跳出这个小学校，往上走，去做点事情。是谁决定我能不能往上走，不是学生，是领导，领导让我研制药水，我就研制了'死三八'，领导让我管理剪刀小组，我就得硬着头皮当外行来领导你这样的内行，其实我跟那些学生无冤无仇，他们想怎么乱来关我什么事儿？但是领导没让我去追他老婆的远房侄女儿，结果就出意外了……"

这意外到底有多严重，南蕙摸不准，滕逊看样子也不肯说。谈话在一阵话剧独白式的高潮之后陷入小小的沉默，像是谁都不愿意提到那个敏感的字眼，尽管这个事实就像空气中的尘埃那样确凿无疑地存在着，并且威胁着每个呼吸细胞。

"您看得很清楚。"她说，说了和没说一样。

"随便发发牢骚而已吧，哈哈。"他也不指望南蕙能说出什么掏心窝子的话来。

女孩沉思片刻，却话锋一转，问："您今天掏心窝子跟我说这么多平时不会说的大实话，是不是意味着，我以后可能再也不能回到剪刀小组、接触到秘密的核心了？"

外面的天空似乎一下子就暗了许多，宛如天神用来照亮天际的数万支蜡烛在片刻内就陆陆续续地熄灭了很多支。刮灭那些蜡烛的晚风又冷又咸，吹进窗户，在教学楼里的走廊上肆虐。南蕙没有立刻得到她应得的回应，只能先走开几步，去关上敞开的窗户。国旗护卫班已经结束了毛手毛脚的演练，收起了红色的旗帜，走进大楼。体育生们也披上外套陆续解散了。这意味着，学校的一天生活真真正正地要结束了。

滕逊忽然很想抽烟，但想想还是算了，他在大学里就是因为抽烟才引起了那场火灾。但此刻的情形，丝毫不比当时来得舒服，自己说出来的话，都有一股隐隐的、让人感到虚伪的焦煳味："我并不是这个意思……不过，从郑副校长的态度来看，好像……差不多有这个苗头。"

南蕙的反应倒是很淡，像给白开水里注入白开水："哦，这样。"

滕逊连忙安慰："你不要多想……"

"我没多想。"

化学老师叹口气，讲："哎，其实别说你，我自己也怕是泥菩萨过河，自身难保。"

她嘴角神秘莫测地一抿："怎么会呢，您是郑校长的红人。"

"什么红人呐，棋子罢了，红人就是用起来比较顺手的棋子，但是局势一变，立刻就弃车保帅了，下这一盘棋，不就是为了那个老帅能赢么。"

"局势变了？怎么变了？"南蕙很敏感地抓住了重要细节。

滕逊摇摇头，道："你别套我了，我这人搞剪刀业务不行，可保密工作的觉悟很高，有些事我不能跟你讲，反正，要是有一天我忽然走了，你别意外。"

南蕙倒的确很意外。滕逊，以前在她看来的确有着一种"走狗"的属性。虽然剪刀小组也是"高层麾下的鹰犬"，但鹰犬鹰犬，她老觉得自己是那"鹰"，虽然为上头服务，但背景很硬，大不了不陪你们几个玩儿了；马超麟虽然人恶心了点，但母亲是学校干部，他不属于趋炎附势之辈，也算半个猛禽；滕逊就不同了，一心围着领导打转，不是忠犬还是什么？领导应该对他很庇护才是，怎么会现在说"走"就"走"了？这个江湖也太不靠谱了一点吧……

想归这么想，南蕙嘴上还是说："不会的，您的苦劳，我们都看在眼里。"

滕逊倒是笑笑，没再说什么。那种装不出来的苦笑的意味，加上"你不在我这个位置上不会懂"的眼神，倒让女孩对他感到一丝难得的同情。

"咔哒"。

听到背后传来这一声响动，南蕙立刻拉回了思绪，从回忆中醒过来，转身想看个究竟，喉咙口却感到一阵凉意，而且是那种很轻很薄的凉意。

凉，是铁器的温度。

薄，是刀片的厚度。

她的喉咙口，此刻正架着一柄弹簧小跳刀，刚才的"咔哒"，就是刀刃弹出的声音。

但比这更恐怖的是，南蕙的眼前出现了一张五颜六色、表情狰狞的脸，乌黑色的瞳仁正紧紧盯着她。

"嘘！别出声！"

那张脸说道。是个男生的声音。对方身高一米八左右，在南蕙面前宛如巨人，正从上而下弓着身子胁迫着她。女孩很乖地没有出声，但却不再害怕，因为从那句话里，她听出了这个一米八高的大个子有丝毫不亚于自己的心慌和恐惧。而且现在她也看清楚了，这张五颜六色的脸，根本不是什么妖魔鬼怪，而是一张塑料的卡通人物面具罢了，两块钱就能在小杂货店里买到，满大街小破孩都有过这种玩具。所以刚才他说话时带着嗡嗡的震动声。

这位仁兄现在戴的就是动画片《变形金刚》里擎天柱大哥的面具。

但喉咙口的那把小刀可不是玩具。

"钱包在我右边的口袋里……"南蕙轻声道，这也是她对"擎天柱"唯一的身份理解，"你请自己拿吧。"

她说每个字都很小心，努力不让自己露出一丝一毫的紧张。她走的这条路是那种幽深的小弄堂，距离外面热闹的大马路很远，有点像……有点像当初和阿健遭遇小混混时被追杀的那种地方。

熟料这个劫匪很有追求："我要的不是钱！"

南蕙脑子一片空白，难道是劫色？这下问题比较严重："你想干什么?！"

"擎天柱"四下望了望，讲："她有没有跟你说了什么?"

南蕙觉得自己遇到神经病了："你说谁……"

"别装蒜！麦雅！"

南蕙看着那张蓝色、白色和红色交汇出口来的塞伯坦星^①面孔，用了大概五秒钟时间反应过来（这对智商123的人来说微微有点耗时漫长，是种耻辱），此刻拿刀架着她的"擎天柱"就是麦芽糖深藏不露的男朋友、那个流产孩子的亲爹。

———————

① 塞伯坦星：变形金刚的故乡。

果然是一柱擎天的人物。

今年的生日真是不同凡响。

接下来的推断，不需要五秒钟就能搞清楚了：麦芽糖一直保密男友的身份，但是这小子显然并不完全信任她，所以，可能经常在医院病房附近游荡。他知道，一旦麦芽糖说出了自己的身份，那么以麦老爹的火爆脾气，自己被打断一条腿都有可能。偏偏，今天南蕙来看望麦雅。"擎天柱"应该是认识她的，因为麦芽糖第一次看到南蕙和陈琛去咖啡馆，当时就是在和这小子约会，何况后来麦芽糖肯定对他说了很多关于南蕙的事情。学校里最好的朋友来慰问，又被麦母嘱托了某种使命，"擎天柱"肯定会怀疑麦芽糖是否把自己的身份透露给了南蕙，所以从医院出来就一路尾随，然后，然后就用刀拷问——人一旦陷入巨大的恐惧，什么极端或者荒谬的事情都可能做出来，就像剪刀小组，就像，此刻的"擎天柱"。

"快说！"

男生催道，手上的刀片也逼得更紧了。

南蕙开始说了："你这人真是有病，我们班主任今天有事，班长团支书都要补课，就派我代表班级同学来看看她，还能说什么？！"

这句话终于起到了意料中的作用，"擎天柱"有些诧异："班长？你不是班长？"

南蕙的推理果然正确，擎天柱是猜准了她的身份才在半道上截住自己的。南蕙假如承认了自己的身份，同时回答说麦芽糖什么也没告诉她，"擎天柱"很可能是不相信的，一定会下一些毒手来逼问她。她现在唯一的出路就是，利用对方此前只见过她一次、而且还是远距离见过的"优势"，号称不是"班长南蕙"，而是一个和南蕙有些相像的"班级组织委员"——她们学校是百年区重点，南蕙这种瘦瘦小小、短发近视的女生多了去了。而且南蕙的头发比那时候又剪短了些，眼镜也换过一副了，穿着校服，和当初不是很像。

果然，"擎天柱"的目光有些犹豫，似乎也在怀疑自己是不是看错人了。

南蕙乘胜追击，继续演戏："你到底是谁啊，想搞什么鬼？是不是张小寒（随口胡诌的名字）故意找来恶作剧玩儿我的？是不是？"

对方终于被她绕进去了："张小寒是谁？我不是……大概认错人了……"

言语之间，那把抵着她喉咙口的小刀也松了很多劲。

眼看就要成功了。

忽然……

"你别被骗了！"

劫持者和被劫持者不约而同地朝说话的人看去，然后南蕙就傻眼了——那是一个穿着连帽衫和牛仔裤的人，帽子盖在头上，背着一个大书包，最诡异的是，这个人也戴着一个卡通面具，而且还是"威震天^①"。

这个场面太富喜感，哪里像是劫持？根本就像小学生在胡闹！素来以文明和涵养来要求自己的南蕙几乎就要在心里骂开了："靠，这是在搞什么鬼？汽车人大战霸天虎么？"

"擎天柱"也一头雾水："你谁啊？！"

"威震天"指指自己的脸，像是作了回答，然后用男声说，"你想知道她是不是你要找的人，很简单嘛，她带着钱包，里面应该有身份证或者学生证吧，拿出来看看不就知道了？"

麦芽糖的男人一听觉得很有道理，就从女孩的衣服口袋里拿出了钱包。南蕙心想这下完了，忽然杀出的不是神经病，而是个高手。她的学生证放在书包里没带出来，但身份证的确就在钱包里。

"操！果然是你！你个臭女人敢骗我！"

发现真相的"擎天柱"重新把刀举在她喉咙口："她是不是跟你说了我是谁！"

说着就要一个巴掌打上来。

南蕙想要用手护住脸，却怕一切已经来不及。

"威震天"发话了："我觉得麦雅应该没说。"

正要打人的男孩顿时怔住，转过头来："你……你他妈到底是谁？"

---

① 威震天：《变形金刚》里反面角色，擎天柱的死对头。

南蕙也很想知道。

"我？我是那个，即将揭开你面具的人。"

"擎天柱"闻言，左手抓住南蕙的衣领防止她逃跑，同时将右手的小刀对准了"威震天"："你少管闲事！"

但对方丝毫不畏惧刀刃凶器，往前走了两步，同时左手伸进外套内侧："二十世纪了，哥们儿，还在用冷兵器？"

话音落，左手已经多了一把手枪，但造型怪异，不是左轮，也不是五四式那种半自动手枪。但南蕙一眼就认了出来。

"擎天柱"还在发愣，"威震天"已经对准他的小腿肚开了一枪。

"啪"，声音不响，但很清脆。

下一秒钟，"擎天柱"已经丢掉小刀，捂着小腿肚在地上打滚了。他呻吟的腔调，让南蕙想到了马超麟同学。

枪手垂下手里的运动型气手枪，走过去用枪柄对准猎物的脑门来了一下，对方立刻就不动弹了。他把弹簧刀一脚踢得很远，才揭下了擎天柱了面具。这是张南蕙所陌生的面孔，即便此刻昏迷了，还是带有街头小混混那种特有的桀骜和乖虐的神气。

"威震天"从猎物的口袋里翻出了零零碎碎的东西，包括一张学生证。

"第三职校，电工 2 班，陆海。"

他念道，然后把证件塞进自己口袋："现在的女孩儿啊，都只长奶子不长脑子的么，怎么会把心灵和肉体都交给这种弱智……"他把气手枪放回外套里，从书包里取出一个照相机，老练地打开镜头盖，对着昏迷中的职校男生拍了两张照片，再放回书包，然后转过身，看着还没被吓跑的女孩："至于你，南蕙同学，是不是也在好奇我是谁？"

气手枪，照相机，老练无比的动作……南蕙深吸一口气："你是邓恺墨的朋友吧？我只是好奇你的名字，还有五官。"

对方发出笑的声音："哈哈，邓恺墨说得没错，你果然很冷静，这样的女孩子才可怕——我得走了，你想留在这里就请便吧。"

说完就要离开，却被女生叫住了——

你是苏秦。

他停住步子，半晌，问："你确定？"

女孩："原来只有七成把握，现在可以百分之百肯定。"

"何以见得？"

"你的左手。"

"威震天"转过身，脱掉连帽衫的帽子，露出一头及肩的长发。

"太聪明，可不是一件好事，Nancy。"他边说边揭下面具，露出那张平凡无奇，却曾出现在无数寻人启事上的脸，"我是该改改自己的左撇子了。"

南蕙说："你现在还值五千块么？"

苏秦说："可能贬值了吧，我的父母没了我，其实应该很开心才对。"

8. 刺骨 ══════════

苏秦，战国时代著名政治家，鬼谷子的高徒，可谓"一怒而天下惧，安居而天下熄"，曾游说六国合纵抗秦，身任六国宰相。"头悬梁，锥刺股"中的锥刺股，就是他的事迹。

但南蕙眼前这个同名的苏秦，也曾经名噪一时，恶名。

上世纪九十年代，离家出走成为很多叛逆少年的经典选择，而且不分性别。有的因为家庭矛盾，有的因为高考失利，有的是性格使然，有的是学习压力大，还有的是文艺作品看多了走火入魔想去看看外面的世界。但这帮人基本上最后都回家了，不是钱用光了山穷水尽，就是半路上被父母或者民警给找到了。

只有苏秦例外，他是唯一一个离家出走半年多，都还没有回去的少年英雄。

亲生母亲早年抛弃家庭和第三者出国，新来的后妈是个虐待狂，老爹睁一只眼闭一只眼。继母怀孕诞下一子后，长子更是不像老爹亲生的，差点连高中学费都没给他。那个同父异母的弟弟也是个极品，溺爱之下，小小年纪就跟着母亲学会了欺负哥哥，长大以后必定是个小霸王。终于在一个阳光温暖、毫无不详征兆的周末午后，趁着家里没大人，苏秦把只有五岁的弟弟用塑胶带捆得像个木乃伊，倒吊在厕所间的水管子上，脑袋正对着马桶。然后他翻出了家里所有秘密存放的现金、存折、身份证，撬开了后妈的首饰盒，潇洒地一走了之。

苏秦此次行动之突然，事后藏匿踪迹之隐秘（没有去找任何同学、好友和亲戚），连警察都没找到，让众人明白这次离家出走是计划了至少有半年之久，可谓精心策划，不像那些脑子一热的小孩，所以一直都没能找到他。他家到处张贴的寻人启事里，写着：找到苏秦，面酬五千元，与其说是感谢，倒不如说是……通缉令的奖金。

于是，苏秦的大名在周边几所学校广为流传，成为了一个传奇，摆脱家庭和社会束缚、与大人抗争的传奇——尽管很多人都不知道，这个传奇至今是死是活。

南蕙对这件事情知道得这么清楚，是因为苏秦本来就是初中部的师兄，甚至还是学生会体育部的部长，只是后妈来了之后他的成绩一落千丈，最后考去了一所普通高中。苏秦离家出走之后，派出所的人调查过了他在初中部的几个老同学，但都不知道他的去向，也没有可能为他提供什么住所，故而判断苏秦已经离开了本市到外地，尤其可能的是往正在经济大开发的南方去了。

可是气枪袭击剪刀组办公地后，南蕙几乎很快就怀疑到了苏秦身上，也就是她说的七成把握。

苏秦笑笑："你的直觉很准。"

南蕙摇摇头："不是直觉，是简单的推导。当初你的事情闹得很大，派出所的人来找过好几个你以前在初中部的老同学和朋友，但就是忘记了邓恺墨。你们两个同一届，初二的时候因为竞争学生会主席，关系闹僵了，再也没什么往来——但在那之前，你们两个的关系是很好很好的，邓学长经常带你去郊外用气枪打猎，还说你射击的天赋远比他高，不是么？"

苏秦纠正她："不光是射击的天赋，很多方面我其实都比他强。"

南蕙笑笑："对，打篮球你也很厉害，'左神'，左撇子三分神射手——可是你没有一个特级教师的父亲，没有一个当校长的爷爷，所以那时候的竞选你败了。"

对方似乎已经对此很释然："而且败得很惨，其实我当时就该想明白，我和他一起被提名，其实只是做个陪衬而已，没有胜利的可能，还傻乎乎地以为能力就是一切，结果事后发现自己是傀儡，被最好的朋友和他背后的马屁精老师们给利用了。"

南蕙说："一开始我以为，枪击我们的不可能是你，因为这是邓恺墨给我们的警告，但反过来一想，是你才更合理。你当初离家出走计划了半年多，就是为了彻底离开，为了这种目标，没有什么是不可以去尝试的，包括和邓恺墨修缮关系，所以你应该和他通信密谋了许久。那个时候还没有剪刀组，就算有，邓恺墨收到的信件，我们是不可能去检查的。你在初中学生会的时候，就有另一个绰号，'苏大胆'，喜欢出其不意，不用寻常方式办事，寻求昔日对手的帮助，是你的风格。而且你爸爸是个摄影记者，当初你从家里拿走的财物，就包括了两部专业照相机，也和偷拍卫筠老师的环节相符合。"

苏秦几乎要拍手喝彩："小姑娘，你比福尔摩斯还厉害。"

"然后你今天一路跟踪我。"

"嗯哼，我看到那个小子从医院开始也跟着你，就很纳闷，看到他在路边杂货店买了那个面具，我基本上就猜到什么了，所以也买了一个，真有意思。"

"为什么跟踪我？邓恺墨让你做的？"

"不是，我自己想要的，因为对你很好奇。"

"好奇？好奇什么？"

"你是个很有意思的人，也很特别，南蕙，千百万个高中生里，可能都很难出一个你这样的人，就像很难出一个像我这样离家出走半年多都没回去的人一样。这段时间我一直在听邓恺墨说关于你的事情，你的父母，你的书法，你的棋艺，你的第一次射击，你初中时给班主任当卧底，你在剪刀组的丰功伟绩，你和滕逊那种官僚杂种的复杂关系，还有不幸的麦雅同学和那只足球——我发现如果像上次那样只是在气步枪瞄准镜里和你做交流，实在是太浪费了，你甚至比邓恺墨更值得我去结交。"

南蕙冷笑："所以？你想和我做朋友？"

"没错。"

"我上一个好朋友还躺在医院里，但还没死。"

"那个胸大无脑的姑娘，我实话实说，并不配和你成为朋友，昨天送你礼物的那个小男生也不配，虽然我很怀疑你们的真实关系。"

苏秦如此奚落麦雅和陈琛，南蕙本以为自己应该生气，但却没有。因为这些问题，她以前也想过，也犹豫和踌躇过，并且一直没有找到答案。苏秦尽管只是跟踪了她几天，却把很多东西都看透了。这个家庭不幸、但却从教育体制的虎口下胜利大逃亡的男生，半年的时间，将他改造得如此犀利而冷静。

苏秦接着说："做朋友的事，你可以好好考虑，无论如何，你没有在滕逊他们面前供出我和邓恺墨，我非常感激，我欠你一个人情，以后一定会还。"

"你救过我了，从'擎天柱'手里。"

"那不算，这是骑士行为，属于男人的义务，不值得回报。"

女孩点点头："你现在就可以还人情了，我想请你帮我做件事情。"

"什么事？"

"你最擅长的。"

苏秦扬扬眉毛："用气枪打马超麟？或者滕逊？"

"不，是离家出走。"她说。

全场肃静了足足十几秒钟，苏秦才开口，语气中第一次表现出诧异："我没听错吧？你，南蕙，学生会的红人，班主任的宠儿，剪刀小组的得力干将，全年级成绩排名前二十的好学生，少先队共青团的好儿女，高干子弟，前途无量，居然打算和我这个落魄之人一样要离家出走？"

南蕙说："你是不是平时一直在练习这段话，居然把我的头衔和光环说得如此顺溜？"

苏秦却没有开玩笑的心情："给我一个离家出走的理由。"

"个人隐私，行么？"

"不行，我怎么知道你是不是要假借离家出走，去我的老巢，然后回头找家长老师和警察把我一网打尽？"

"哦，这样啊，呵呵，我忘记了你是苏秦——这么说吧，身为学生会的红人，我厌倦了那些勾心斗角和酸葡萄，身为班主任的宠儿，我厌倦了那些虚情假意的特权照顾，身为成绩前二十，这么多年来对我而言已经麻木，身为高干子弟，我即便离家出走了，以后再回学校也不会被开除。至于剪刀组的得力干将，当初我是觉得很好玩，可以体现自己的价值，还以为可以做出点别人做不出的成绩来，可你应该已经得知，我被停职了，或者说得准确点，是变相开除，永不再受信任。”

“唔，说了很多，可是不够，还有么？”

“有，在我的眼里，现在已经分不清什么是黑，什么是白了，不知道我是在做好事，还是做坏事，不知道我是好人，还是坏人，不知道我未来的人生是会赢，还是会输。翻手为云，覆手为雨，我以前奢望过，现在已经放弃了，非正常的手段用太多了，正常的东西感受不到了，以前看清的东西，现在依旧丑陋，以前没看清的东西，现在越发模糊，而且不想再去弄清楚。我只想在彻底“失明”之前，从这个黑白不分的太极圈里逃出去，逃得越远越好，最好天荒地老，直到世界末日。”

女孩说这段话的时候倒比苏秦还要顺溜，眼神中带着失败者的自嘲。这种眼神苏秦也看到过，当年他竞选主席败给邓恺墨，在男厕所洗手池的镜子里盯着落选的自己，那眼神一模一样，带着失意者特有的破碎和空虚，但是刻意用嘲讽来掩饰和缓冲。他点点头：“我懂了，你就是本来以为河蚌里是颗珍珠，花了很大力气去取，手指也被蚌壳夹断了，却发现里面的珍珠其实是塑料做的。”

女孩凄凉一笑，说话也学古代的失意文人：“然也。”

男孩摸摸下巴，似在犹豫：“你是个很有意思的人，也会是刺激的朋友，但更可能是危险的敌人，我不知道该不该收留你。”

无非是怕我出卖你罢了。她想，环视了周围一圈，打定了主意，走过去捡起那把被苏秦踢开的弹簧刀，又单膝跪在麦芽糖的男人身边，从领口这里一刀就割开了他的衣襟，露出了一片男人的酥胸，然后她抓住陆海的头发，将他脑袋微微提起，对着苏秦，那架势就像猎人打到了一头鹿，对着别人炫耀自己的猎物。

"拍照留念吧，这就是我的把柄了。"她说。

平日里文静乖巧、稳重内敛的学生会女干部，现在拿着小刀像提牲口一样提着一个昏迷倒地者的脑袋（且不管那倒霉蛋是谁），形成温婉和冷血的极致反差，这种极具震撼力的照片，万一流出去，绝对能引起轩然大波，足够用来作为一种保证了。不说别的，就冲南蕙这种果敢，苏秦就十分欣赏。

"你赢了。"男孩说，没有去拿照相机的意思，"放下那个禽兽脑袋吧，别脏了手——我收下你了。"

S eason ⑤

与狼共舞

1. 重逢 ━━━━━━━

星期一，剪刀组紧急事件。

表面现象是，南蕙进入高中半年多来，第一次请病假不来学校。班主任说可能病得不轻，未来好几天里都不能上课，但又不说到底是什么病，也不组织班上同学去看望，这是很违反常规的。但南班长在班里本来就没什么朋友，所以也没人主动提出来组团慰问。

只有少数几个老师和学生知道，南蕙是离家出走。

上周六的时候，南蕙生日，但她家里没有家长在。南蕙下午出去过一次，说是看朋友，而麦芽糖的母亲证实了她的确来过。第二天周日早上，她跟佣人说中饭想吃鲑鱼。佣人遵旨去了菜市场，回来时就发现女孩不见了，桌子上有张纸条，上书"离家散心"四个字。南蕙带走了她的书包、几件衣服、一些钱，以及一副刚收到的国际象棋生日礼物。

李副局长从外地的会议现场火速赶了回来，还好，女强人的神经总是很坚强，此刻也不例外。除了给区公

安局的领导打了个电话之外，她没再把这件事告诉给任
何一个人，包括南蕙的父亲和外公外婆。派出所的同志
接到上峰电话，扔掉了失踪四十八小时才立案的陈旧规
矩，予以非常重视。但再怎么重视，也一时半会儿找不
到小姑娘的踪迹，只知道她那天下午去医院看望过住院
的女同学麦雅，然后就断了线索。

　　到了星期一，南蕙的行踪依旧不明，她在老师口中
只是"病了"。但学校剪刀组的几个领导却比南蕙的母
亲还要急。当初选中她进入剪刀组，就是看中了该学生
心理素质过硬、家庭条件优秀，不会做什么出格的举
动。但现在看来，全然错矣。因为麦芽糖的事被停职，
她就干出离家出走的事来。要是再破罐子破摔，捅出剪
刀组的秘密，那可如何是好。

　　当初推荐南蕙进入剪刀组的邓恺墨，理论上说应该
负有一定责任。但郑屠和滕逊告知他此事时，语言色彩
里倒没有这个意思。一来，他毕竟是老校长的孙子，剪
刀组初期的元老；二来，把南蕙"逼走"，这两个成年
人才是真正的功臣，没脸怪到邓头上。

　　但这天中午时分，邓恺墨还是在百忙之中抽空出去
了一次。他在校门口斜对面的公交车站上车，坐了四站
路，在同济大学的北门下车。

　　苏秦就住在北门对面的居民区里。

　　对于离家出走的学生而言，这是一个再好不过的选
择。大学生，尤其是情侣大学生喜欢在校外租房。尽管

"同居"在 1996 年还不是一个能让大众普遍接受的词汇，但学校附近的广大居民同志们，往往因为学生们手里的人民币而网开一面。所以苏秦的办法很简单，花点钱雇一个大学生，以对方的名义租下一间房，自己住进去。房主问起来，就说自己是大学生的表弟。

这个办法还是邓恺墨教他的。

苏秦为了维持生计，晚上在一家咖啡厅打工，白天总是在家。

上三楼，敲门，苏秦开的门。一室一厅的屋子，一切都是原来的样子，客厅里除了桌子还有一张很旧的长沙发，上面摆着两支三角牌气枪和苏秦的背包。

"你怎么这个时候来了？也不打个电话？"苏秦小诧异。

"嗯，南蕙，你后来跟踪过她么？"他说着，瞥到里屋的门关着。

"没有，怎么了？"

"她离家出走了。"

苏秦吹了声口哨。但邓恺墨不吃这套，径直走进屋子，凭听觉他就知道里屋有人，苏秦还来不及阻拦，他便率先开门走进里屋。但让他失望了，屋子里一股烟味，一个穿着白衬衫、披头散发的女生坐在床沿上，边抽烟，边用耳机听着 walkman 音乐，身体还跟着音乐节奏慢慢晃动。看到他进来，不由一怔。

"学长……"

"默吟……你，今天没上课？"

女孩把烟掐掉，但无济于事，烟灰缸里尸横遍野，床头还有几个啤酒罐头。

"我身体……不舒服。"

苏秦插话："你神叨叨干吗呢？"

邓恺墨没回答，看看腕表，转身就往外走，一直到门口，才回身讲："她还是初中生，你，注意点……"

"注意什么？"苏秦满不在乎，"正常交友而已，我还不是禽兽。"

邓恺墨点点头，无法再说什么，他和苏秦只是有着一纸心中的协议，就像雇主和杀手的关系，除此之外，不好干涉什么私事。邓恺墨前脚刚走，苏秦便跟着下楼，隔着居民区的围墙栅栏目送着对方在马路对面的车站上公交车。他又在那里等了十来分钟，确定邓恺墨没有杀回马枪，这才回到家里，让陈默吟把通风散烟味的窗户关上。

开窗，危险，关窗，安全。

三分钟后，一直待在小区花园里等安全信号的南蕙上来了。

"你果然料事如神。"苏秦接过她的书包，里面是她从家里带出来的全部行李，为了躲避邓恺墨的查找，她不得不带着它们一起出去避风头，"这样的刺激生活不比在剪刀组差吧？"

"和坐在办公室里被你的气枪狙击相比，还差了点。"

男生哈哈大笑,陈默吟走出里屋,踌躇问道:"我们这样骗邓学长,合适么?"

南蕙看着眼前的女孩,披肩散发,涂了颜色的指甲,没穿校服,抽烟动作老练,一下子违反了四条初中校规,已然不是几个月前那个还素面朝天的初中生陈默吟了,更像是在朝一个混社会的不良少女靠近。但在面对邓恺墨和南蕙这几个她曾经钦佩和仰慕过的高年级前辈时,女孩在言谈举止中还是会显露出那种学妹的稚嫩。

你选择了这样的生活,背弃了阿健生前对你的期望,合适么?南蕙想。但她现在也是逃亡者,顾不了别人。

在苏秦这里遇到陈默吟之前,南蕙上次和她见面还是去年十二月底,阿健去世之后她去陈家看望她。当时女孩悲伤得像个活死人,躺在床上看着天花板一动不动,她只能静坐片刻后悄然离开。时隔三个多月后,南蕙星期天正式离家出走,来到苏秦的"窝点",却赫然发现学妹也在这里。

两个女生都诧异万分。

但南蕙很快就镇定下来,此时此刻,她最关心的居然是,陈默吟是否也知道剪刀组的存在。苏秦为自己制造的惊喜效果得意万分,然后让南蕙放宽心,说:"小默只是偶尔来我这里串门而已，她不会告发你离家出走的事的——对吧，默默？"

陈默吟却更加吃惊："学姐你……离家出走？"

南蕙强压住心中不断冒出头的十万个问号，点点头，讲："说来话长——你们俩是怎么认识的？邓恺墨的关系？"

苏秦说："是啊，这姑娘两个月前和你一样离家出走，在KFC里正好被邓恺墨遇到了，想要英雄救美，就托我照顾她几天。后来她还是回家了，但我们成了朋友，把我这儿当成了烟酒俱乐部了哈哈。"

离家出走集散中心啊。南蕙想，然后盯着苏秦看。苏秦明白她的意思，回以"我不是禽兽"的眼神，讲："走，吃饭去，边吃边说。"

居民区对面的同济大学食堂，素有"全市高校第一"的美名，味道好不说，分量足，菜价又便宜，苏秦在外漂泊的日子里，几乎不去别的地方吃饭。食堂里来来往往的都是大学生，三人和他们年龄相仿，丝毫不会引起注意。趁陈默吟去端汤的机会，南蕙问："你没跟她说剪刀的事吧？"

苏秦咽下一口炒面，说："我和邓恺墨有协议，剪刀的事不会外传，她只知道我是她初中校友兼离家出走的传奇人物，别的一概不知。"

"协议？什么协议？"

"当年他暂时收留我并替我保密，我为他做五件事情，完事后两不相欠。"

"哪五件事？"

"抱歉，为那些事情保密是第一件。"

南蕙若有所思："保密、跟踪卫老师、袭击剪刀组办公室，已经三件了。"

苏秦笑而不语。南蕙只能另寻话题："陈默吟的事，你知道多少？"

"邓恺墨没跟我多说，我后来套她话，小姑娘居然是严笑如班上的，亲爸爸在戒毒所，后爸和她妈关系不好，炒股输了钱，又在闹离婚——后来她亲爸爸生病死在戒毒所里，考戏校的路貌似也阻断了，所以就跑了出来。"

"死——了？"

"嗯，看来你和她挺熟啊？"

"以前都是学生会文艺部的。"南蕙回答，"所以她现在就开始混社会了么？"

"是啊，她说她的成绩考不上高中，以后肯定去三校，那还不如不读书，就像我们初中母校隔壁的那种学校，去了有什么意思？"

阿健的母校……南蕙脑海里闪过那张已经死去的脸庞，紧接着却又是另一张脸，一张三十岁出头的脸："那严笑如呢？就放任她这样四处混？"

苏秦笑笑。说来也巧，当年他读初中时，笑面虎也是他的班主任，并且与之有着不共戴天的怨恨："姓严的现在不当班主任了，升到学生处当副主任，专门负责小柏林墙和学生被处分的事情，堕落少女，不是他的主要业务范畴。"

南蕙想，恐怕不是业务范畴问题，而是他不知道该怎么管她。笑面虎对陈默吟应该是又爱又恨的。女孩现在这个"堕落"的样子，严笑如一定很清楚，但身为班主任，管多了，怕女生对他产生抵触情绪；不管吧，自己的职务上过不去，所以不如去管别的事情。对陈默吟，睁一只眼闭一只眼，是最好的折中路线。

陈默吟端着汤碗回来了，私下的谈话中断。

当天晚上，是南蕙第一次在家里之外的地方过夜。苏秦出去打工，有陈默吟留下来陪她。

"不回家真的不要紧么？"躺在床上，陈默吟终于问道。这话乍听之下让人不禁想反问难道你没离家出走过么？但南蕙明白初中女生的意思，在陈默吟的心里，不，在大多数人的心里，南蕙是那种你打死她她也不会做任何出格之事的女干部，现在却和苏秦、陈默吟睡在一起，远离校园，远离一成不变的教育体制内的生活。

南蕙转了个身，看着天花板，一字一顿："没关系。"

其实，她也不知道自己的后台母亲大人此刻是否失眠。如果是，很好，如果不是，似乎也没什么。但只要有李副局长在，南蕙的出走行为就不会受到学校深究，何况，她还掌握了剪刀组的秘密。

这只是一次任性的胡闹罢了。也许不过三天，她就会想要回家去，继续过那种有佣人伺候的日子，过那种成绩优异的好学生的日子，也许班干部职务还保留着，但剪刀组肯定是回不去了。

"学姐，那你到底是为什么出来呢？"陈默吟也微微翻身，看着她，"因为邓学长？"

南蕙已经厌烦了这个莫名其妙的绯闻对象："不是，是为了别的男生，你不认识的。"

"他……你们吵架了？"陈默吟觉得人与人之间，尤其是男生和女生之间，再大的矛盾也不过如此。

"没吵，就是，反正，不那么相信他了。"

"就因为这个？"陈默吟一时无法理解。

南蕙叹口气，把被子拉高了点，她觉得一股凉意袭上胸口："你以前有没有遇到过这样一种人，感觉全世界满是黑暗的时候，只有他能给你带来一丝光明和温暖，哪怕只有一点点，也能支撑着你走在暗处，好像一根永远在燃烧的火柴。但忽然有一天，你开始怀疑那丝光明的真实性，从温度到亮度，也许只是某只萤火虫飞过时不小心留下的幻觉，也许没有那么暖，没有那么亮，没有那么久。没有你那么值得去信任，和倚靠。"

陈默吟没再说话，但也没立刻睡着，她的脑海中浮现出两个人的形象，阿健，以及自己的生父。而南蕙脑海里则浮过苏月宁写给陈琛的那封信。然后，整晚失眠。

明天，星期一放学后，她要做一个实验，看看那根火柴的火焰，是真，是假。

2.信任的游戏 ══════

邓恺墨从苏秦家中无功而返之后过了半小时，正是学校打响午休结束的铃声，陈琛却在这个时候被班主任叫走了，说是他舅舅打电话到办公室找他。陈琛从来不记得自己舅舅有班主任的号码——更何况，他舅舅明明上个月刚出国到非洲去搞援建工程啊！

很蹊跷。

南蕙离家出走的消息，他当天就知道了，因为南蕙的妈妈亲自打电话到他家问南蕙有没有来过，或者说过什么。他当然没好意思告诉她，几天前因为苏月宁的来信，自己和南蕙有过一段不愉快的对话。他觉得南蕙离家出走是因为自己，所以内心无比愧疚，今天一上午都魂不守舍，被老师点中上讲台解答数学题，看着黑板上并不很难的公式题目却无从下手。

拿起电话机听筒，果然，那头传来女孩的声音："我说话，你闭嘴，除了说嗯——明白了就嗯一声。"

"……嗯。"他瞥了眼班主任，老师不知有诈，没看这边。

"放学后，到我们常去的那家肯德基见面，**只许你**

一个人来，不准告诉大人，明白了么？"

"明……嗯。"

电话挂了。陈琛还举着话筒愣在那里，他有些不明白，既然是南蕙打电话来，老师怎么听成是男人的声音。放下电话，他迎上了班主任的目光。

"家里出事了？"

"没有。"陈琛第一次在老师面前撒谎，居然就能脱口而出且面不改色，"我舅舅要出国了，在机场给我打电话。"

陈琛记得，南蕙第一次给他打电话，是初中一年级。初中部举办了一次棋类比赛，象棋围棋两组选手居多，国际象棋是偏门，参与者少，报名的居然只有五个人，包括了在少年宫同一个国象班的陈琛和南蕙。另外三人，用陈琛熟读千遍的《七龙珠》漫画的台词说，是"战斗力只有五的渣"——最后自然是他们俩杀入决赛。就是那盘决赛棋，下得极为精彩，让那个当裁判的老师看得目瞪口呆，也叫南蕙十分意外，因为在少年宫学棋时，陈琛向来不如她，今天却能和她打持久战，最后终于将了她的军——南蕙终于明白，以前在国象班下棋，陈琛都是让着她的。

他忘不了当时这个女孩脸上气呼呼的表情，生动，可爱。

比赛结束的当晚，南蕙就打了个电话给他，说：

"周末我来你家。"陈琛一头雾水，问："来我家干什么？还有你怎么知道我家号码？"南蕙只说了两个字："下棋。"

看来，她不能容忍失败，至少不能在同龄人面前失败。

于是，每周末一起下棋的习惯，保持到了现在，南蕙的水平也只是刚好和他打平手。陈琛每次想赢她，都是为了能再看到那气呼呼的表情，但实现愿望的次数越来越少。

是因为长大了么？

接完南蕙的神秘电话，陈琛梦游般地回到自己教室，正好遇到他们班劳苦功高却地位低下的劳动委员从门卫室取信归来。劳动委员递给他一封明黄色的信件。寄信人又是苏月宁。

"是不是你女朋友啊，又给你写信了。"劳动委员跟他开玩笑道。陈琛苦笑，说："一个老同学而已，不信你拆开看看，绝无敏感内容。"劳委说："我才不看呢，怕你到时候杀我灭口咯，就是羡慕你，起码还有老同学给你写信。"

陈琛心里却哀叹，有什么可以羡慕的？学校里没人知道他私下和南蕙交好，属于过去式的苏月宁却频繁给他写信，还被南蕙发现了，还离家出走。南蕙初中时曾经说过，你以后不许骗我，就像以前下棋都故意让着我，这可不行。陈琛说，好，没问题。但问到苏月宁的信件，他还是撒谎了，不是大谎，只是把苏月宁来信的频率减低了一些。毕竟，这些信都是个人隐私——隐私，这是刚流行不到一两年的新兴词汇，来自好莱坞电视电影和西方小说的概念：人类作为基本生物的第一大权利是生存权（呼吸、吃喝、排泄、性爱），而作为文明开化物种的第一大权利则是至高无上的个人隐私权，不是么？哪怕是面对南蕙，或者父母。

拆开信，苏月宁的字都写得偏瘦，和她微胖的体型截然相反。陈琛无心鉴赏其书法，心又乱得很，一目十行地往下看，小女生的文字，内容跳跃如新闻联播，文笔也絮叨，一句话恨不能拆成一首七言律诗以抒胸臆——但他看到第二页第三行的时候，呼吸节奏便开始微微紊乱了。

不明就里的人看到他现在的模样，还以为是谁跟他表白了。

陈琛没有把信看完，也没放回信封，就把它塞进了课桌，然后起身出了教室，朝班主任办公室走去。

还好，他是班长，待人和蔼，人缘极佳，没人去翻课桌里的那封信。

南蕙说的那家肯德基地处十字路口，算是比较繁华，但又不会人流量过大。苏秦坐在面街的玻璃墙后面的那排高脚凳上，手边一本书，一杯咖啡，耳朵里塞着耳机，看起来就像是一个再普通不过的大学生。

他只是负责监视，南蕙本人当然不会在这里。

KFC 马路正对面，是一家新华书店，从书店二层一排靠窗的书架这里，正好可以看到快餐店的门口，以及玻璃墙后面的苏秦的一举一动。南蕙站在书架边，翻看那本《世界通史》已经有半个小时之久。她的实验很简单，打电话给陈琛，让他一个人来见面——假如陈琛的确一个人来，而没有告诉家长和老师，那么，他还是值得南蕙信任的；要是她发现肯德基周围有其他熟面孔甚至李副局长出现，那么陈琛一定是萤火虫无疑了。

这就是考验。

"这个姓陈的小子就对你这么重要么，需要这么兴师动众？"苏秦今天中午得知她的计划时问道，"还是说，这才是你离家出走的真正目的？"

南蕙不置可否："我只是不想活得不明不白，我想知道谁可以永远信任。"

"那我呢？"

女孩看了他一眼："你有陈默吟。"

苏秦差点被口水呛住。南蕙说："她可能没心眼，但我有，你给她的枕头比给我的好，昨天吃饭，除了她自己点的，你还专门去加了几个她爱吃的菜。"

苏秦说你这是瞎扯淡，然后便跟她去了公共电话亭，粗着嗓子冒充陈琛的舅舅给高一班主任办公室打电话。

南蕙中止回忆，看看腕表，学校还有半小时放学，陈琛走路过来大约需要十五分钟，她这样提前一个小时就抵达这里还是明智的。提早到，提早监控，百利无一害。

她放回那本《世界通史》，想要换一本翻看，目光挑中了《伯罗奔尼撒战争史》，刚要去拿，身后却伸过来一只手，摁住了那本书的书背，不让她取。

女生顺着手看上去，却怎么也没想到它的主人会是这张脸：四十岁，白，皮肤松弛，法令纹明显，却没有鱼尾纹和额头纹，目光平静，额头饱满，脑袋圆圆的，头发有些稀疏。是街上随处可见的再普通不过的中年男子，最多能勉强看出点知识分子的气质。

在这种突如其来的状况下，她几乎是一眼辨出这个人不是别人，就是他们班的地理课老师，外号龙虾龙老师。

女孩哑口无言。

南蕙在来之前已经做好了各种心理准备，比如大队武警包围肯德基什么的，但现在的情况还是超出了她的预期。龙虾在学校里就是那种上课一般、不参加什么活动、不领导什么社团、和学生从来不在课外接触的白开水型老师，据说他和其他老师也没什么大交情，就是一个单纯的教书匠。

他怎么会在这里？

他怎么会找到自己！

　　龙虾没说话，等着一个顾客从他们身边走过，才低声讲："地方挑得不错，但是你想过没有，书店唯一的大门正对快餐店大门，你离开的时候，也许会被找你的人看到呢？"

　　南蕙终于意识到自己被出卖了，陈琛到底还是告诉了老师。但她想不明白，为什么会是龙虾这样的副科老师找到自己，要是连地理老师都出动了，那么其他人呢？班主任呢？螳螂呢？派出所的民警呢？

　　龙虾注意到她张望的眼神，说："你别看了，今天过来找你的人，没你一开始想得那么少，也没你现在想得那么多——现在就我一个，再过十分钟，滕老师他们也许就该到了。"

　　南蕙呼吸一紧。

　　龙虾环顾四周，人来人往的顾客不少，书店又是讲求安静的地方："不如我们换个地方谈吧，Nancy。"

　　南蕙彻底懵了。

　　这是滕逊只在剪刀小组里才会叫出的名字。

3. 剪刀之父 ====

　　中年男人，南蕙所接触到的那些，被她分为五种：第一种是市井气息浓重的老江湖，即便做的工作需要穿西服打领带，眼角和嘴角还是会透出在现实生活中打磨出来的狡狯和精明，他们总能很恰到好处地完成本职工作，然后在菜市场里游刃有余地百里挑一，跟菜贩子砍价，也能在争取利益乃至伸张正义的关键时刻豁出去跟人打架，比如教导主任螃蟹；第二种的社会身份和第一种没什么不同，只是没那么狡狯和精于算计，遇到事情豁不出去，属于大家所说的"老实人"，陈琛也许以后就是这种人；第三种是满脸横肉的暴发户形态，大哥大手机和相伴的靓女是最典型的标志，即使没有这些，也至少是那种架子十足的领导，比如郑屠郑副校长；第四种是老年花花公子般的艺术家气质，衣着高调招摇，细节精致，但一看眼神就知道不靠谱，遇到漂亮姑娘就大谈艺术人文历史哲学，谈完了就骗去喝酒开房，比如她爸南嘉野（艺名）；最后一种，则是知识分子气质，教授范儿，学者风范，或者说难听了就是书呆子气、学究气，而龙虾，在她眼里本来就属于这最后一类，而且和邓恺墨的父亲、爷爷正相反，龙虾是这类里最没前途的那种，守着冷门的高中地理学科，不会勾心斗角阿谀奉承，对学生不会亲和拉拢也不会厉声厉色，什么教授、导师、著名学者、专家、院士、校长、院长、系主任这类头衔都和他无缘，甚至当不了班主任，职业生涯最高峰估计也就混到个高级教师职称而已，多年后也不会有学生记得去看望他，退休了只能种种花养养鸟，在书本和半导体广播里安详宁静地度过余生——据可靠消息，龙虾甚至到现在都没有小孩，就跟那个在某某植物研究所工作的老婆两个人住。

但人不可貌相，就是这么一个教书匠，竟然是学校成立剪刀小组的最初提议者。

信件审阅制度很早以前就有，战争时期前线士兵写给后方家属的信件，就有专门的军官负责审查内容，防止军事信息泄露，还有东德的秘密警察组织"史塔西"，只不过那时胶水工艺很落后，用蒸汽和竹片就可以。龙虾的提议最初是通过教导主任螳螂上传给学校高层的，说来很巧，螳螂和龙虾的老婆有点远房亲戚关系，他在学校里也就和螳螂还算关系比较近，但也是私下的，其他学生和老师都不了解。

至于启用可靠的学生作为骨干力量，他的说法更加逆向思维：他们是高中生，高考压力巨大的重点中学高中生，谁会相信他们在剪刀组里干的那些事儿？

校领导那时迫于学生生源素质和一本升学率的压力，对这个想法很重视。但专门的蒸汽设备很难搞到，也不是对什么胶水糨糊都有效，郑屠就想到了化学怪人滕逊。本来螳螂举荐龙虾作为剪刀组的指导老师，但滕逊发明出了神奇的438药水，再次证明科学技术是第一生产力，生产关系又决定上层建筑，再加上郑屠觉得龙虾是"螳螂那边的人"，不甚可靠，所以最后滕逊上位，龙虾只落到了一个很虚很虚的虚衔，无法直接插手剪刀组的事务，只有"情报知情权"，比如小组成员配置、最近截获的重大信息之类。

更重要的是，作为学生方面领头人的邓恺墨也不支持龙虾，因为后者认为抓早恋才是第一要务，逃学啊打架啊这种小打小闹根本无法全局性地影响学校的学习风气。

热气腾腾的面条端上来了，南蕙却没动筷子。

此时两个人已经不在新华书店二层，而是在两条街外的一家店面还算挺大的牛肉拉面馆，边上是各种食客吸溜面条的声音，反倒没人在意两人的谈话。

龙虾说到这里用筷子搅拌了一下面条，却也没吃，继续道："邓恺墨觉得早恋不是最大的危害，哎，他只看到了表象，觉得维护学校名誉是第一位的，似乎只要没人逃夜、没人自杀、没人在学校里打架，一切就安全了似的。我跟他说，那些只是跌打损伤，早恋才是真正的致命瘟疫。"

南蕙说："他不会听你的，他父亲和爷爷在世的时候，早恋还是很个别的现象，他们只是为那些跌打损伤而头痛。"

龙虾赞许地笑笑："你看得很准，他这辈子都走不出上两代的影子，父辈的荣耀便是他终生的荣耀，父辈的苦恼是他永远的敌人——不过，你不一样。"

"所以您就来拉拢我了？"

"我只是出于好心帮你一把，我不知道你约了谁在此地见面，反正那个人没有保守秘密，告诉了班主任，班主任上报蟛蜞，蟛蜞上报郑副校长，顺便告诉了我。"龙虾说着，转身请隔壁桌的人递了一罐辣椒酱来，道过谢，回身继续说，"你的出走，吓坏了郑校长他们，现在，整个教导处和剪刀组的老师都出来找你了。"

"您怎么会知道我在书店里？"

"直觉吧，庞老师对我说起过你，所以我觉得你不是那种会坐在那里等着束手就擒的人，一定有自己的想法。肯德基附近能监视门口的地方就那么几个，我只是碰运气而已。"

南蕙当初真是小看了这个地理老师。果真是人外有人山外有山，江湖上打打杀杀腥风血雨，武功最高的，其实却是少林寺门口那个扫地的老和尚。

南蕙问："那您打算劝我回去吗？还是打算软的不成来硬的？"

龙虾呵呵一笑，南蕙几乎从未见龙虾笑过："你不是会听劝的人——要硬捉你，我就不是一个人来了，再说你应该是有帮手的吧，我们前面从书店出来，肯德基靠窗座位上有个大学生抓起书包也跟着出来了，现在就坐在我背后那桌，点了一碗三两刀削，我刚才还问他要辣椒酱……"

说着，地理老师放下筷子，再度转身，对隔壁桌单独坐着的男生讲："不介意的话，坐过来好了——你就是苏秦，对吧？"

男生完全愣在那里。龙虾和南蕙的谈话声音很轻，他听不到，但这个中年人又是借辣椒酱又是忽然说出他的身份，频频突袭，让他完全乱了阵脚。

龙虾转回看着同样目瞪口呆的南蕙："你们不必紧张，我吃完就走，估计不出三天，我们又会在学校见了。"

南蕙问："什么意思？"

龙虾却埋头消灭起面条，并提醒道："再不吃，面要胀了。"

4.毁尸灭迹

三天后，星期五，南蕙重新现身。

回家时，无论是母亲的狂风暴雨还是父亲的温柔政策，女孩都咬定，自己只是学习压力太大出去散心，在郊区的水乡古镇景点待了几天而已，没有遇到坏人，没有做什么出格的事。

"现在我好多了，要继续学习了，你们放心吧。"她说。

李副局长本来还想多说几句，甚至要施行禁足政策，但上上下下审视了女儿一遍，发现小姑娘安然无恙完好如初，终于认清了一个事实，那就是她再也管不住自家小孩了，这姑娘越来越有自己的主意了。倘若禁足，搞不好只会适得其反。

　　至于她父亲，因为女儿的归来，十分难得地在家睡了一晚，还想和女儿交交心，说说外面世界坏人如何多，以后出去一定要先告诉父母去了哪里。南蕙却心想，那些坏人还能有你坏么？便不再理他，说明天要去学校，先睡了。

　　那一晚，父母是否同房，她不知道，也不在意。

　　她已经对这两个大人完全失去了希望。

　　到了学校，一切如她预想，自己之前都是在"病假"，同学们没有察觉任何情况，班主任也没撤掉她的班长职务。教导处也没敢把她怎么样，只是一大早在校门口螃蜞遇到她，点头和她打了个招呼，把她叫到一边，眼神意味深长地说："你那天没去肯德基。"

　　"心血来潮的一个恶作剧，实在抱歉。"女孩有理有利有节地回答道。

　　庞老头没再说什么。他其实一点也不在意南蕙那天的恶作剧，因为学校里现在有另外一件大事需要他思考，那就是原来的郑副校长，两天前忽然辞了职，去了另外一所民办高级中学当副校长，这几日正在办交接手续。民办学校，那是可以光明正大地大笔收钱的，学生家长都比较富裕，普通教师工资就不低，何况校长级别。虽说郑屠一心想着去待遇更好的地方、争取在退休前混到正职校长的心思大家是都知道的，而且他也没少往这方面努力，但突然就美梦成真、一周内就要去任职，这在以前是从未有过的事情。有人恶毒腹诽，说郑屠是不是把女儿卖给哪个高层大 Boss 的儿子了。

原本身居剪刀组要职的南蕙呢，偏偏在这个时候回来了，这也太巧了吧？教导处主任当久了，是不会轻易相信巧合的。但他也只能怀疑，无法证实什么。

学校里另一个因为南蕙归来而心情复杂的人则是陈琛，早上第一节下课后他就去找南蕙了，全然不顾原本的低调路线。他想问她这些日子去哪儿了，吃了什么苦没有，以及更重要的，解释那天没有保密肯德基会面的原因——

"我是为……"

"为我好。"

南蕙直接卡住了他的陈词，心想你还能翻出什么新词来？

"我担心……"

"担心我遇到坏人。"女孩又卡了他一次，然后瞥到隔壁教室里走出来地理老师。龙虾也看到了她，眼神并无特别之处，腋下夹着课本和讲义慢慢走开，似乎还是那个平凡、木讷、无害的教书匠。

演技精湛，伪装巧妙。她由衷赞叹。

那天在兰州拉面店里，龙虾告诉他，在南蕙出走前半个月，邓恺墨就已经下决心，要把污染了剪刀组崇高使命的郑屠给弄走。但来硬的肯定不行，他是副校长，表面工作又没什么大过失，只能送神一样地送走。邓恺墨的爷爷在教育局有个居高位的得意门生，人脉很广，

实力强大，邓恺墨一直管那人叫叔叔。叔叔命苦，重男
轻女，偏偏生了个女儿，所以待邓恺墨如膝下之子。因
为派系和人事斗争关系，这位叔叔之前一直卡着郑屠的
仕途。如今邓恺墨发了急，终于说动了那个叔叔，通过
层层关系，给郑屠搞了一个新成立不久的民办中学副校
长的美差，而且快事快办，赶紧走人。

南蕙当时很纳闷："他能轻易就这么走掉？"

龙虾说："民办学校的校长待遇好、收入高。你以
为郑副校长操持剪刀小组是兴趣爱好么？校长是官，也
是人，为了名利二字，天下熙熙攘攘人来人往。剪刀组
维护了学校的荣誉，保证了升学率，这些都是他朝上爬
的资本；现在不必费那么多事就可以直接去待遇更好的
学校，他就怕上头临了变卦，只恨不能更快赴任。"

学校里的灵魂工程师，压根没几个，大部分都是用
课本知识换口饭吃而已，少数是要当官，极少数人才是
梦想着要培养出祖国下一代精英的理想主义者。

龙虾的身影消失在走廊拐角，南蕙也收回神思，
对陈琛道："没别的事儿的话，我要去一下洗手间，
借过。"

郑屠一走，学校里还会再少一个老师。

"走狗"滕逊。

谁都知道，滕老师每天去郑副校长办公室的次数比
上厕所的次数还多。如今树倒猢狲散，后台郑屠去了民

办学校，滕逊继续留在这里的话，日子是不会好过的。

南蕙午休时分去化学教研组办公室时，滕逊果然没有去剪刀组办公室，而是在整理东西。见女孩到来，他颇有些意外，但随即又释然了："前些天在肯德基真是让我们好找啊，**Nancy**，走，陪我抽根烟去。"

语气轻松，如对待结识多年的老友。

抽烟的地方，竟然是剪刀办公室。

但滕逊根本没有要抽烟的意思。见女孩诧异，化学老师笑笑，说："剪刀组昨天就开始暂停运作了，在等上头决定新的指导老师，你看这些柜子，都上了锁，钥匙全在校长手里——除了这个……"他用自己兜里的一把小钥匙打开角落的那个柜子，取出一个大烧杯，以及一个塞着口子的玻璃瓶，里面装着一些无色透明液体。

"这是……"

"硫酸，浓度 **75%**，高沸点，难挥发，强腐蚀。"

他淡淡地说道，并打开瓶塞，将液体倒进烧杯中，动作平稳又熟练："你们从来都没有发现这个柜子里的秘密吧？这是为了防止有人进来捣乱，专门用来销毁重要资料的，和用火烧相比，更快，而且无烟无味，也不怕失火。"

他将随身带来的那个档案袋打开，里面是一小叠复印文件。南蕙知道这是郑屠最不想让外人看到的东西，剪刀组背后最为黑色的秘密，学校部分老师的信件内容摘抄。

"你知道，浓硫酸有个俗称么？"

"不知道。"

"坏水。"

滕逊将一张复印纸叠成小方块放入烧杯，白色的纸张沾到硫酸溶液便立刻变黑、变硬，也就是碳化："人家常常说，一肚子坏水，一肚子坏水，就是指这个词。"

南蕙看着一张张的秘密变成真正的黑色，问："您打算跟郑副校长一起去民办中学？"

滕逊轻轻"哼"了一声，说："怎么可能呢？把当初一起干过肮脏勾当的人留在身边？他没那么傻，郑校长通过他的关系把我介绍进了一家很大的制药厂，在南京，待遇不错，下礼拜一上班，我明天就出发了。"

倒是不错的归宿。南蕙想，逃出后升天。

"不过我一点也不感激他，这都是我应得的。"滕逊用一根玻璃棒把新放进去的纸片压进烧杯底部的液体里，"你知道么，我高中时代的化学老师班主任是个老处女，刻板严厉得几乎变态，公然拆信，鼓励学生互相检举揭发，更可笑的是每个人都要给自己起一个化学元素的名字——我那时最大的两个梦想就是四十岁以前拿诺贝尔奖，以及发明一种新毒药药死那个老师——可你看我现在，做的事情可能还不如那个老太婆。"

滕逊叹口气："所以啊，还是你比较好，及早离开了这个小组，这几个学生里，就你最聪明。"

"马超麟不聪明么？"

"哈，那个小怪胎，以窥探他人隐私为乐，他有点小聪明，但论及大聪明，比你差远了。他最近和教地理的那个姓龙的走得挺近，不知道又在搞什么鬼。"

这句话触动了南蕙的敏感神经："地理的龙老师？他会接手剪刀组么？"

"难，这个人我觉得思路很奇怪，老是揪着学生早恋这个问题不放，在学校领导这里也没什么根基，没有后台，又没实际的工作经验，接手的可能性不大。怎么，你想着回来继续当剪刀手？"

"没有，我只是好奇，他平时看起来很本分，怎么会掺和进来。"

"吵狗不咬，咬狗不吵，人也是一样的。我倒是听说，继任的老师未必是从高中部里的人找，也有可能是从初中部调一个人过来，学生处的，叫什么如来着……"

"严，严笑如？"

南蕙感到脊背微寒。

"对！对！严笑如，负责初中部的剪刀组，据说在那里干得不错，你认识？"

"嗯，当过我初中班主任。"

"真巧，搞不好，他会把你重新招进去吧？"

"有他在，我是不会回去的。"

"哦？为什么？算了，反正以后也不关我的事了，总之，祝你好运啦。"

滕逊搞定最后一张复印纸，烧杯里已经堆积了很多黑色的秘密尸体。他塞紧塞子，举在半空中顺时针摇了几下，炭化了的纸张轻易地被流体的回旋力所粉碎，最后变成指甲盖大小的碎片和渣滓。

最脏的秘密，终于都毁尸灭迹了。

滕逊也完成了自己在剪刀组的最后一项工作。他环顾了这个房间一圈，像是在和不会说话没有生命的桌椅、柜子、台灯、窗帘告别，这些都曾是他的战友。最后他的目光落到了身材矮小的女孩身上。这个剪刀小组的前核心成员，可能曾经是整个小组里最最看不起他的人，也是知道秘密最多、出走后把郑屠他们吓了一大跳、并且在肯德基戏耍过他们一番的神奇学生。可是她毕竟还只有高一，在这所学校的日子还很长，谁知道以后会怎么样呢？

"滕老师……"女孩看着他道，"怎么了？"

他笑笑："好歹共事一场，你叫过我一声'老师'，也是有缘人，临走之前，给你一样纪念的礼物吧。"

"礼物？"

"嗯，非常宝贵的礼物，Nancy。"

说着，滕逊伸手去解自己裤子上的皮带扣子。

5. 来来去去 ══════════

和滕逊、郑屠几乎同时离开的，还有麦芽糖。

和南蕙预料的一样，她从医院出来后再也没回过学校，一个招呼都没打就走了。

见了面，反而不知道该怎么办才好。

但有一个人走不了，见了面就尴尬，那便是小唯。虽然南蕙没有回剪刀组，但学校就这么大，低头不见抬头见，走廊，操场，食堂，行政楼，总会遇到。告密同事的女生每次都像受到惊吓的牡蛎肉，巴不得缩回贝壳里去。但南蕙演技出众，总是视若无睹，当她空气，丝毫不拿正眼瞧她。

这样，也是最好的。

还有一个人比较特殊，不是走，也没留，而是还没来就得走，正是剪刀组内定的下一任指导老师严笑如。

原因是，剪刀组的 438 药水用完了。

当初化学才子滕逊研发出这种化胶药水，配方只有他自己和郑屠两个人知道。

滕逊临走前，把配方交给了正校长。邓恺墨等人当时没有多想，也没有想到调制一批新药水做检验。结果，就在严笑如正式调到高中部的前一天，马超麟和小唯用新配的药水，却发现根本无法化开任何胶水和糨糊，在台灯长时间的照射下反倒有微微灼烧的迹象。马超麟等人慌了神，换了一瓶药水，还是这副熊样。信封口的胶水却怎么也化不开。查了四遍滕逊留下的配方，调了三次新胶水，都没有效果。

不用说，是被滕逊耍了。

　　滕逊已经去了南京，一时半会儿联系不到。剪刀组的人打电话给郑屠，郑屠也没留纸张资料，很诚恳地说，那么复杂的配方，我早就忘了，你们还是去找滕逊吧。说完就挂了电话。邓恺墨他们自然没蠢到亲自前往南京找滕逊要真配方——既然化学老师当初故意给了假药水和假配方，肯定是一种报复和恶作剧，断然不可能把真东西再告诉他们。人家现在是企业员工，学校根本不能对他施加任何压力。

　　巧妇难为无米之炊，没了药水，也没有能再度研制出替代品的优秀人才。剪刀组曾试过用电熨斗放出来的蒸汽，但是在信封口处留下了明显的痕迹。遥想当年东德秘密警察愿意用蒸汽，也是因为大家都明白自己的私人信件肯定要被检查，所以不必那么过于遮遮掩掩。但放到现在，要是学校里的学生发现自己收到的来信上都有这类痕迹的话，傻子都能猜到发生了什么。

　　没有438，就没有剪刀组。

　　严笑如在高中部校区的办公椅上还没坐过，就再度被调回初中部。由于滕逊在秘密武器上动的手脚，导致初中部剪刀组也无法继续工作，笑面虎只能本本分分地当他的学生处副主任。

　　这正是南蕙想要看到的局面。

　　剪刀组暂停活动后，副作用立刻显现出来。

　　首先是每天早上晨操时，螳螂在领操台上宣读的那份处分名单有越来越长的趋势，而且触犯校规的行为越来越五花八门，网吧狂欢，赌球，贩卖散装香烟之类。剪刀组的存在，让学生的很多秘密活动受到了事先的遏制，也对其他人产生了杀鸡儆猴的作用。因为假如你发现学校老师对各种违纪行为的预谋和时间、参与人员几乎无所不知，你就不敢太放肆太乱来，你会怀疑有内奸，有告密者，你会分外小心，能不越界就不越界。而这种维持秩序的威严感和压迫感一旦消失，洪水就会冲垮堤坝。

更多的是那些平日里的乖学生，也在隐隐地宣泄着自己青春期的荷尔蒙骚动。课桌上开始公然出现表白的情诗；严禁带来学校的言情小说、流行歌曲磁带开始在课桌之间流传，班主任抓到赃物，却不知道是谁先带到学校来的；那个在《少男少女》上发表了几篇文章的男孩子和全国各地女读者的来信越来越频繁，据说还到影楼拍了几张写真照片，签好名放在信里寄回去，然后女读者们寄来的回信，摸上去的质感也是略带僵硬的——一定是放了她们自己的照片。

所以，剪刀组解散后过了一星期，龙虾再度来找南蕙时，直抒胸意——为了扼杀荷尔蒙激素对年轻人的侵袭和伤害，学校有了一个新的秘密小组。

我们管它叫——"尾巴"。龙虾说着，拿起黑色主教走了一步。

学校的教师休息室里有各种教育类书籍，也有一些棋类游戏。有时候学生会的指导老师会带学生过来开小会，所以此时龙虾和南蕙坐在一起下棋，并不碍眼。但南蕙没想到，龙虾的国际象棋下得那么好，心思缜密，考虑周全，在严谨中却又带着大胆和巧劲。她更没想到，剪刀组不过刚停职了几天，新的组织就又冒出来了。

"尾巴？做什么的？"

"跟踪有早恋嫌疑的学生回家。"

"……"

"是不是觉得很冒险？龙虾用一枚被他吃掉的白色士兵棋子轻轻敲打着棋盘边缘：至少从表面上看，校领导以为我们是在跟踪那些不安分守己的学生，而不是早恋分子，但其实都差不多，你是学生，你最了解了，那些喜欢调皮捣蛋的人，往往也是最容易有早恋心思的高危群体。"

"您怎么想出这个主意的？"南蕙走了一步白骑士。

"不，是马超麟——你好像不是很意外。"

她抿起嘴角："这的确是他的风格。"

其实，马超麟的这个伟大创举也是无心之过。当初南蕙因为麦芽糖的事情暂停剪刀组职务时，他们截获了一张寄给高二某女生的《廊桥遗梦》电影票，但写信人没有留下任何信息。马超麟提出放映当天去看个究竟，滕逊当时正头大郑屠和卫筠老师的事情，没答应。结果马超麟擅自行动，发现那个女生真的去了，约会对象是

一个大学男生，后来一查，是她的数学家教。龙虾知道
这件事后，觉得这个模式大有前途，就联合教导处的螃
蟥一起向上头申报。恰逢剪刀组因为没了438药水而解
散，校方想要"净化学生行为"的决心又很大，所以略
经犹豫之后终于批准了，但下了死命令一定要注意保密
和安全。马超麟就是尾巴小组的第一个成员，龙虾任指
导老师，负责招兵买马，而南蕙，就是他最想要招徕的
人才。

女孩把目光从棋盘上收回去，看着地理老师，讲：
"邓恺墨知道这件事么？"

"知道，但他还有三个月不到就要高考了，就算反
对也是枉然。"

"我很好奇，您是怎么和马超麟这种人搭上关系的。"

尾巴小组指导老师笑了笑："真有意思，马超麟
知道我要招你进去时，也是一副吃了苍蝇的表情，呵
呵，我一直都很看好你们两个，是我直接去找他的，就
像我当初去新华书店找你一样，开诚布公，不带任何
隐瞒。"

女孩没说话。

龙虾说："我知道你什么都不缺，成绩，家境，资
历，还有光明前景。我可以用这些东西去吸引那些出身
贫寒的优秀学生加入进来，但对你，我只想说，你只需
要用一项事业来证明自己的优秀和才华，不是考卷成
绩，全中国能考高分的人太多了，大部分其实都是低

能，你不一样。"

"怎么不一样？这段话很耳熟，好像是马超麟的'精英论'。"

地理老师明察秋毫："你不喜欢马超麟，但他说得也有几分道理——你离家出走那件事，郑屠他们以为你是受不了压力才走的，他们错了，恰恰相反，你很享受在剪刀组的过程，也许你有时会自我怀疑，但你不能否认，你很适合这个事业，你想做一件别人都无法胜任的事情，来体现自己的独特价值，对吗？"

南蕙听他说完，默默地将白色皇后走了一步，道："龙老师，您无法将军，我现在也没其他棋子可走，看来，这盘棋是逼和了。"

中年男子扫了一眼棋盘，身体往后一靠："你刚才本来有机会将我军的，可你没有。"

女孩出于礼节性地笑笑："我身体弱，只能涂涂胶水，干不了跟踪这种体力活，另外不知道您有没有听过一句话，忘了是哪个作家说的，'正义和邪恶的区别在于，前者有底线'，不巧，我的底线比较长。"

龙虾摸了下鼻尖，说了句看似不搭边的题外话："有意思，我忽然想起来一个古老的故事，传说上帝想要毁灭罪恶的索多玛城之前，说，只要在这里找到十个好人，便作罢。"

南蕙对《圣经》不甚了解："后来呢？"

龙虾说："没凑足。"

南蕙说："我们还是能凑够十个的。"

龙虾说："唯一可以肯定的是，你我都不在其中。"

前剪刀组成员耸耸肩："好人高考没加分呵——我回教室学习去了，老师再见。"

地理老师把吃掉的棋子往棋盘上摆，问："你不肯加入，是因为那天那个没有秘密和你在肯德基见面的男生么？别担心，庞老师那时候没说详细，我也没具体问，我只是以单纯老师的身份劝你一句，早恋，是很危险的事情。"

她转身往门口走去。

龙虾说："我这里随时恭候你。"

休息室的门悄然合上。

6.作笔交易

最近读了一本好书，《霍乱时期的爱情》，推荐你也去看看，一个南美作家写的，拿过诺贝尔文学奖……我们班的女生只知道看琼瑶席绢于晴的小说，要么就是《红楼梦》，都找不到人和她们交流……还有，杜拉斯死了，我又重新去看了她的书，还有梁家辉演的《情人》，哎，她活了82岁，终究……你最近下棋进步如何了？我最近在学围棋……你上次来信说和南蕙的事，小姑娘，可能都是这样的吧，总有点小任性，她是狮子座的吗？……你让她冷静一段时间就好了……对了，**这次的书展你去么？我爸给了我两张星期六的票子**，据说，王晋康和何夕也会去哦……

南蕙皱皱眉毛，脑海里努力搜索着那两个名字的记忆片段，配音演员都是陈琛——

昨天我看新闻，何夕拿了银河奖！
《亚当回归》写得太好了你一定要看看，王晋康老师的！

看来是写科幻小说的，陈琛的最爱之一。
这封苏月宁的最新来信，已经是南蕙看到的第三封了，但实际上应该不止三封。她今天中午在门卫室拿自己班级的信件时，从陈琛他们班那里偷拿了来。苏姑娘真不简单，一边让陈琛对南蕙"冷静对待"，一边用他最喜欢的科幻作家勾搭他去书展约会。两张票，明显就是只能去两个人。但是话又说回来，一个喜欢看杜拉斯和什么南美作家的女生，能对中国科幻作家这么了解，一定是对陈琛非常在意了。

上次你在学校里写大字报的事情，我能写进小说里吗？不投稿的，你放心，就是写给自己看，当然，假如你要看的话，很荣幸你会成为我的第一个读者……

果然是陈琛干的。

南蕙的心里要是住着一个穿毛衣的小小人，那么看到这段话时，就像那件毛衣上崩掉了一个扣子，落地清脆，还在众目睽睽下滚出很远，看似无伤大雅，实则损失惨重。

他的的确确不相信你，却去对那个文艺女青年苏月宁炫耀丰功伟绩……南蕙一个动作也没有，坐了好一会儿，才将信纸折好，放回信封，用胶水重新封口。等明天星期一上学，她就把信放回门卫室的班级信箱里。她放学回家后检查这封苏月宁来信的药水，是当初偷偷从剪刀组总部里顺出来的，剂量很少，刚好够她看两封信——上一封，是陈默吟父亲从戒毒所寄来的。而现在这封，用光了她最后一滴存货。

女孩抬头看一眼挂历，还有一星期就是书展的日子。自从那次陈琛来她家被冷落了三个小时之后，南蕙在学校里就再也没跟他说过话，已经两个星期了。

那么，苏月宁倾情相邀，他会去么？

周末见分晓。

但在此之前，她已经做了一个无比重要的决定，一个牵连到千余名学生个人隐私的决定。

现在这所学校里，能调配出 438 药水的，就只有她一个人。

那天在剪刀组办公室里，滕逊伸手去解自己的皮带扣，南蕙看着他的动作，不自觉地往后退了一步，心想难道滕逊这家伙色胆包天要在离职之际当一回禽兽么？滕逊见她脸色煞白，笑说："你别怕，我只是为了保密。"

说着，从皮带金属扣的背面夹层里取出他的丰厚大礼，一小块纸片。他扣好扣子，把纸片展开，递给南蕙。皱皱巴巴的纸面上写着十三种化学药剂、浓度要求、加热温度，以及在 438 药水中的比例。还有两种危险化学药剂是用红色钢笔写的。

滕逊说："这是按照摆放药剂的先后顺序写的，制作时，务必戴着口罩。"

"给我这个干吗？"

"我给他们的配方是假的，种类和比例都不对，只有这个才是真的，我想让我的伟大发明落在聪明人手里，而不是化学教研组那群白痴和校园官僚手里。"

南蕙说："可是我已经决定不回剪刀组了，有这个也没用。"

滕逊说："你母亲是官场里的人，你也是半个校园官场里的人，应该明白，在这个圈子，起起落落，荣辱兴衰，翻转都在一瞬间，也许你以后会需要用到它呢？我自己的配方，我脑子里早都记住了。你要是真心不想要，可以把它处理掉。"

说罢，他看着桌上那个玻璃瓶，一肚子坏水的玻璃瓶。

南蕙终究没有把纸条销毁。

凡事都要给自己留一条后路。

现在这条后路果然有用了。

她把苏月宁的信放进书包夹层，拉上拉链，然后拿起电话机，拨了一个号码。十秒钟后，电话那头响起了邓恺墨的声音："你好，找哪位？"

"是我，这么晚打搅你复习，实在抱歉。"

他听出是她："哦，南蕙啊，有什么事吗？"

女孩深吸一口气，说："我想，和你做一笔交易？"

电话那头没出声，等她破题。

南蕙说："我要，恢复剪刀组的运行。"

7. 棋子与棋手

星期六，下午两点。南蕙家。

陈琛觉得此刻的形势太诡异了。

这是南蕙离家出走结束后的第一个周末，按理父母应该留在家里看着女儿才对。但李副局长公务繁忙，南爸爸又不知道去外地哪里参加摄影家协会的外拍活动，家中无人设防，于是便请了为人可靠、老实的陈琛来南家，"和南蕙一起写作业"。

陈琛知道这是挽回关系最好的机会，吃了午饭便兴高采烈地过来，谁想却被佣人告知，南蕙大小姐十分钟前来了另外的客人——高三前辈邓恺墨和一个据说是同济大学高材生的男孩，两个人在房间里给她补习数学，请陈琛在客厅里等着。

陈琛只能坐在沙发上等，边看着佣人打扫屋子，给他端来的水果和糕点他一口没碰，茶水也不敢多喝。

一等就是半个小时。

他也不敢把耳朵悄悄贴在南蕙的房门上搞窃听，否则的话，就会知道一些在他看来像天书奇谭般的对话片段——

邓恺墨："我就知道，是你帮她离家出走的。"

同济男生："我答应为你做五件事，不包括凡事都对你坦白呀。"

……

南蕙："我不管龙虾受不受领导待见，总之我不要严笑如。"

幸好，陈琛是个正人君子，哪怕心里再怎么好奇再怎么十万个为什么，都没有走到南蕙房间门口，偷听他们的谈话和交易。

南蕙和校方的那笔交易，内容如下：

甲方：高一（3）班　南蕙　前剪刀小组核心成员

乙方：剪刀小组、尾巴小组最高领导人（学生代
　　表：邓恺墨）

协议内容：

甲方将真正的438药水配方提供给乙方，恢复剪刀
　　小组运作，乙方则承诺：

　　1）停止尾巴小组的活动，将地理老师龙××
调往剪刀小组任指导老师。

　　2）初中部学生处副主任严笑如、高二（1）班
学生马超麟不得插手高中部的秘密小组事务。

　　3）甲方担任剪刀小组学生负责人，并享有自
身的通信检查豁免权。

学生代表邓恺墨说："你这样会让我很为难。"

"哪一条让你为难？"

"每一条都让我为难。"

进入高考倒计时一百天之后，邓恺墨就严格遵循着
学校和家的两点一线。不过，为了南蕙提出的这笔重要
交易，他还是破例了。

邓恺墨说："龙老师，他这个人，怎么说，有些偏
执狂，也没实际操作经验，只会纸上谈兵。"

作为南蕙特邀来的交易见证人，苏秦开口打断了
他："你大错特错了，他才是高手，当初在拉面店，把
我给吓得……还好他不是我初中的班主任。"

南蕙提出另一种可能："那螳螂呢？"

邓恺墨说："他本来事情就多，再说，也不是现任校长的人，这里面的派系斗争很复杂——你知道我们需要你，你有经验，又很细心，但你的条件……"

苏秦说："你们更需要她手头的配方，哈哈——我能理解南蕙的心情，妈的，朋友，那可是严笑如，他不是你以前的班主任，所以你对他没什么深仇大恨——因为他体罚我跑步，我都没来得及去医院见我爷爷最后一面，我们家就我爷爷最疼我……"

邓恺墨说："苏秦。"

苏秦说："……南蕙呢，因为他当初差点破了相——要不是我答应过你第四件事，否则，给我一个机会，五十米，不，八十米，没有大风，我绝对有信心用改良版的气枪在他两只眼睛里各钻上一个洞。"

邓恺墨叫道："你又来了。"

南蕙终止即将来临的辩论："你和龙老师的理念有冲突，我和严笑如有宿怨，大家都退不了，但是我手上有好牌，你得让让我。尾巴小组的行动危险性太大，你心里清楚，校长心里肯定也清楚——再说，还有五个多月你就要毕业了，你的成绩肯定能去北大，学校里的事，交给我，你可以放心，我，毕竟是你招进来的，不会给你丢脸。"

高三男生双手十指交叉，叹了口气。当初就是在这里，他劝南蕙加入剪刀组，执行黑暗的使命；今天，居然成了双方谈判的地点，谈的还是剪刀组的生死，但话语权的优势，已经完全倒向了另一半。遥想初中时代，他父亲和爷爷都健在的时候，南蕙在他身边当助手，是那么听话、忠诚、能干的女孩子，说一不二，指东不打西，甚至大概拿个苹果顶在头上给他当气枪瞄靶都愿意。他也曾经很幼稚地考虑过，也许，这个瘦瘦小小、文文弱弱的女孩，会是自己一生里最可靠、最能互相扶持的伴侣。但是自从严笑如让她当了同桌卧底之后，她就变了。那种野心和冷酷的萌芽，他能隐约体会到，但不以为意。但是后来她帮助郑屠检查老师信件，到隐瞒麦雅的早恋，还有在苏秦的帮助下离家出走……

是谁造就了现在的南蕙？他？严笑如？郑屠？滕逊？李副局长？男孩闭上眼睛，让这些杂念在黑暗中消失一空，然后睁开双眼，问："滕老师为什么把配方给你，我不想追究；但，为什么现在才想到出来和我们做交易？"

南蕙说："个人原因，不想说。"

对方却不是傻瓜："是因为现在客厅里的那个人？"

她没说话。

原来，你也是会有儿女私情的人。高三男生起身，看着南蕙将那张皱巴巴的纸片放进口袋——当然要校方答应她的条件之后，她才能把这个给他们。

邓恺墨说："这张配方一上交，你会成为秘密小组和领导眼中的英雄，但你真的信赖行政楼办公室里的那帮成年人吗？"

她莞尔，反问："你当年相信你的爷爷吗？"

　　邓恺墨没正面回答，只是说："希望，你和陈琛能幸福，不过，规矩你是知道的……"

　　南蕙说："不要给他写情书，对么？"

　　邓恺墨高三，每一分每一秒对他来说都很宝贵，先行告辞。南蕙起身送他到卧室门口，然后对另一个男生道："你留下，我还有事要跟你说。"

　　苏秦看着房门又关上，眼珠子一转，问："我看你只是不想见外面那个人吧？"

　　女孩没有当面承认："反正，你等到晚饭前再走。"

　　苏秦说："妈的，你们怎么还在闹别扭？你妈要是回来了怎么办？"

　　"二楼，跳下去不会死。"

　　"你在开玩笑吗？我可不想在此地久留。"

　　"想我告诉陈默吟你暗恋她吗？"

　　"……我留下。"

　　与此同时在外面的客厅里，陈琛又抬头看了一眼墙上的挂钟，他隐隐有种预感，今天大概是见不到南蕙了。

　　这姑娘似乎有太多的理由可以不见他：苏月宁的信，没有遵守承诺一个人去快餐店见她……他大概是让她失望了。但是，他向老师报告了南蕙的电话，也是为了她好。因为那天在苏月宁的信里，他得知了最近本市几起女子失踪的传闻，据说是人贩子所为，失踪者里有周末独自出去上补习班的小学生、离家出走的女中学生、刚毕业在找工作的女大学生，大概是卖到山区里去当媳妇的。

陈琛平时自诩富有冒险精神和超人的镇定，其实也就是看个鬼片不至于捂眼睛，在公交车上看到小偷行窃都不敢站出来见义勇为，更别说在这种时刻能气定神闲。他总觉得当初打到老师办公室的那个电话，最开始是男人的声音，这点很可疑，也很危险，搞不好那个男人就是什么坏人呢？搞不好南蕙是被对方胁迫才打这个电话的呢？要真是这样，他可不敢单刀赴会，只身闯虎穴。所以，他只能告诉了老师和南蕙的母亲，向他平时最信赖的群体——老师、家长们求援。

难道他做错了吗？是，他是一度很反感学校，反感教育思想和体制，想过退出学生会，还在围墙上写意气用事的大字报，可那是内部矛盾，学校里的事情就在学校里解决呗（围墙也算学校的一部分），离家出走，这叫什么事儿啊？刀尖上的冒险。老师和家长平时再怎么操蛋，但终究是学生最后的安保屏障吧？他有时候觉得自己学校的校规什么的有点过分严厉，但总比其他学校一些变态老师要好吧？比如苏月宁，就说他们班班主任会拆学生的信件检查内容，所以陈琛写回信都是寄到她那个在财大念书的表姐那里，然后才转交给苏月宁。就这点而言，陈琛他们学校真是好太多太多了。

又想到了苏月宁了，哎。他兀自摇摇头。南蕙最忌

讳提到的名字。正因为忌讳，他从不敢把自己内心里将
她俩对比的结果告诉她：苏月宁，是那种平凡的小女
生，有小聪明，却没有大智慧，知道如何在老师的管教
下偷偷打扮自己，但一说到下象棋啊化学题啊古代历史
疑案啊哥德巴赫猜想啊都会让她头疼，唯一擅长的棋类
游戏是飞行棋；但她会讨好你的喜好，愿意记住你喜欢
什么电影什么小说什么音乐，会对你无所保留，絮叨却
不复杂；只要和她相处半个月，你会对她所有的缺点优
点一目了然，就好像一枚棋子，是骑士还是皇后，看得
清清楚楚，路数既分明又局限——南蕙呢，不是一枚棋
子，更像是下棋的棋手，一个面目模糊、手执棋子的黑
影，骑士，主教，皇帝，都在她手里，可能是这个，也
可能是那个，她喜欢什么，不喜欢什么，不会直接告诉
你，需要你用脑子去揣摩，去观察。就好比陈琛点菜，
桌子上摆了十个菜，南蕙每样都吃，都不忌口。但只有
你跪下苦苦哀求她自己点菜时，你才发现，上次十个菜
里，她这次只会重复点其中两样，那么被撤开的八样旧
菜，都是她不喜欢的。

　　而且，陈琛和她认识了六年，近距离相处了快四
年，才弄清楚一个道理——假如南蕙让你明白她的某种
喜好和憎恶，绝不是你自己琢磨出来的，而是她愿意让
你知道，这才露出蛛丝马迹让你去琢磨。假设她决定对
你守口如瓶，那么，你就是想破脑子也找不出什么蛛丝
马迹，她将永远是个谜一样的女孩。

也许，和这样的女生在一起，会很费脑细胞，但陈琛就是喜欢这样。

脑细胞不拿来用，不如都死掉算了。这是他从小就秉承的宗旨。只不过，他的脑筋，都用在科幻小说、科幻电影和科学探索频道上了。看多了 UFO、大脚怪、雪人、尼斯湖水怪的怪谈，现实生活中能有这么一个猜不透的活生生的女孩子，是一大幸事。

另一个有力的佐证就是，今后考大学的志愿。陈琛想考交通大学，他爸爸就是交大毕业的，他爷爷和外公也是交大毕业的。以苏月宁目前的成绩，能考上一类本科就算不错的了，这显然不是很好的配对参数。南蕙则不同，她的成绩排名向来稳定，搏一把，也许能去北京，但她不想，而是在复旦和交大之间犹豫。刚进高中部的时候，陈琛就试探过关于高考志愿的事儿，说交大女生出了名的稀少，你过去了，也许就是院花，不，搞不好是校花。南蕙当时回瞪他一眼，说在一群拿肥皂洗脸、连洗面奶都不用的书呆子女生里称王称霸，好意思么？

交大女生的洗面奶自然是个笑话，不可当真。但南蕙对此事模棱两可的态度，是陈琛长久以来的郁结。在他看来，高中初中谈恋爱乃玩笑之举，海誓山盟啊惊天地泣鬼神啊都是琼瑶小说里的玩意儿，是苏月宁喜欢的那种调调——真正坚固可靠的爱情，应该是萌发在同一所大学里，有同一高度的学识和素养，最好是有相类似的理想和奋斗目标，就像那些伟大的科学家和他们的夫人——当然要是能达到居里夫妇那样的高度，一家三口都搞科学，最后被科学搞死，陈琛也觉得死而无憾了。

但现在，就这样被晾在客厅里，看着时钟上的秒针一圈圈走过去，陈琛只觉得生不如死。

也许应该和苏月宁去书展看看？

起码，她不会这样怠慢自己。

8.镜框里的女孩

理论上，这已经是严笑如第三次被调到高中部工作。

第一次是五年前，他刚从外地回到本市不久，在一家二流高中干了一年多，靠着不断送礼，终于成功转来这所久负盛名的区重点当历史老师，同时还兼着心理辅导老师的差事。那时邓老校长还健在，老爷子虽然教数学，却也喜欢研究点历史，故而有机会时便会泡一壶茶，和严笑如坐而论道。在他的印象里，老校长虽然一身书卷气息，但眉骨之间掩着普通读书人所没有的煞气。他知道严笑如身为年轻开朗的心理老师，和几个学生的私下关系不错，便提点过他，大致意思是，师生关系太好，不是好事。

那时严笑如一点不懂这里面的道道。他因为当年和陈默吟母亲的情殇，选择了师范专业，就是想多和年轻人打交道，让心态年轻化，好早些走出失败者的阴影。但老校长一语成谶，半年后，平时和严笑如关系最好的一个尖子生在高考前两个星期，不堪精神压力的重负，想要离家出走，打电话找严笑如商量。严笑如怎么会同意，自然阻止，两人在座机电话里情绪激动地吵了一架。那名男生最后从自家九层楼窗户一跃而下，把自己的躯体摔了个血肉模糊，也把严笑如的教师生涯摔出个鲜血淋漓的窟窿。

那名学生追悼会开过之后不久，卧病在家的严笑如就被调去了初中部。发配之前，邓老校长找他谈话，就说过，你人聪明，也有能力，就是书卷气太重，煞气太轻，压不住——中学老师不像大学老师，后者专心做学问即可，做我们这行，还要学会恩威之道，你现在年轻还好，等到年纪大了，必然要吃亏的。古人说德高而望重，但如今不是德治时代了，胡萝卜和大棒，都不可或缺。

初中的历史课比高中轻松很多，故而严笑如在那里加入了学生处（那时叫思政处），虽然脸上还是笑呵呵的，但内心里早已不是原本那个年轻教师。况且初中生比高中生更顽皮，他彻底失去了往昔的耐心和容忍，转向了严刑峻法，"笑面虎"便诞生了。

"这群孩子什么都不懂，所以，表现好的，稍微奖励，表现差的，必须严惩。这样，以后他们走上社会，才不会添乱。"这是他亲口对学生处主任说的。

第二次调来，是高中部剪刀组的人事换血，郑副校长和滕逊走了，必须找一个可靠又有实际经验的人来接管，校方便想到了他。谁想正式的教师调职手续还没办好，还没给高中生讲过一堂历史课，438药水的供应就出了问题，他只好又回到初中部学生处，继续在小柏林墙下巡视。

现在，438药水奇迹般的恢复了供应，他终于又回来了。

早上走进校门口的时候，执勤班边上的教导主任螃蜞和他目光对视了一下。这个不怒自威的老头子，他刚来这所学校时，因为看不惯庞主任的严厉政策，还和对方吵过一架，但最后还是落了下风，不单因为资历，也因为气场，就像文弱书生去和久经沙场的武将争执，声势上无异于以卵击石。现在想想，那时真是幼稚呵。

严笑如毫无惧色地看着庞老头，点头跟他打了个招呼，继续往里走。

我现在，已经铁石心肠了。他想，然后看到前方十几米处一个背着书包的女生，认出了身份，便叫住她："南蕙！"

女孩听出他的声音，没有搭理，继续往前走，头也不回。

严笑如没有发火，毫不介意。

被出卖的人，有负气一次的权利。

南蕙前算后算，就是没料到，邓恺墨会出尔反尔。

她提出的交易条件上报给校方高层之后，结果很快就下来了。第一条和第三条没得说，第二条只同意了一半，马超麟作为高级教工的子女，到底还是深受信赖的，不能说赶走就赶走。南蕙也早料到会有这个结果。当初把马超麟写进去也是为了给校方一个台阶，好有讨价还价的回旋余地，所以没再提出异议，痛痛快快地给了真实配方。

新的438药水很快配兑出来，并且通过了操作检验。改换秘密身份的龙虾知道了剪刀小组获得重生的前因后果，捏捏耳垂，说："有意思，马超麟曾经建议我，尾巴小组的第一个跟踪目标应该是你，你现在又想把马超麟扫地出门——你们在初中时到底发生了点什么？"

南蕙撇撇嘴："大概是第一次去动物园看他的时候，我不小心踩到了他的尾巴。"

龙虾"呵呵"一声。

南蕙通过真配方让剪刀组重建的消息一传来，他就明白，眼前的女生，其实一开始就没打算退出剪刀组。那天他在教师休息室，给她洗了半天脑子，虽然句句说中要害，但都是白费功夫，南蕙在心里应该从未否认过马超麟的精英论。她只是在等待时机，等着严笑如自己走人，等到校方对剪刀组的存在不抱什么希望、并且校风学风再度恶化时，才提出交易——这个十六岁的女孩，心机太不简单。

但她对于尾巴小组的抵触应该是真的。

"好了，现在尾巴小组如你所愿地撤销了。"龙虾略带伤感，"还没正式开始就取消了。"

"当年滕老师也没让他跟踪啊，还不是阳奉阴违。"南蕙提醒道，"我建议您也不要太相信他，马超麟对别人隐私的热爱，是深入骨髓的。"

龙虾说："要是有一天他真的跟踪了你，我会替你保密，但你也要为我保守一些秘密。"

女孩看看地理老师，对方表情不像是开玩笑。

"您打算……私下开展尾巴的活动？"

用你的话说，是"有底线地主持正义"——没有校方的支持，跟踪的范围很小。

"您不怕我去揭发？"

"除非你愿意在严笑如老师的领导下工作。"

南蕙怔住。龙虾把博弈的几方看得一清二楚。她现在的确别无选择。在那笔交易里，第二条和第三条，对她而言其实才是最重要的。龙虾就是摸清了她的这个意图和底线，才敢暗中逾越校方高层不知情的界限。

"看来，我以后回家要小心点了。"她说。

这句玩笑，南蕙说过就当说过了，她万没想到，龙虾这天傍晚下班时，真的"不小心"遭遇到飞来横祸。事后她听别人描述，龙虾骑车的回家之路上，有一座必须要通过的立交桥，桥下通铁轨，所以比较高，上下坡的距离就很长。龙虾骑车偏稳，下坡时总是捏着手闸，尽量缓速通过。可是那天他在下坡时，城市山地车的前轮刹车忽然失灵，后轮刹车本来就不大好，所以失去了控制。

偏偏下坡口那个路段车子比较多，地面上有根车道和下坡车道要汇合，内外车道界限模糊，时常有些低素质的骑车人或者开车人冷不防斜刺里抄出来抢道——龙虾刹车失灵时，就正好遇到一辆皇冠车，对方从地面的外车道忽然窜进了来，想抢在快下坡完毕的龙虾前面进入内车道。飞速滑行中的地理老师看自己就要撞上汽车屁股，电光火石之间双脚往地上一蹬，同时身体往左边倒下，这才把车头拉了回来，没有撞上去——代价就是自己摔了出去，躺在地上半天没动弹。送到医院一检查，左小腿骨骨折，左手臂骨裂，以及身体某些部位不同程度的皮外伤。

医生说必须在家卧床休养三个月。

想都不用想就知道，接替他来掌管剪刀组的第一候选人会是谁。但对这起车祸的"意外性"，南蕙深表怀疑。因为就在龙虾住院的第二天，邓恺墨就没有来学校。虽说高三年级还没到全体在家复习的最后阶段，但邓恺墨有这个权利和资本在家潜心闭关。南蕙打电话去他家，邓母很客气地说小恺直到高考前都不去学校，不出去玩，也希望没有访客，有任何事情都等高考结束再说。

苏秦是第二号嫌疑人。不错，他的确瞒着邓恺墨帮南蕙离家出走，又是邓恺墨和南蕙达成交易的公证人，还跟龙虾有过很友善的一面之缘。但苏秦是那种清楚事情轻重缓急的人，还掉欠邓恺墨的人情债，是他行事的第一原则——他像一匹野性难驯的狼，迫不及待地要挣脱自己身上的自由限制和人情枷锁。

可南蕙赶到同济大学那个居民区时，发现苏秦两天前就已经搬走了，新住户是一对货真价实、并且看起来欲火缠身的大学生情侣。

两个最大的嫌疑人都销声匿迹，南蕙越发肯定了自己的怀疑。邓恺墨跟她玩了一把阴的，表面上和校方答应了南蕙的协议条件，背地里，指使苏秦对龙虾下了手。南蕙离家出走的那几天里，苏秦曾经向她展示过在自行车修车摊上学来的歪门邪道：用铅笔芯塞进自行车锁锁孔让钥匙无用武之地、如何用一只简易打火机让车轮胎慢慢漏气、黑心修车人在检查内胎时暗中扎洞的手脚，以及用刀片将刹车钢线割出一道口子，口子的深度只要拿捏得好，刹车线能在车辆转弯时承受轻度刹车的力度，但却无法承受下坡减速或者紧急刹车，会被拉断掉，刹车片就忽然失灵。

龙虾就是在下坡时，前轮刹车线忽然断裂的。而且苏秦有一辆28寸永久牌自行车，平时锁在楼道里，现在自然不见了。他一定骑车跟踪龙虾回家过，知道那座立交桥上下坡的复杂车况。

龙虾住在一栋老式公房的四楼。

因为刚上石膏还不到一星期，他不能坐轮椅，只能躺在床上。

南蕙看着样式陈旧的家具，以及随处可见的书籍，觉得和自己想的一模一样。可能是因为家里平时很少有客人来，龙虾的妻子非常热情，用麦乳精和水果招待她，然后就去书房了。南蕙有些受宠若惊，心想，难道我是龙虾执教这么多年来，唯一登门拜访的学生？

躺在床上的中年男子虽然腿摔坏了，但是脑子依旧清醒："别担心，你不是第一个来我家的学生。"

这更让南蕙意外了。

龙虾用完好无损的手指指电视机上的一个小镜框，里面是一个女孩的照片，看岁数，和南蕙差不多大，正对着镜头微笑，笑容竟让南蕙有些羡慕，至少，她进入中学后，还没有笑得这么灿烂过，这么真实过。其实南蕙刚进房间时就发现了这张照片，心里还很好奇，因为龙虾据说是没有小孩的，怎么会放着这个？

龙虾解惑道："她是我大学同学的女儿，也是我以前教的那所学校的学生，所以私下的关系很好，在学校里管我叫老师，平时没大没小地叫我老龙，小姑娘能歌善舞，参加过小荧星艺术团，这是她四年前拍的照片，当时念高一。"

南蕙等着故事的转折。

果然，在女孩高二的时候，龙虾通过偶然的机会发现女孩在早恋。龙虾那时本着鸽派政策，只是劝女生收敛一些，没有告诉她的父母。女孩说老龙你放心吧，我心里有底呐！我们只是书信来往，柏拉图式的。

南蕙听到这里就明白了故事的结局，她记得的确是在三年前，自己还在念初二，听说邻区一所高中有个女生自杀，尸检后发现怀胎三个月，但一直没找到亲生父亲是谁。这件事闹得挺大，连陈琛这种满脑子恐龙怪兽外星人的"世外之人"都听说了。

这起桃色命案，居然和龙虾有渊源。

地理老师说："我一直都没敢告诉她悲痛欲绝的父母，也没敢告诉把她当半个女儿看待的妻子，其实我早就知道小姑娘在早恋。要是我之前很负责任地告诉了他们，或者像个脑子正常的成年人去直接阻止她的话，而不是轻信什么'柏拉图'宣言，就不会有悲剧——这是我作为朋友、伯伯和一个老师的失职之处。"

三方面的失职，让龙虾对管理学生的态度发生了一百八十度的转变。而且女孩死前，他也没有问过关于那个男人的任何信息，死后也没任何线索，也就无从查到那个男人。

直到，去年四月份的时候，女孩的父母搬家，想要离开那栋充满悲伤回忆的屋子，在搬动女孩那张紧靠着窗台的书桌时，在书桌背后发现了十来封信件，是用透明胶带粘在那里的，非常隐蔽，所以一直没被父母发现。那些信都是情书，是那个男人写给女孩的。虽然还是无法从信件内容里找出男人的身份，但，却给了龙虾一个触动。因为收信地址是学校，那个年头，家长肯定会拆信，老师未必会拆信，碰巧女孩的班主任属于不拆信的那种老师，所以给钻了空子，发生了悲剧。

龙虾说："其实那所学校以前也有老师拆信的事情，但学生提出强烈抗议，有年轻气盛的还跟老师打了起来，最后就没有老师敢明目张胆地这么干了。"

碰巧，发现那些情书后不久，他在历史资料里读到了东德秘密警察有专门的部门用蒸汽拆阅公民的私人信件，于是，就有了组建剪刀组这个想法的雏形。

龙虾说："那个男人，和她用通信来往，勾引她，玩了她，甩了她，'杀'了她，然后安全地躲在暗处，不受任何惩罚。我发誓，不会再让那样的事情重演。"

南蕙不自觉地想到了曾经的好友，已经转学了的麦芽糖，暗生愧疚之心。

龙虾说："上次你说，正义与邪恶的区别在于底线，在我看来，有什么底线比生命更重要？不是每个学生都会早恋，不是每个早恋学生都会怀孕，不是每个怀孕学生都会自杀——可只要有一件这样的惨剧发生，那么作为一个本来可以阻止它的人，你晚上能安心入睡么？"

她抬起头，看到龙虾正在看着自己，眼神很平静，不像是在反问，更像是布道者的自我表白。他和她都清楚，龙虾的受伤，是决定性的惨败。即便他三个月后伤愈回去，严笑如也不会乖乖交权，因为他的能力不比龙虾差，一样能做出成绩。况且，从年龄上说，龙虾四十好几，笑面虎才三十出头，后者的时间资本更充足。

南蕙拿起茶杯，转移了话题："您不想知道车祸的真实原因么？"

龙虾说："新买的自行车，出了这种事，的确蹊跷，我能猜出几分原因。"

南蕙问："不想报仇？"

"不想。"他调整了一下坐姿，"我不是滕逊，对权力争夺没兴趣。严老师据说是邓校长生前器重的人，邓恺墨这么支持他，情有可原，要是他能管理好剪刀组，我受伤倒也值了，以后也许会申请去初中部的剪刀组吧——我和严老师接触很少，据说，当初他也在很信任的学生手里吃过亏？这点，我们有那么一点点相似。"

"不，您和他不一样。"

龙虾问："哪里不一样？"

南蕙说："信念和私心。"

是的，信念和私心。后者总是拿前者作为一种伪装，但看久了，就能分辨出其中的区别。她原本已经对所谓的"老师"这种社会角色失去了信心，比如在剪刀组接触过的三个正式的领导者，表面上为人师表，其实呢，郑屠是个政客，为了金钱利益和权力斗争不择手段；滕逊人不坏，但也为了自己的前途一心向上爬，不惜跟着郑屠冒险，还想通过卫筠老师走捷径；严笑如呢，是个彻头彻尾的疯狂野心家，不是权力和地位的野心，而是控制欲的野心，小到一个学生，大到一个组织，一个集体，一所学校，都想掌控在手里……

而眼前的龙虾，和他们不一样。他有真正的信仰，和另外那三个"老师"都不一样的信仰。尽管他有些偏执，但还值得她去信赖。那种信赖，多多少少，能让她找回当初加入剪刀组时，所抱有的使命感，而不全是"为了实现自己特殊价值"的精英论调。

起码，精英在了有意义的事业上。

起码，不会再有麦芽糖那样的事情发生。

南蕙喝完最后一口茶，放下杯子，起身准备告辞："三个月后，您会成为剪刀组甚至是尾巴小组的领导者，我只要您答应我一个条件。"

龙虾沉默了五秒钟，但五秒钟已经足够他想明白其他问题："什么?"

南蕙说："高一（7）班班长，陈琛。"

9. 底线的迷宫 ══════

陈琛没有和苏月宁去书展，是南蕙从龙虾出车祸以来这几天里，得到的唯一的好消息。

龙虾是星期四出的车祸，到了星期六，就是苏月宁在信里说的时间。南蕙早上醒来，躺在床上懒得起身，就在枕头上想着陈琛的事情，犹豫着是去他家小区门口蹲点呢，还是任他去吧。

南蕙离家出走回来后，他们已经连着两个星期没有说过话了。除了年级里开班长会议的时候，不得不打照面，但南蕙坐得离他远远的，看都不看一眼。

他应该是放弃了吧？

可是，他怎么能放弃呢？

两个星期的考验都通不过，将来岁月漫漫，何以相渡？陈琛现在就成了南蕙手腕上的一道疤，结了痂，不揭则痒，揭了又疼。她不否认自己对陈琛一直有种施虐倾向，百般地挑剔他刺激他挖苦他，不许他反击，却又不许他对此麻木。他看好莱坞科幻，她说他低俗；他好不容易看看荣格的心理学，她又嫌他做作、装内涵。下棋时他赢了，她说他运气好；若输给她，又要说他故意放水。离家出走那次也是，以前唯一让她心安的就是他的老实本分，一切为她考虑；可是她又忍不住试探他会不会告诉老师——没保密，就是他不听她的话，让她无法完全信任；真要是保密了吧，又会觉得，这男人平时老实，关键时刻也是会突破底线、对父母和老师隐瞒，那么是否以后也会有事瞒着南蕙、为别的女人保密？

好吧，她承认，无论陈琛当时怎么做，她都不会满意。

但也就陈琛一个人，值得她用离家出走的冒险方式去试探。

想到这里她忽然从床上跳起来，不梳头也不换下睡衣，冲进客厅拿起电话想到自己的房间里去打。这台步步高无绳电话机刚装了不到一星期，属于高科技产品。话机和话筒不用线连着。但她刚走到卧室门口，转念一想又觉得不对，陈琛和苏月宁要是去书展，肯定是下午去的，因为陈琛喜欢睡懒觉。现在打电话，他肯定在家，不行，要下午一点多打才对。

忽然门铃响，她懒得叫佣人下来开门，便走到门口通过猫眼往外看，却发现陈琛就站在门外，还背着书包。

接下去南蕙做了一件很不上道的事情，她"腾腾腾"冲进厨房让佣人去开门，并吩咐不许说她已经起床，然后逃进了卧室。佣人还是第一次看到平日里几乎毫无情绪波动的大小姐如此激动。

半分钟后，佣人敲响南蕙的房门，说："上次那位陈同学来找你。"南蕙人就站在门后，但手里抓着床上掀下来的被子，捂着口鼻，说："你让他……下午再来。"佣人传达了一下，回话说："陈同学说他就在客厅，等到你下午起来。"

南蕙一下子抓紧了被子，掩饰住激动，佣人问："李副局长要今晚八点才回来——我要给陈同学准备午饭吗？"

然后就听到陈琛受宠若惊的声音："不用了，我带着面包和火腿肠……"

南蕙心想你这是春游来了？便吩咐佣人："给他烧咸肉菜饭和土豆鸡毛菜汤吧。"

两样都是南蕙爱吃而陈琛不爱吃的食物。

进了我家门，就由不得你了。女孩想，然后蹑手蹑脚地抱着被子回到床上，把自己裹在里面蜷成一团，耳朵里仿佛能听到每一下心跳。

他没有去书展。

苏月宁输了。

接下去，只要慢慢耗到下午即可——绝不能提早出去，那样就显得太不自持了。她刚在床上伸了个懒腰，打算翻身继续睡，电话铃响了，居然还是在她床上。原来刚才看到陈琛造访，她躲得太急，电话没来得及放回去，就扔在房间里。

又是找妈妈的吧。她本想掐掉，但还是接了："我妈不在。"

电话那头的声音却让她不寒而栗："我找你，南蕙。"

竟然是严笑如！

"严老师……什么事？"她很快反应过来，稳定了自己的语气。

"想和你谈一笔交易。"

她顿时有种不祥的预感，把身体靠在窗台，压低声音，避免客厅里的人听到她在说什么："如果是关于全校通检和区域联盟的事，我上次开会已经表明过态度了。"

态度生硬而坚决。

所谓全校通检，是严笑如顶替受伤的龙虾来高中剪刀组值班的第一天，在内部小会上提出的新方案，即取消原来的"白名单"，而是将全校学生的信件都列入被检查范围，这样势必就要增加剪刀组人手和工作量。同时恢复尾巴小组的建制，只不过不光是跟踪早恋学生，还包含了所有在信件中有违反校纪校规可能的学生。

至于区域联盟，则是帮助本区其他几所高中建立剪刀小组，由本校的剪刀组提供药水和培训人员，这样，以后不但外校来信可以被检查，南蕙他们学校学生寄出去的一部分信件，也可以由收信学生的那所学校剪刀组进行截查，所有的情报内容全都一目了然。

严笑如甚至构建了一个"美好的未来蓝图"——今后，全市的初中高中都进入到这个巨大的剪刀网络里，每一个学生的思维动向和肮脏企图，都会被及早发现。

剪刀组三个学生成员对此反应不一，小唯一如既往，毫无主见，马超麟几乎就要站起来鼓掌大喝"精彩精彩"，唯独南蕙毫不给面子地抛出一句："这是您昨晚做的梦？"

严老师没生气："其他学校只要尝到剪刀的甜头，一定会加入进来，你想，假如438药水只能由我们学校来研制和提供，他们每年将付多少钱？我们又会在那些市级重点中学面前有多么巨大的话语权？"

　　南蕙毫不示弱："教育局知道了，我们会被砍头的。"

　　马超麟说："南蕙你别胡说八道。"

　　严笑如说："错，教育局会给我们颁奖章，甚至三年内我们就会升格为市重点。"

　　女孩站起来走向剪刀组的门口："你疯了——如果真是这样，我就退出剪刀组。"

　　这不是开玩笑，她可不想与狼共舞。

　　疯了的笑面虎此时在电话里还是很冷静："你还没听我说完，我很需要你帮助我，你不能退出，你要在我的麾下，协助我实现那个计划。"

　　"Why？你现在有药水，有邓恺墨帮你摆平竞争对手，你还要我干……"

　　历史老师打断她："因为，你是独一无二的，天生适合干这个的，从你初一时查出谁写了举报我的匿名信那天开始，就注定你是这个行当里的首席，那以后我对你倾注了很大的希望——你别无选择，你是我利器，我要你全力支持我，否则……"

　　"您真没睡醒，一大早说梦话，否则您能把我怎么样？"

　　"你看，这是你的另一个毛病，总是藐视我的权威和尊严——否则……"严笑如顿了顿，"否则，刚才走进你家门的客人，他就会知道，你平时在学校除了念书，还干过什么勾当。"

女孩手里的电话机差点掉下来。

"是的，我就在你家楼对面的公用电话亭里。"严笑如干笑笑，"我现在能看到你半个身子探在二楼窗户外面，呵呵，是怕小男朋友听到我们的交谈么？"

南蕙猛地朝楼下马路对面看去，果然，那个红色电话亭里，有个模糊人影，还朝她挥了挥手臂。

她恼羞成怒，咬牙切齿，这还是多年来第一次："邓恺墨告诉你的？"

"不，他现在不问世事了，是我自己在你家门口蹲点的，因为我一直好奇，你当初离家出走时，到底和我们学校的谁约在了肯德基见面。我记得这孩子叫陈琛吧，以前在初中部是（5）班的，很可爱的小男孩，很单纯，好像还救过你，嗯，王子觉得他救了公主——可王子要是知道了你后来的所作所为，在心理和道义上还会认为她就是他的公主么？"

女孩攥紧了电话。

严笑如决定乘胜追击，使出最后一招："而且我记得，他好像有先天性心脏病，对吧？"

Season ⑥

侏罗纪公园

1. 厕所外面的霸王龙

　　南蕙在房间里和严笑如打电话的时候，客厅里的陈琛也有一个坏消息要告诉她。

　　陈琛的心脏的确不是很好，但当他得知自己父亲因为官场斗争失败而被平调去一个清水衙门的消息时，并没有特别的失落或者彷徨。官场，就是这个德行，今天你搞我，明天我搞你，合纵连横，钩心斗角。陈琛父亲当年也有春风得意、打压政敌的时候，如今虎落平阳，成为一个渎职事件的替罪品，被调到一个没有实权的位置，估计以后再也没有什么上升空间，不能说是因果报应，但也算一种兵家常事。

　　这就是他念高中以来死也不想进学生会、只满足于当个小班长的原因。

　　可南蕙不一样，她也见听多了官场的兵家常事，还是义无反顾地扎进了学生会的圈子。他更是知道一点：南蕙的妈妈在邓恺墨家族失势后叮嘱女儿不要再多接近邓学长的事迹，所以，陈父被贬去清水衙门已经快一个星期了，陈琛这才鼓起勇气打算和南蕙吐露实情——连同他和苏月宁信件往来的种种内幕。

直接面谈，一吐为快，是生是死，来个痛快。这就是他的全部想法。

可是出乎意料，南蕙对陈琛父亲的事情毫无反应，对苏月宁更是表现得无动于衷。这才让他感到巨大的惶恐，因为对方对你的遭遇没有情绪反应，就意味着，一切都没戏。

之前的午饭，他独自一人坐在餐桌边，逼着自己吃掉平时最不爱吃的咸肉菜饭和鸡毛菜土豆汤，心里却还在庆幸，南蕙这么刁难他，而不是下逐客令，应该还是有戏的，起码她找到了发泄小不满的办法。

陈琛不知道，佣人送进南蕙房间的那份午餐，女孩动都没动过一口。她只是在他吃完饭后，终于走出房门，坐在他对面的沙发上，问他来有何贵干。陈琛深吸一口气，把自己想说的话都说了出来，无奈平时不善表达，所以两件事情都说得断断续续，给人感觉倒像是在现场编词儿忽悠人。

南蕙几乎是一言不发地听完他的独白，只穿插了"嗯"、"然后呢"这几个词。她的寡言倒不是冷淡，绝对不是，陈琛所知道的南蕙式冷淡不是这个样子，而是一种，心不在焉。这种态度让他更加慌乱，最后草草地给独白收了一个场："就是这些了……"

话虽如此，但他还想补充点什么，却欲言又止。他本来想说，有时候我不知道你在想什么，就像现在……

感谢上帝，还好他不知道。

他讲完话，过了足足有半分钟，女孩像是终于找回了自己的魂魄，方才开口，只有四个字："想开点吧。"

那是只能想开点了，比起那些挪用公款、收受贿赂而入狱的干部，陈父的处境好多了，而且他现在新的岗位，想挪用公款还没公款可以挪，想受贿还没人行贿，很有安全感。

陈琛说："以后，周末可能不能来你家下棋了，你来我家，你妈妈也不会允许。"

"嗯。"

这不是他盼望听到的回答，而是"这和我妈没关系"之类。可她没有这么说。看来情况已经很明朗，他败了。一吐为快，未能起死回生。

南蕙却又问："这样的话，除非成绩很优秀，进入年级前十，不然，拿不到老师推荐的交大'加分考'资格了吧?"

伤口上撒盐，又点中了一个痛处。陈琛现在在年级的排名也就三十几。本来，按照他的成绩，加上父亲的背景，得到班主任的推荐是不成问题的，偏偏，他们（7）班班主任是全年级比较出名的三个势利眼之一，和（1）班、（3）班的班主任并称"三眼神童"。陈琛的班长职务也许还能保留，至于加分考的名额，呵呵……陈琛苦笑一下，没对撒盐的女孩动气："我会好好学习的。"

说完，起身打算告辞，南蕙却问了一个在他看来很不可思议的问题："下个月，虹口公园好像有恐龙展？"

陈琛差点就在心里呐喊姑娘你的思维太跳跃了吧，一边扭头看着她，像是看刚坠落到地球上的外星人："对，怎么了？"

南蕙说："买两张票吧。"

男生舌头都大了："你，不是，最恨，我说恐龙的事吗？"

她笑笑，难得的笑容："那是因为，你以前老和我说那个你看了三十遍的电影镜头，就是霸王龙把厕所里的男人吃掉①，我恨那个，太恶心了。"

陈琛此刻的表情就像刚发明电灯的爱迪生老师，又像坠海的人发现自己掉在了一艘正在上浮的潜艇上，讲话都快结巴了："好，我我我去买，下周对吧？我去买！"

临走时，佣人给他拿来鞋子，陈琛不忘夸奖说："我这辈子从来没吃过这么好吃的咸肉菜饭！"

佣人受宠若惊，南蕙却再难笑出来。

送陈琛出了家门，她回到房间，隐约听到外面马路上，传来一个男孩难以抑制的激动的欢呼声。她关上窗户，把头重新埋进被子里，一动不动。

---

① 指《侏罗纪公园》第一部里的情节。

仿佛这是她的坟墓。

2. 半年计划 ━━━━━━━

　　和厕所外面的霸王龙相比，严笑如是更加恶心的存在。

　　南蕙这还是第一次遇到，会有老师用胁迫的手段要求学生做某件事情，并且是无法见光的事情。偏偏笑面虎看得很准，南蕙最大的软肋不是剪刀身份，不是丑闻好友麦芽糖，不是学长前辈邓恺墨，不是身处暗中的苏秦，不是强势的母亲，而是这个完全无害、本是局外人的男生。

　　以南蕙平日里的"交际性格"，能在周末单独登门拜访的男生，必然交情匪浅。这大概就是严笑如的判断依据。但以南蕙的"工作作风"来看，她肯定不会把剪刀组的秘密告诉这个"特殊"的局外人，加上陈琛的性格和先天的生理弱点，要挟她的条件自然成熟。

　　他算得太准了，准到让人感到恐惧，感到窒息。

　　剪刀组和尾巴组，落入这种人的手里，后果远比郑屠和滕逊更可怕。

　　但严笑如又自诩"人道主义"，因为他给了女孩一个星期的时间来考虑自己的提议。期限过后，南蕙就要做决定，是全力以赴帮助他完成伟大的计划，还是让陈

琛知道真相。他也设想过南蕙可能鱼死网破的挣扎，将
剪刀组的存在公诸于众——但如此一来，陈琛终究还是
会知道的，那样对南蕙全无好处，还会落得自己在这所
学校混不下去。

她只能二选一。

通过电话之后的星期一，南蕙就看到了严笑如起草
的那份计划文案，尽是疯狂的念头，有可操作性，但还
是疯狂无比：通过本校的剪刀组模式，对外推广，并有
偿地提供 438 药水，逐步在本区、本市形成一个庞大的
学生私人通信信息网。"一个月内普及全区，三个月内
遍布市北，半年内影响全市"——当然，这还只是针对
重点高中，之后再轮到普通中学，接着就是初中。

如果有必要，推广到全国，也不过是五年内的事罢
了。严笑如甚至讲出这样的话。

南蕙觉得，这个人脑子里的疯狂念头每秒钟都在呈
几何级数地增长。当然，这份计划还没有向上呈报，尚
需内部讨论和润色。有些想法，比如家长想要查看学生
在学校收到的私人信件，必须向校方付费阅读，连严笑
如自己都觉得需要商榷和修改。但他脑子里的进程表已
经开动，两天后，这份报告就会上送，到了下周，就会
邀请周边几所高中的领导来现场观摩剪刀组的操作工
序，领略 438 药水的神奇之处。

严笑如看着南蕙阅读那份计划时的苍白脸色，讲：
"我其实不明白，你对这个想法有什么好抵触的，剪刀

组我们在用，别人为什么就不能用？"

南蕙说："但别人不会靠这个来赚钱，或者争取什么话语权和特殊地位。"

严笑如说："438 的成本你可能不知道吧？上面每个月要拨多少钱来买原材料你也不知道吧？还不算以前滕逊偷偷中饱私囊的那部分款项。"

滕逊克扣制作费，南蕙倒是吃了一小惊，但随即释然，反问："那要是那些学校不光用它来查学生，还查老师呢？"

历史老师轻易回应："他们怎么用是他们的事，枪用来杀坏人的同时误伤一些好人，造枪的人可管不了那么多。"

高一女生辩驳不过他。

严笑如不忘给她敲警钟："这件事情，你好好考虑，不急，周末我再听答复。"

说是不急，其实是在慢慢勒紧脖子上的绳索。

两人这番对话是趁着剪刀办公室没其他人的时候进行的，马超麟和小唯看不到那份计划，也算证明了笑面虎对她的器重和仰仗。其他人都在的时候，严笑如闭口不谈此事，还是照旧监督日常检查工作。只不过，调整了一项小政策，就是对借读生的信件不再予以检查，或者即便检查也不进行内容摘录，除非有罪大恶极的行为迹象，比如杀人放火。借读生是这几年刚开始的趋势，非本校学籍的学生，出一笔择校费，就可以进来就读，当然，私底下塞了多少钱，不得而知。对马超麟这种顽固的精英分子而言，借读生就是不好好学习的代名词，除了给学校添钱和添乱，几乎一无是处。他巴不得在每个借读生的信件里都发现罪大恶极的行为，然后全部开掉。如今借读生的信忽然都有了豁免权，让他郁闷得要死。

严笑如表面上的理由是，借读生的高考成绩和大学升学率不计入本校正式数据，任由他们自生自灭去，其实呢，全因为这群借读生里面，不少父母都是官商两界的人物，擅自去碰，可能会有麻烦，影响到他的伟大（疯狂）计划。比如光南蕙知道的几个借读生，父母的单位就有国土局、税务局、部队、大学招生办、报社、电视台、派出所、钢铁集团，甚至还有市教委领导的子女。当然，这里面最出名的，要算高二年级的级花，（8）班借读生苏娜。这姑娘天生一副明星像，要身材要相貌要气质全都有，但要成绩要安分要人品，就一无所有了。要不是她那个当副区长的爸爸极力阻挠，苏娜可能早就南下去香港或者北上去北京，圆自己的电影明星梦了。她和陈默吟的区别就在于，陈不想惹事，苏却唯恐天下不乱，无论是有意还是无意。学校里不知道多少男生为了她在暗中争风吃醋，多少女生祈祷她晚上出门遇到强奸犯。曾有学生周末时在某大商场看到她逛街购物，打扮得花枝招展，用当事人的话来说，"简直像只鸡"。

偏偏鸡姐的爸爸身为本区副区长，分管着文化和教育事业，学校奈何不得她。严笑如调来高中部教历史课第二天，就领教到了这姑娘的厉害——早上第二节历史课时居然拿出一部大哥大手机来把玩。幸好苏娜有模特身材，个子高，坐在教室后排，历史老师趁着其他学生低头抄板书笔记，强作镇定地慢慢走过去，把那高科技玩意儿一把收走，卷在历史课本里，不让其他人发现，下课时让她放学后去办公室拿。

严笑如这么做，绝对是明智沉稳之举。苏娜的手机肯定是从家里拿来显摆的——那年头，一部大哥大，最便宜也要一两万，又不是政府机关配备的办公用品，以副区长那点公务员工资，怎么会有这东西？被人看见了，自然要质疑。何况那时候，反贪反腐正迎来高峰。这点看来，苏娜算是最早的官二代脑残炫富女之一。严笑如把这部砖头机还给她的时候，谆谆告诫说，以后别带到学校来，不然是害了你爸爸。苏大小姐不领情，板着脸把手机收进了书包，连个招呼都不打就走了。

当时苏娜和严笑如都没料到，这个小小的插曲，会改变剪刀组和尾巴组的整个发展历史。

回过头来，就是这么个没智商没觉悟没涵养的三无小姐，却引诸多校外男生竞折腰。南蕙以前读到过给她的信，都是各种赤裸裸的表白或者浓情蜜意的暧昧，什么"你让六宫粉黛无颜色"、"我愿意为你做任何事情，上刀山，下火海"，还有"我无时无刻都在想你"这种叫人笑掉牙的病句。南蕙从这些信里估计，苏小姐一直在装纯洁，玩弄这些男生于股掌之中，搞不好，他们都以为，自己是苏娜唯一的笔友。

如此看来，严笑如放弃借读生也是不得已而为之。以苏娜为例，就哪怕她是正式生，家庭背景的后台也让剪刀组和尾巴组无从下手——告诉她老爹真相又如何呢？副区长要是真能管教好自己女儿，苏娜也用不着靠出钱来进这所学校了。若是插手干预，搞不好还会在高层那里带来一些负面作用，所以不如视而不见，省去了很多麻烦。

相比之下，南蕙妈妈李副局长的教育倒还算是成功的。

陈琛父亲的事，星期三的时候，终于还是传到了李副局的耳朵里，果不其然，她当晚就敲响了南蕙的房门。那段谈话，或者官场上称为"交心"，为时很短，而且不怎么愉快。母亲的态度女儿很清楚，女儿的脾气母亲也知道，当年要她远离邓恺墨，李副局长成功了，但那时候南蕙还小。如今，她翅膀硬了，居然会说出"要是有一天你因为什么事情落马了、仕途毁了，你希望陈琛也对我敬而远之么？我在学校本来就没几个朋友，以后不想像您一样，中学同学聚会都不去参加"这些话。

言辞犀利伤人，但不是没有道理。

李副局长落败。

南蕙心里明白，自己几句话打发走了母亲，倒不是她真的多厉害，而是陈琛的父亲说到底也不过是失势而已，并非锒铛入狱名声尽毁，所以，李副局长没有巨大的动力来逼迫她。看着母亲关上房门离开的那一刻，她反倒有种同情心，那个周末里花枝招展、和无数男生搞暧昧的苏娜，她的父亲也是这样无可奈何的吧？一个收入可疑的官场父亲，一个强调精英论、把生活当政治斗争的官场母亲，说到底，培养出来的下一代，是不会正常的。苏娜这样的女孩子，是生活在谎言里，缺乏爱，理想也得不到实现的机会，才变成那样的吧？

可怜人，可恨处。

于是，陈琛这样的存在，就变得难能可贵。

可贵到，不允许任何人去破坏。

绝对不允许。

偏偏就在第二天下午的课间，她去地史政老师办公室找政治课老师，却发现陈琛也在那里，就站在严笑如办公桌边上。见她出现，两个男性都笑了，陈琛是浅浅地、自以为心有灵犀的微笑。严笑如呢，笑得那样诡异和得意，像一瓶打开盖子后挥发到空气里的毒药：小陈，听说你下棋很厉害啊，以后有机会切磋切磋？不过我只会下五子棋，哈哈。

陈琛不好意思地笑笑。后来南蕙才知道，他是严笑如新任命的历史课代表。原来的课代表只是晚收了一次作业，就被笑面虎撤职了。从此，陈琛和严笑如就会经常接触。

又是一次勒紧绳索。

南蕙在政治老师那里办完事，转过身，迎上严笑如的目光。那一刻她觉得自己的心思和软肋已经被他看穿了，陈琛在场，她的掩体支离破碎，笑面虎从女孩的眼神里能解读出来的，是牡蛎被剥去坚硬外壳后的软弱——她没有勇气面对陈琛，把剪刀小组的故事一五一十地说出来。

眼看南蕙前脚离开，严笑如把陈琛也立刻打发走了。回教室的路上，男孩追上女孩，悄声讲："票子我买好了，星期天下午一点钟，公园南门见吧？"

然后他遵循在学校里不过多接触的原则，快步超过她。南蕙看着对方消失在走廊拐角的身影，想起上个星期六的下午，她把他送到门外，略显突兀地问："你觉得，我是一个怎么样的人？"

"嗯？"

"在你眼里，我这个人，到底是什么样的？"

陈琛和南蕙认识这些年，还从来没有被问到这个问题，在他看来，这样的考验型问题似乎来得太早了，压根没想过最完美最讨巧的答案，只能实事求是："有时候有点神秘，但是，是个好人，外冷内热，很善良。"

"善良？"

"唔，学校里很多人，其实都是表面和气，背后会说坏话，做小动作，你和他们不一样，虽然……说话不饶人，但是，和你待在一起时，才觉得世界很真实吧，呵呵，差不多就这个意思。"

陈琛说这话时的表情，深刻地烙在她的脑海里。

他是真的相信，南蕙是善良的，是个好人，是真实的，是……纯洁的。

大傻瓜。

不敢说她是陈琛的全部世界，但至少应该是半个了吧？严笑如一句话，就可以让他的世界不再完整，让南蕙的那部分瞬间垮塌。那么，难能可贵的东西不复存在，即便他的心脏能承受这个消息，在精神世界里，很多东西都灰飞烟灭。

事已至此，只有让他一傻到底。

用她的黑色，保护他的白色。

南蕙停止回忆，停住脚步，回头往严笑如办公室的方向看了一眼。

那是杀机渐起的回眸。

那是发动战争的讯号。

现在，她需要武器。

3. 不能输掉的战争

同济大学除了以食堂闻名，篮球场地众多也是一个传奇，至少在当时的市区大学里算是。苏秦就喜欢在篮球场边上做交易，看似人多眼杂，其实更加大隐隐于市。今天的客人是老主顾，要一条万宝路，六盒555。他把烟都放在黑色塑料袋里，摆在脚边，看似在专心地看球，其实眼神在周围乱瞟。这个角落相对人少，比较隐蔽。大学保卫处的人最近似乎巡逻得很频繁，食堂、教学楼、宿舍楼都不安全，只有篮球场人多，鱼龙混杂，还能蒙混一下——在学校里贩卖走私外烟，在1996年可不是什么值得炫耀的事儿。

一会儿老主顾来了，穿着篮球衣，就坐在他边上，喝着矿泉水。

苏秦说："最近你们学校管得很严，以后得校外交易了。"

那个大学生把水瓶放在地上，问："现在外面好像流行抽骆驼，你这里有么？"

他点点头："圆的六点五，方的八点。"

圆，就是软壳；方，是硬壳。点，表示人民币里的元。

"下次拿两包吧。"

苏秦一般是半条起卖，但对方是老客户，不好回绝，答应了。为了混饭吃，没办法。大学生起身，提着苏秦脚边的塑料袋走人。他留下的那个矿泉水瓶子下面，压着烟钱。他伸手去取，瓶子边上却出现一双鞋，女孩子穿的那种运动鞋，耐克，看样子，不像是假货。

"鞋子不错，不像是假货啊。"他喃喃道，因为自己除了走私烟，也捎带着卖走私运动鞋，"市场价要五六百吧，不愧是官家大小姐。"

说完抬头，不出所料，是老相识。

"你到底还是找来了……"他看看南蕙身后的陈默吟，眼神里没有责备的意思。这个初中女生，是南蕙唯一能找到他的线索。但他很奇怪，凭南蕙的聪明才智，若真要找他，早就该找到了，怎么会现在才出现。

南蕙说："学校保卫处的老师好像快巡逻过来了，换个地方说吧。"

苏秦笑笑，陈默吟神色紧张地朝他点点头，证明了南蕙所言不虚，但他似乎不为所动："他们抓住我，你不就为那个地理老师报仇了么？"

南蕙说："我不是为了龙虾的事来的。"

男孩扬扬眉毛："哦？那是为什么？"

南蕙说："找你买烟呵。"

他哈哈笑出声："无奇不有，你买烟？拿来点烟火玩儿么？"

南蕙说："货款订金一千块，卖不卖？"

苏秦停止笑，看着对方的表情，不像是开玩笑。

他冥冥中有了预感："你买什么牌子的烟？"

答曰："一只老虎。"

苏秦其实并没有搬走，或者确切地说，没有搬出那

栋楼。龙虾出事、南蕙来找他的前后几天，他只不过是
付了一小笔钱，和房间对门的那对大学生情侣换了房
间，借口是怕自己甩掉的女朋友找上门来。等南蕙来找
他之后，确定没问题了，他再对调回来。

房间里的布置和以前差不多，只是，原本那几支气
步枪都不见了。

苏秦点上一支烟："当初我和邓恺墨有协议，帮他
做完几件事，就两不相欠，龙虾是最后一件，协议一终
结，他就把气枪拿走了，本来就是他借给我的——所
以，我现在帮不了你什么，除非让我拿菜刀去。"

坐在沙发上的南蕙没说话。屋子里就他们两个人。

苏秦继续吞云吐雾："龙虾的事儿，我很抱歉，但
我欠邓恺墨的，就一定要还，男人言出必行。你要是觉
得不能饶了我……"说着他举起烟头，"在我身上随便
挑个地方，任你烫。"

高中女生终于开口："我说了，我不追究那件事，
我为了那个人而来。"

"那么，你能搞到气枪？"

"我不想用暴力。"

"哇哦，用外交部的那种严正抗议？"

"我想用，陈默吟。"

他怀疑自己的听力："你说什么？"

"陈默吟，她是严笑如唯一的软肋。"

苏秦忘记抖落烟灰："我不明白你的意思……"

南蕙说："出于某种历史的原因，只有陈默吟，可以诱导严笑如犯下某些错误，非常巨大的错误，甚至会致命——只要拿到证据，笑面虎要么身败名裂，要么就只能永远离开这里。"

男孩似乎预感到了什么："这种错误，不会是要光着身子的吧？"

她知道陈默吟在苏秦心中的地位："当然不会，只是一个拥抱，一段对话的录音，点到为止。"

对方看着那段香烟燃烧，没有去吸的欲望："我……我觉得这样不对，你不应该拿她当诱饵，陈默吟和你们这个邪恶小组没有任何关系，不该牵扯进来。"

"你错了，从她认识严笑如那一刻开始，她就已经被牵扯进来了，严笑如罪恶有多大，陈默吟就会牵扯得有多深——有的人生来就注定麻烦不断，比如你，比如我，比如她——何况，她基本上已经答应我了。"

苏秦眯起眼睛，不可置信："你他妈……是怎么做到的？"

南蕙双手十指交叠在一起，放在嘴唇边上，讲："和所有的战争贩子一样，卖给她一个愿意为之战斗的'真相'……"

"那个女孩，死的时候，只有高二，"南蕙语气沉重，"并且已经怀孕。"

坐在她对面的陈默吟瞳孔微微缩小，是震惊的体现。

　　初中部附近的咖啡馆，物价不菲，普通人很少愿意进来消费，所以生意冷清。陈默吟能来，也是靠着南蕙出血请客。她是在初中部放学后截到学妹的。两个中学女生作为客人比较少见，但没有引起太多好奇的目光。陈默吟本就打扮得相对成熟，单从装束上看，甚至会给人错觉，以为她的年龄比南蕙还要大一点。但，两人眉角之间气度和镇定的差异，还是能泄露真相。

　　早熟的女孩终于发问："这真的……真的是严老师做的？"

　　南蕙重新说了一遍自己严格推敲过的"真相"细节：严笑如在调来本校之前，就是在那个自杀女孩念书的D高中里任教，为期虽然很短，大概才半年不到，但的的确确就教过他们班。严笑如调来本校高中部后，还和女孩保持着书信来往，言语暧昧，无知少女落入情网，最终偷吃了禁果。师生恋，在这个年代是教育界最大的禁忌之一，更何况牵扯到肉体关系。女孩怀孕后，严笑如却要求她堕胎，并分手。女孩感到受骗上当，万念俱灰，连遗书都没写就自杀身亡了。但一开始大家都没找到那些暗中往来的信件，所以严笑如没有被发现，逃脱了制裁。

　　"天网恢恢，前不久，终于在搬家时，发现了一封女孩没有销毁的情书，"南蕙从书包里拿出一封信，交给陈默吟，"里面的字迹，和严老师的相似度很高，但还是无法作为证据——因为这还不能算刑事案件，女孩已逝，死无对证。"

"你是怎么拿到这些的？"

"机缘巧合，我认识了那个女孩的亲戚。"南蕙回答，并且看着陈默吟阅读那封信。那当然是伪造的，模仿严笑如的笔迹写下来。信纸是她专门淘来的前几年流行的款式，用水稀释过的英雄墨水写在上面，放在阳光下暴晒二十个小时，反复折叠，再用沙土轻轻搓过。信封和旧邮票也是如此炮制，就是伪造邮戳麻烦了点，每一根线条都需要用黑色水笔用力地勾描出来，决不能出丝毫差错，难度简直堪比造伪钞了。

而在真实世界里，南蕙看过龙虾给她的部分情书原件，那上面肯定不是严笑如的笔迹。她只是借鉴了里面的内容，做了适当修改。

"严笑如当过你班主任，他的笔迹，你多多少少能认出来吧？"其实她知道，陈默吟不精于此道，很好骗，"他的执教记录，也是有案可查，邓恺墨帮我确认过。"

"邓学长……也知道这事？"她睁大漂亮的眼睛。

南蕙点点头："他的爷爷本来很信任严笑如，谁知道，严笑如是这么一个禽兽，假如老校长还活着，肯定要被活活气死。邓学长马上要高考，所以不能出面，就让我来处理。"

邓恺墨这张牌，是争取陈默吟合作的有力要素。且不说陈默吟当年对邓恺墨的好感，何况后来在她离家出走时还帮过她。

但这些还不够。

"为什么不告诉学校呢？"

南蕙早有准备："还是那句话，没有直接证据，派出所不会管，学校也没渠道来调查。就算传得全校皆知，又能如何？严笑如不会有任何损失或付出代价，死无对证的事情，只能依靠非常规的手段。"

"可是，没有直接证据，也不能肯定地说就是严老师做的呵？"

高中女生没有立刻回答，不是因为词穷，而是在"踌躇"要不要拿出最终证据。

"严老师在初中部的时候，是不是对你特别照顾？"

陈默吟点点头："对，但是……"

南蕙摆摆手阻止她说下去，像是下定了决心，从书包里拿出最后一张牌，那个女孩的照片，原来摆在龙虾家里的那种照片，递给了陈默吟。

女孩怔住。

"是不是很像？"南蕙问。

长时间沉默。

其实第一次在龙虾家里看到那个可怜女孩的照片时，南蕙就隐隐觉得眼熟，后来一想，才反应过来，居然和陈默吟有七分相似，尤其是上半张脸。她忘记在哪个杂志上看过，科学家研究表明，看两个人长相是否相似，主要看嘴巴以上的部分。

真是天要亡严笑如，这么巧的事，给南蕙碰上了。

觉得时机成熟，南蕙打破沉默："我知道，严笑如这么照顾你，是因为他和你妈妈以前是老同学，或者说，当年差点结合——你先别问我怎么知道这段历史的——你和你妈妈长得很像，这个女孩和你长得很像，在严笑如看来，会是什么样的感觉？况且那时候，他还没来我们学校，没遇到你，也没和你妈妈重新取得联系，于是，这个女孩，就成了他的，替代品。"

其实，你也是他的替代品，甚至，超过了原版，你的母亲……

她察觉到，初中女生的肩膀在微微颤抖。

是世界观在慢慢垮塌的震颤么？

"时间，地点，动机，笔迹——还需要更多证据么？"

陈默吟还是没说话。

"出了那样的事，不是你和你妈妈的责任，但你可以出面，去惩罚他，去挽救今后可能出现的更糟糕的局面。主动权，在你手里。"

高中女生点到为止。

*给她点时间，她会动摇的。*南蕙想。严笑如在陈默吟原本的世界里，是一个很照顾她的长者形象，是她母亲的老同学老朋友，老相好。阿健出事之后，严笑如可能也是出于一种愧疚，稍微放松了对陈默吟的控制。所以在他调任初中部学生处之后，陈默吟干出一些出格的

事，比如化妆、放学后不回家，甚至偶尔逃夜，严笑如
都是眼开眼闭，没有细细追究。现在他来高中部工作，
沉迷于自己的疯狂计划，对陈默吟的控制就更少了。

但，情愫这种东西，是不会轻易消失的。更何况，
他的精神世界里，同时背负着陈家母女两人的感情积
淀。所谓软肋，就是即便包裹了坚硬的铠甲，一旦露出
一条小缝，也会成为致命要害的地方。

陈默吟盯着那张照片看了许久，南蕙则耐心地等
待，直到服务生过来给菊花茶壶里添了开水，又过了两
分钟，陈默吟才开口：

"你要我做些什么？"

南蕙拿起茶杯，喝了口热茶；"每个人都要为自己
做的错事付出代价，我们不是法官，只想要他亲口承认
自己犯下的错误，并且离开这里，永远消失。我想请你
帮我做两件事情：一，周六下午打电话约严笑如出来，
带他去一个地方，给他一个拥抱，说几句我事先准备的
台词；二，带我去见苏秦，现在。"

苏秦抖落第十支香烟的烟灰，屋子里烟雾缭绕，但
南蕙并没想去开窗。

"我猜，你是想让陈默吟把严笑如带到我这里
来吧？"

南蕙看了眼房间里的老式衣橱："以前住这里的时
候，我就发现这个衣橱的门板有几个小洞，人藏在里面

的话，不会闷死，也能悄悄往外看，从里面突然冲出来拍照片，很合适。"

苏秦说："太好了，你不但惦记着陈默吟，还惦记着我的屋子，惦记着我的照相机，不如我的命你也顺便拿走吧。"

南蕙说："我的确需要你帮我拍下照片，他们拥抱在一起的照片，然后我们就出现，让演出结束——你所有的付出都会有补偿，我说过给你一千定金，结束之后，还有一千。"

苏秦吹了声口哨。

这是南蕙这些年来从压岁钱、零用钱里积攒下来的，是她的全部财产。

"两千大洋，的确够我远走高飞，去别的地方开始新生活的，但，你觉得用钱就能买来一切？真是官家大小姐的思维。"

"当然不止这些。"南蕙讲，"我知道你一定很好奇陈默吟和严笑如到底有什么样的过去。"

他不得不承认："我一直没告诉她我有多恨那个男人，她好像也有很多事情不愿意告诉我。"

南蕙说："每个人都有过去，更重要的是，未来怎么办——不过等事情结束，我拿到了我想要的东西，就会告诉你你想知道的。"

苏秦掐灭香烟，把第十一支放进嘴里，但没点火："你必须保证这不是色情陷阱。"

"你同意了？"

"事情结束后，我就要离开这里——这个地方的罪孽太多，每个人的所作所为都足够下地狱了，严笑如，邓恺墨，还有你……"

"不带陈默吟一起走？"

"她下个月才十六岁，你以为我会拐骗幼女？"

南蕙默然。是啊，眼下这重负使命的女孩，只有十六岁不到。可是当年她自己被最相信的老师委以重托，去监视同桌，不也十六岁不到么。

生来注定会被卷进麻烦，太漂亮的人，或者太聪明的人。

苏秦说："我这几年打工有一点积蓄，剩下的一千块，你给她吧，或者替她存着也好。"

留钱给陈默吟，这让她想起已死的阿健。

南蕙起身，打算告辞："等我电话。"

苏秦忽然道："我很好奇，你在剪刀组里和严笑如的矛盾，至于用这样的手段来解决么？还是说，里面另有隐情？"

女孩对真相无可奉告："这和剪刀组无关，纯粹是我和他两个人之间的战争，不能输掉的战争。"

苏秦没有起身送客，自顾自点着了香烟。

带上房门，面对幽暗的走廊，想象着两天之后，猎物严笑如即将从这里走向他的覆灭命运，南蕙莫名地有一种寒意，不是害怕报应，而是害怕计划失败。

当初她去龙虾家里借照片的时候，卧床的地理老师就问她要拿来干什么？南蕙说搞垮敌人。龙虾似有所悟，但未细问，只讲，你确定你知道自己在干什么？南蕙明白，如果说出计划，龙虾必然会阻止她。南蕙说："我连下地狱的准备都做好了，想要阻止一个疯狂的敌人，必须把自己变得更加疯狂，但只此一次，下不为例。"

龙虾在她眼里看到殉道者般的狂热和坚毅："会伤害到别人么？"

她笑笑，讲："不会，我下地狱，是为了别人能够远离地狱。"

后来的事情表明，南蕙当时大错特错。

4. 手势 ══════════

有些事情，你觉得它是对的，那它就是对的；如果你怀疑它是错误的，那你就可能输掉正在进行的一场战争。你想赢吗？那就不要自我怀疑。

这是当年严笑如谆谆教诲她的原话。

现在，这句话激励着她，不择手段，达到崇高的目标。

执行计划的前一天，星期五，一切看上去水面无痕，无论是表面的校园生活还是剪刀小组的运作。

苏月宁像是知道了南蕙的黑色计划一样，为了让她下定决心一条道走到黑，寄给陈琛的信也是这天到的，并且是最后一封，至少她是这么宣称的。信的内容当然不是她在剪刀组看到的，陈琛不在信件检查的黑名单里——是中午的时候陈琛亲自交给她审阅的。当时两个人都在图书馆里，看似在找书，实则是接头说事儿。

南蕙不可能在那样的情况下精读，再说看得太仔细，只会给人感觉太计较这件事，只能粗粗一目十行地浏览，捕捉最重要的字句：

本来以为距离会产生美感，原来并非如此，遥远的思念抵不过你说的相濡以沫……

既然这样，那么我以后就不给你写信了……大字报的事情你说就告诉了我，谢谢你的信任，我一定会为你保密，可惜那部在写的小说，不能给你看了。

祝你们两个幸福……

假如放在平时，南蕙肯定会想我和陈琛几时"相濡以沫"了？而且这个词怎么听着感觉浑身都是口水呢？但现在她根本没心思去细究陈琛说的这个词藻。她把信折好交还给男生，讲："以后我不再看你的信了，我相信你。"

陈琛憨憨一笑："以后估计也不会有谁给我写信了。"

南蕙半真半假地随便一说："也许有一天我会呢。"

陈琛怔怔，还在揣测这话什么意思，女孩已经催他赶紧走人，叫人看到不太好。但为时已晚，两个人刚走到这排书架的尽头，熟悉的身影已经站在了出去的必经之路上。

"严老师……"

陈琛颇为紧张，没想到在这里遇到任课老师。他的第一反应就是如何解释和南蕙也在这里，但历史老师已经先开口了："真巧啊，这里遇到你们，来借书吗？"

陈琛赶紧点头说："是啊是啊，正好碰到南班长，就聊了几句……"

南蕙却毫无惧色，至少，她惧的不是现在这个情形。

严笑如看着两人空空如也的双手："没找到什么好书？"

男生大窘，支支吾吾："是的……"

严笑如眼神里满是老猫戏弄老鼠般的得意，说："那正好，不如跟我去休息室下两盘棋吧。"陈琛像得救般点头称善，屁颠屁颠地就跟着严笑如走了，还不忘偷偷回头看南蕙一眼。南蕙哪里顾得上他的眼色，注意力都在严笑如交叉背在背后的那双手上——叠在最外面的那只左手，食指和中指是笔直的，正好是一个"二"的手势。

这是在提醒她，距离给出答复的最后期限，还有两天。

所以，现在他和陈琛去下棋，是不会跟男生说什么天机真相的。

但两天后……

独自留在原地的女生咬咬嘴唇，脸色如霜。

就在来图书馆之前，她没吃午饭，专门去学校附近的小卖部给苏秦打过电话，确认了明天的一些细节。电话那头的还有逃课的陈默吟。苏秦听完电话，把话筒递给女孩。陈默吟的声音听起来疲倦而紧张，似乎昨晚没有睡好。

"昨晚没休息好?"

"嗯……学姐，我总觉得……"

"觉得什么?"

"这样做是不是不太好?"

在她预料之中的犹豫和踌躇。

陈默吟如果不合作，那一切就都完了。

"我这里有一些秘密，等事情办完了，会告诉你。"

"秘密?"

南蕙吸了一口气，才讲："关于阿健的秘密——不要对任何人讲，包括在你边上的苏秦。"

她终于还是打出了这张牌。

现在也只有这张牌最好用了。

挂了电话，南蕙感到整个人都无力和虚脱。她靠在小卖部的门框边上，让自己恢复正常神态。从想出这个计划开始，她就一直避免自己打出这张牌，只想让陈默吟感觉自己是正义的执行者，而不是整件事情的受害者。不同的身份，自然对女孩的伤害也不同。她本来想以最小的代价换取最大的胜利，但理智和经验告诉她，光是给陈默吟打"伸张正义"的鸡血是不够的，可能最后还是要用阿健的事情来诱惑她、怂恿她。果不其然，在电话里，她还是把潘多拉的盒子解开了一条细小的缝隙。假如当初不择手段的滕逊和郑屠在场，可能也会禁不住为她刚才的无底线行为鼓掌喝彩，并且祝贺说"原来你也有今天啊"。

那时的她，分外厌恶自己。

然而此时此刻，在学校图书馆，陈琛跟着严笑如前脚一走，就像抽走了她周围的空气。是的，空气。她以前没觉得，这个男孩是多么珍贵，就是一个很熟悉的出气包而已。现在快要失去了，才明白过来，他已经在自己的生命中像氧气一样，看不见，摸不到，却无比珍贵。

假如自己不反击，那么，刚才就可能是她和陈琛最后一次"纯洁美好"的对话了。

所以，她在电话里做的选择是正确的。

严笑如这样的敌人，只能用那样的手段来对付。

箭在弦上，不得不发。

胜败生死，就看明日。

5. 豺狼的日子 ══════

倘若不是要发生重大转折，这个星期六真是平静得出奇。就像要是没有山本五十六和那群日本鱼雷机飞行员，珍珠港里的年轻美国水兵都能在 1941 年 12 月初的某个星期天睡个舒舒服服的大懒觉，历史也会在慵懒和鼾声中忘记这一天。

五十年后的十二月初这个星期天，严笑如早上八点半就起来了，教师生涯已经让他养成了早醒的习惯。在接下来的六个小时里，跑步，吃早饭，听广播，看书，午饭，写了一会儿剪刀组的最新计划，午睡，安排得井然有序。他教历史，不是主课，没办法开班给学生补习来赚外快。他也不喜欢旅游，当年在外地读大学的时候他已经用各种机会走了不少地方。他没有配偶和伴侣，只有身体不太好的老母亲相依为命，尽管母亲经常催他说年纪不小了应该去恋爱、谈婚论嫁。他不去电影院，不爱逛大街，不爱体育运动，写写字、看看官场小说和古代宫廷斗争的书籍，就是最大的爱好。

行踪很好揣测。

下午三点钟，一个电话打到了严笑如家里。十分钟后，他出了门。严笑如出门前没有表现得很匆忙，但严母知道，儿子自从当初学生自杀事件受影响、调来现在这所学校后，就像变了个人，喜怒不形于色了，就追问他干什么去。严笑如说学校里有点事，也没说回不回来吃饭。但根据以往的情况，他周末总是会在家陪老母亲吃晚饭的，所以严母没有再多问。她目送儿子离开，又移步到窗边，看着他在楼下的车库里取了自行车出来，翻身上车，但似乎有些心不在焉，差点和一个正往这边骑来的路人撞了下。严笑如点点头道声歉，继续用力蹬着车子向小区大门骑去。

儿子心里一定有什么事。这是严母当时的想法。

心不在焉的严笑如一路有如神助，安然无恙地抵达了电话里陈默吟跟他说的小区，就在同济大学南门的斜对面。那个门牌号虽然在后面几排，但还算好找。他胯下的那辆城市山地车是一个月前刚买的，闪亮如新，平时除了后车轮的固定锁，还要一把环形锁和一把 U 形锁保驾护航。但现在他只锁了后轮和环形锁。

陈默吟在电话里的声音那叫一个幽怨哀痛，问她发生了什么，回答得很含糊，只断断续续地说被骗了，心里好难受，想要离开这个地方云云。那种欲哭无泪的少女之声，成了最有力的火警警铃。骑来的一路上，严笑如脑海里除了红绿灯和前方待超的骑车人，就尽是阿健死后，陈默吟在初中部日渐消沉的种种——他不是没有出面劝慰过她，但没有用，这不是在拍美国好莱坞的青少年励志题材电影，这是应试教育体制下的中国。学校需要的学生是安心、静心、听话、勤勉的那种，非此族类，其心必异，学校只希望他们不要惹是生非，影响声誉和生源，其他的，就管不了那么多了。老师也是人类，精力时间有限。即便是严笑如这样和陈默吟、陈默吟的家庭有着千丝万缕联系的人，平时在学校里也有乱七八糟千头万绪的琐碎事务，牵绊住了他的双手双脚。而女孩本身呢，也像脱缰的小野马，越来越不好控制。逆反期，青春期，躁动期……放学后不立刻回家，周末也不常待在家里，有学生举报说在她课桌里发现半包香烟，还有口红和眉笔……严笑如在初中部学生处几乎是用尽了办法，才让陈默吟不至于拿到严重警告或者被开除。但他知道，这个女孩二十岁前后的人生轨迹基本上是定了，尤其是当陈默吟父亲在戒毒所里病死的消息传来后，他更加肯定了，她只能考进职校，和一群狐朋狗友混在一起，找个不靠谱的工作，搞不好还要未婚先孕……

严笑如有种回天乏术的感觉，面对这个自甘堕落的陈默吟。她永远也不可能成为他心目中理想的女性：文静，美丽，本科学历，品位高雅，爱看书，会弹琴，处女……就像若干年前，陈默吟的母亲从一个看黑格尔的女学生变成今天离婚又结婚、在菜市场为了一斤西红柿讨价还价的家庭主妇那样。

他改变不了这对母女。

也因为这个原因，当他奉命调往高中部的剪刀组之后，才会把精力和野心投入在更大的计划上。他没有放弃陈默吟，他只是下意识地回避她，她的存在，她的美好，她的堕落。仿佛发展剪刀组才是他最可靠的人生使命。

但现在，陈默吟有事，他绝对不会置若罔闻。

他要把她救出来，从生活最阴暗最底部的地方。

南蕙此刻就躺在最阴暗最底部的地方。

苏秦住的地方就这么小，一室一厅。诱饵是陈默吟，负责拍照苏秦躲在卧室的衣橱里，主谋南蕙藏在哪里？也在衣橱？不行，对两个人来说太狭小了，况且她有一点点幽闭空间恐惧症。不在场？她又不愿意，她也是猎手，猎手不能不在场，况且直到严笑如上楼来敲门的前一分钟，她都必须在陈默吟身边，稳住她，给她打气。

好莱坞惊险动作片的老桥段，床底。

狗血，但管用。

苏秦事先把那张床下的东西都清空出来，地上铺了足足两层《新民晚报》，让南蕙放心"绝对够干净"。但此刻面对那老旧发霉、悬挂着丝丝灰尘的床板底部，南蕙觉得环境条件和"干净"二字相差十万八千里。好在她早有准备，戴了口罩，既能防止灰尘，也能让自己的呼吸声变得很轻。

"记得，一定要把他引到房间里来。"南蕙叮嘱美丽的诱饵，"拥抱的时候，你们要侧对着窗户，采光好，光线明亮，让他的脸正对衣橱，切记切记。"

陈默吟虽然曾经痴心妄想考上戏中戏的表演专业，

但真的要临上阵了，还是这样惊悚劲爆的戏份，不免紧张。之前她在电话里的表现，就已经有些僵硬和凌乱，但还好，因为角色本身就需要那种感觉，现在马上要面对面来真格的，南蕙都能感觉到女孩的手在微微颤抖。

"我一直记得要告诉你真相的，这个约定不会变。"她只能这样打气。有那么一刻，她看着学妹的眼睛，觉得自己既疯狂又愚蠢，冒这么大的风险，想出这样的主意来对抗老师的权威，一旦搞砸，玉石俱焚，她，陈默吟，苏秦，还有，上帝保佑，陈琛，全部都会万劫不复。

"阿健死之前，我和他在一起。"南蕙看着她的眼睛，说，"你今天所做的一切，都会有所回报。"

敲门声忽然响起，不是严笑如，而是在外面楼梯口的窗边望风的苏秦，但这意味着他已经看到严笑如从小区门口进来了。苏秦走进衣橱，关上门，一只眼睛正对洞眼，像个老练的射手那般放慢呼吸，手里的照相机已经调好了近焦，随时准备冲出去抓拍猎物；南蕙则俯身，弯腰，钻进，平躺，外面围着两个空纸箱。

所有的人都各就各位。

敲门声第二次响起。
南蕙几乎可以听到自己的心跳声。
她开门，打招呼，他进屋，问："怎么回事，怎么会在这里?"

"这是我一个朋友租的房子,您……进来说吧。"

"好。"

关门声,脚步声。

南蕙轻轻把脸转向右侧,生怕连眼睫毛挥动的声音都会惊到"客人"。她看到陈默吟的鞋子,还有严笑如的鞋子。历史老师显然来得匆忙,右脚裤脚管也没卷起,末端沾着不少黑色的自行车润滑油。她忽然很害怕,不是怕这么做的后果,而是怕自己现在放个屁怎么办?陈默吟会反应快速地说是自己放的么?还有衣橱里的苏秦,他要是放屁呢?或者打了个喷嚏?要是他冲出去抓拍的那一瞬间,陈默吟没有抱紧严笑如,被他挣脱了呢?或者苏秦太紧张,关键时刻没有拍好照片呢?再或者,照相机里忘记放交卷了?柯达胶卷,是她亲自放的,还是苏秦放的?她现在居然想不起来了!可恶!该死!

"到底出什么事了?"严笑如的声音把南蕙从强迫症崩溃的边缘拉了回来。

老师,我错了……

南蕙在心里默念,这是她早就给陈默吟想好的台词。

"老师,我错了……"尽管古文和英文背诵水平不太好,但陈默吟起码没有忘记开头。

严笑如没有说话,这也在意料之中,但他一定是一头雾水的，用询问的目光看着女孩。接下去，陈默吟就该说："我知道我以前让你失望了，我现在好后悔……"接下去就是失足少女吐苦水，比如被女混混欺负，被男混混骗色，和家里的继父吵架，各种不顺心，考不上高中又不想念中专职校，想南下打工又舍不得母亲，知道人生路漫漫但不知道哪条路上没地雷。

最后，要泪流满面楚楚可怜地说："您能不能抱抱我……"

然后，衣橱里的苏秦冲出来，电光火石之间，"咔嚓、咔嚓"，快门闪动，大功告成。

陈默吟临场发挥，把第二句台词的顺序重组了一下：

"我很后悔，我知道以前让您失望了……"

严笑如忽然走上前一步，说："默吟，你稍等片刻。"女孩的台词被他生生掐断，不知如何反应，南蕙也不知道怎么了，因为陈默吟刚才的发挥还算稳定，没什么破绽。

紧接着，她就看到挡在自己外面的一个空纸箱被拉了出去，更多的光线照了进来，像是忽然被照相机闪光灯给包围了。

显然，今天是属于豺狼的日子，并不适合狩猎。

严笑如的半张脸出现在床沿下方，他眯着眼睛，宛如微笑，那是笑面虎再著名不过的招牌表情，只是当年他班上的人都知道，这一笑，不会有什么好事。

现在也一样。

"在地上躺这么久，应该很冷吧？南蕙？"严笑如关心地问道，"不如出来晒晒太阳——默吟，这房间里霉味太重，你们把什么东西藏在衣橱里了？"

然后他起身，对着表情僵硬的诱饵说道："让苏秦出来吧，那里面空气一定也很差。"

6. 捕虎 ══════════

多数情况下，被人从床底抓出来的是三种人：逃犯、俘虏、奸夫。但南蕙此刻比那三种人更觉得屈辱和挫败。她明明是潜伏着的猎人，现在却在众目睽睽之下反被猎物给一口叼了出来。

从床底爬出，站起，海拔落差的变化对南蕙的大脑供血产生了暂时的影响，有些头晕，但神智却异常清醒。此前她想到过无数种可能出现的突发情况，唯独没有现在这样。可这并不妨碍她的大脑快速运转。

苏秦刚从衣橱里走出来，还没舒展一下四肢，南蕙就问他："为什么出卖我？"

严笑如扬扬眉毛："你就这么确定是他？"

南蕙摘下口罩："这个计划只有我们三个人知道，我不会说，默吟应该也不会，只有可能是苏秦。"

被认定是叛徒内奸的男孩把手里的相机放在就近的

桌子上，慢慢转向南蕙，像是做好了被唾弃和责骂的准备，讲："我只是不想你利用她。"

那个"她"，陈默吟，刚才因为演戏慌张本就脸色通红，此时又变得苍白，不知道如何回答。但苏秦也不想她有什么回应，说："你一开始就不应该把她牵扯进来。"

心知回天无力的南蕙已经没有骂他的力气，只觉得灵魂萎缩了一大半，支撑着自己躯体的不知道是什么东西："你毁了我最后的机会。"

苏秦说："是啊，我当初在小巷救下你的时候，没想到你会这么不择手段。"

南蕙说："我完完全全信任你，也信任默吟，我还打算给你……"

苏秦说："给我钱，so what？钱比人还重要？"

南蕙回避这个责问："你是昨天通知他的吧？你怎么会有他的电话号……哦，我懂了，是邓恺墨。"

对方没说话，算是默认。南蕙的这位学生会前辈是严笑如的坚定支持者，只因为他的爷爷当初对严老师青眼有加。苏秦只要跟他说需要联系笑面虎、帮他免于掉入万劫不复的陷阱，邓恺墨甚至愿意把自己家的保险柜钥匙交给苏秦。

严笑如呢，将计就计，亲自来会会设下陷阱的猎人，在关键时刻，嘲笑她的落败。

轮到严笑如插话进来："苏秦打电话给我的时候，

我还不敢相信自己的耳朵——你居然会跟我们学校头号离家出走的风云人物混在一起，你前阵子离家出走，就是住在他这里的吧？我更没想到，你居然会把小默拉进这趟浑水——我对你寄予希望，给你特权，你却打算用这么下三滥的手段对付我，南蕙，你太让我失望了。"

南蕙觉得他似乎忘记了拿陈琛要挟自己的细节："我初二时你就让我失望了，现在，彼此彼此。"

陈默吟终于在一头雾水里发问了："学姐，你们在说些什么……"

严笑如打断她："小默，你被他们利用来陷害我，老师不怪你，无论你做出什么违纪的事，老师都知道你其实一直很单纯——这样，你先出去一下吧，我和他们俩说点事。"

南蕙知道他这是要支开初中女生，不想让她知道更多内幕。但还没等剪刀组成员开口阻拦，却有人发话了："小默你别走，这里缺不了你。"

三个人同时朝男孩看去。

严笑如双眼笑意依旧，但嘴角微颤："你想干什么？"

这也是另外两个女生想问的，尤其是南蕙。今天苏秦给了她太多惊喜，不愧是曾经暗度陈仓、筹谋离家出走计划很久的传奇人物。

苏秦把自己背上的双肩包取下来，拉开拉链，边伸手进去边说："南蕙，我不想你利用小默，但不意味着我就会放过这只笑面虎啊。"

话说完，黑洞洞的枪口已经对准了严笑如。南蕙认出那是一支气手枪，不像是运动型的，看外形和部分构造，应该是苏秦找人改装过的。看来，当初邓恺墨收走他的全部装备时，光顾着气步枪，漏下了这支手枪型号。

"你打算用这支玩具枪干吗？杀了我？"

苏秦没说话，手腕一转，对着刚才藏身的衣橱门开了一枪，枪声很小，倒是子弹钻进木板的碎裂声听起来像是有根大象的腿骨被折断了。

苏秦又把枪口调转向历史老师："仿美国秃鹰，近距离可以打穿三四厘米厚的木板，改造这枪的人现在在劳改——你可以打开橱门看看，铅铜子弹是不是已经嵌进了木板后面的砖墙里。"

严笑如终于相信了枪的威力，但不相信对方的胆魄："你真打算当场射杀你的老师？"

苏秦说："一，你不配做我老师；二，我当然没那么傻，这玩意儿只是让你不要乱动；现在，你走到窗户边，爬上去，好好欣赏一下楼下的风景。"

南蕙终于明白他想做什么，以及苏秦的完整计划："这就是你当内奸的另一个目的……"

苏秦赞许地点点头："不愧是南蕙，反应真快。"

陈默吟还没明白："什么？"

严笑如叹口气，却不想向女孩说明，南蕙充当了解说员："他，利用了我们的计划，看似向严笑如告密，其实是让他麻痹大意，这样的话，苏秦自己就能亲自……复仇。"

苏秦说："是啊，要是我自己一个人傻呵呵地打电话约他出来'谈谈'，这个老狐狸是不肯的，他知道当初对我有多'照顾'，所以对我有戒心，他只会打电话给我父母，说我终于显露行踪；但南蕙你的计划里有小默，他一定会想将计就计，跟我合伙，亲自出马当场揭穿你，然后再转手'卖'了我——我说得对不对，姓严的？"

严笑如没有回答。屋子里沉默了好半天，才由南蕙总结陈词："你疯了。"

苏秦伸出那根空闲的食指摇了摇，回敬说："利用未成年少女拍不雅照的人，没资格这么说我——再说，你难道不想让这个男人消失么？"

陈默吟也忍不住了："苏哥，你别开玩笑了……"

苏秦依旧跟房间里的每个人都保持着五步之外的距离，这样不会被轻易扑上来夺走手里的武器："我，很，认，真。"

在猎物和猎人之间数次变换角色的严笑如长出一口气："所以，你想让我跳下去？"

苏秦说："Why not？这里只有三楼，只要不是头着地，就不会死，也有可能是植物人，终生残废，或者只是骨折——这就看天意了，看老天知道你的所作所为之后，还愿不愿意救你。"

严笑如说："我拒绝。"

苏秦笑笑，却缺乏诚意："你当然会拒绝，当然，正常人都会拒绝，所以，陈默吟必须留在这里，因为，要是你不跳，我就会把一些你不想她知道的事和盘托出——尤其和她的家庭有关。"

南蕙的心脏血管宛如被人用力勒了一下。

笑面虎的脸上第一次没了笑意。

苏秦指指自己的黑眼圈："为了想出这一手，我这几天都没好好睡呢，严先生。"

7. 茄子杀手

三楼真是一个微妙的楼层，一般小偷没胆子顺着水管爬那么高，自寻短见的人跳下去呢也未必会死。它就像薛定谔定理的那只猫，充满了未知变数，而且永远就两种可能性，既保守又莫测。

在苏秦看来，这作为笑面虎的结局再适合不过了。

"外面的空气怎么样？"他站在窗户边上问道，手里还牢牢举着那支气手枪，没有丝毫松懈，"是不是心旷神怡？春风陶醉？"

严笑如此刻就像具僵尸，全身的肌肉都绷得死紧，连脸部肌肉都无法松动。他也曾经站在高楼大厦上或者大商场里对着楼下看去，楼层都比现在高得多，但当你知道下一秒就有可能自由落体时，那种感觉，自不可同日而语。但他还是有些惊异，自己刚才居然就屈从了手持枪械的冷血暴徒，动作迟缓地从房间里爬到了窗台台沿上。

屋子里的南蕙也没想到，严笑如居然会因为苏秦的那句话，就这样乖乖从命。她更想不到，苏秦竟然会知道陈默吟和严笑如的种种关联。她自己从没对任何人说过，严笑如更不可能说，所以这到底是怎么一回事？！

难道是邓恺墨？不，他也不可能知道这件事……

在南蕙的全盘计划里，根本没有暴力因素，因为有老师牵扯其中，卷入暴力只能是自寻死路。她要的是严笑如的妥协，不是肉体毁灭。他的肉体毁灭，只会注定她的人生出现黑洞。所以刚开始苏秦说出他的真实目的时，南蕙是想出面阻止的，但她还没来得及往前迈一步，苏秦原本空闲的左手从牛仔裤后口袋里一掏，又是一个黑色枪口，这次是对准了南蕙。

还有她身后诧异万分的陈默吟。

苏秦说："南蕙，别逼我；要做傻事，这里只要一个人就够了，就是我。"

南蕙看清楚新拿出来的武器看起来比气手枪更像真枪，其实是一把很普通的、小学生初中生都能在玩具店里买到的塑料手枪，俗称捷克气弹枪，弹簧动力，打完一枪要用力拉一下枪栓，且使用圆滚滚的塑料 BB 弹，有效射程不过二三十米，只要不射中眼睛，基本没有杀伤力，跟改装后的气枪真是云泥之别。

苏秦知道南蕙不是不识货的女生，补充说明："我用了自行车轮胎里的小钢珠哦。"

小钢珠的质量、飞行速度远在塑料 BB 弹之上，在三五米的距离内，这就不是玩具子弹那么简单了。南蕙识趣地没有继续前进，说："你确定你会对我开枪？"

苏秦孤身双枪指二人，潇洒威武无人敌，回敬说："如有必要，我都会朝小默开枪。"

陈默吟觉得自己就像个刚来地球的外星人，这场戏的走向已经完全超脱出了原定剧本，往十万八千里的地方飞去："这到底是怎么回事？苏哥你说严老师有什么事不想我知道？严老师？苏哥说的是不是真的？学姐，学姐？你们说话啊？！"

她拉住南蕙的衣角，南学姐却不能也不敢说话。苏秦现在几乎是疯了，但疯得很冷静，疯得很稳定，他的决胜筹码，就是严笑如和陈父的秘密，这是个包袱，是毒药，是炸弹。她现在要是说出真相，苏秦的筹码就没了，苏秦肯定会在她说完那个"说来话长"的原委之前就往她脸上来一枪。严笑如呢，估计就是死也不会愿意让陈默吟知道那些事。

万籁俱静之时，笑面虎忽然朝窗口迈出了一步，说："我知道了，我上去就是。"

不管陈默吟在此之前被南蕙忽悠洗脑灌输了对严笑如怎么样的敌意，现在事关昔日班主任的生死，是一条人命，女孩不能坐视不理，刚要去阻拦严笑如，倒是被南蕙狠命拉住了："别去，危险！"

苏秦嘴角一弯："不错啊，审时度势，顺水推舟。"

但南蕙可不这么想。严笑如爬出窗户，她拉住陈默吟，都是表现出顺从的假象，借力打力，让苏秦松懈。严笑如一个大活人蹲在窗台上，一副想不开要寻死觅活的架势，只要能耗过一段时间，附近居民楼的人不可能看不见，看见了就会叫喊，或者直接报警。苏秦愿意背负着杀人罪名走到窗边把历史老师推下去吗？她觉得不可能，苏秦也许愿意牺牲自己，背负杀人罪名，但他最想看到的，是严笑如"自取灭亡"，而不是死于他人之手——真要这么做，何必如此大费周章，怀揣一把水果刀在严笑如家楼下等着就行了。

苏秦应该是只想让严笑如自己跳下去。

*杜丘，你看，多么蓝的天啊。走过去，你可以溶化在那蓝天里。一直走，不要朝两边看……快，去吧……*①

果然，掌控主动权的男生开始说起经典电影里的台词，原本的场景是大反派让吃了迷药的男主角高仓健自己跳下大楼，好造成畏罪自杀的假象。

从这儿跳下去。昭仓不是跳下去了？唐塔也跳下去了，所以请你也跳下去吧……你倒是跳啊！怎么，你害怕了？你的腿怎么发抖了？

---

① 上世纪七十年代著名日本电影《追捕》里结尾戏的经典台词，下同。

苏秦越说越投入，每个字都背得那么熟，每个音节都说得像剧中人物，不代替陈默吟去当演员真是可惜了。其实严笑如的腿并没有发抖，而是屈膝蹲着，右手紧紧攀住向外打开的玻璃窗，左手撑着台沿，身体重心靠后，努力保持着岌岌可危的平衡感，不敢往下看。

台沿宽约二十厘米，暂时没有脚底一滑失足落下的危险。

但这种老式居民楼，楼层布局是东西向狭长形，南侧是一户户人家，北侧就是一条公共走廊和坡度平缓的楼梯，除非对面大楼的住户正好出门下楼，又正好往外面一望，否则，发现不了他。

只有靠户外的行人来发现自己。

"怎么？想拖延时间吗？"苏秦看出了对方的企图，说，"我给你十秒时间，你要是不跳，我的气手枪就会给你的大腿来上几下，那可是很疼的，你一定会站不住脚。"

话是这么说，苏秦的视线却始终没离开过屋子里面色惨白的女孩，她们才是他现在最需要担心的活物。

严笑如像是承认了自己的计谋被揭穿，说："没想到，师生一场，我们会弄成这样。"

苏秦说："别提师生二字，我是教育的失败产品，你们这些人是教育的坏齿轮，我在做好事——现在，我要开始倒计时了，十，九……"

笑面虎知道一切休矣，除纵身之外别无选择，脸上再度有了笑意，扭头对屋子里陈默吟的方向说："小默，你记住，无论他们告诉你什么，我都是为你好，我一点都不想看到你今天这个样子。"

苏秦声音粗重起来："五,四,三……"

陈默吟叫道："不要!"

苏秦咬嚼肌开始用力："二……"

严笑如的右脚往前迈出。

与此同时，南蕙行动了。

十秒钟，足够一个人默写三个中等难度的英语单词，背诵一小句文言文，写下氢氧化钠和硫酸放在一起的化学反应式，或者一个体力不咋地的女生跑完五十米测验。

十秒钟，只够南蕙的脑子里枪毙一种夺取苏秦武器、阻止严笑如跳楼的方案（例如抄起身边的东西砸向对方），最后，几乎只是出于一种本能，她闭上眼睛，伸出双手，然后从正面扑向苏秦。

男生没有骗人，的的确确扣响了左手食指下的扳机。

捷克气弹枪的"枪声"很特别，就像用一块塑料板猛砸一根金属钢管，既有塑料断裂的冷脆，又有金属振动的特色回音，只是很仓促。但对南蕙而言，这种声音以后可能会在脑海里回绕一辈子。

紧跟着金属回音的，是听到眼镜片裂开的响动。整

副眼镜在她的鼻梁上猛跳了一下，好像被打扰了春梦的
猫鼬，并朝左侧歪去。但作为回报，她的一只手已经抓
到了苏秦的左肩，另一只手终于揪住了男孩后背的衣
服。然后，她能感觉到苏秦的左手臂衣料在自己的脸颊
边滑过，对方整个身体都在扭动和摇晃，想要强烈挣脱
她的纠缠。

"陈默吟！"

南蕙喊了三个字。

初中女生终于反应过来，赶紧冲过来，想要抓住苏
秦的右手。

"你……"

苏秦没来得及说完话，就手臂一抬，气手枪高高举
起指向天花板，陈默吟无法抢夺到。但女孩情急之下也
有自己的笨办法来补救——直接矮身扑在了他怀里，把
他往客厅里推去。苏秦从未料到这两个女生会抵抗，且
一个不要命，另一个拼足了全身气力。他的力量对付两
个女生还是够的，但四肢都被缠住，发力困难，就想挣
脱左手。左肩这里正被南蕙牢牢抓住，苏秦说你快放
开。南蕙不放。苏秦知道警告未果，索性用上最后的
武器。

苏秦离家出走这段时间，不是没和人打过架。打
架，不是比武，取胜是最终目的，所以一切武林正统所
鄙夷的招数手段都可以用上，插眼，封喉，踢裆。无奈
南蕙和陈默吟无裆可踢，他无手可插封，只好用嘴，狠

狠咬下去。

正好咬在虎口上。

反正苏秦要保护的女人不是她，不必留余地。南蕙这只手，自小握毛笔，捏棋子，拿粉笔出黑板报，帮老师批改考卷，写报告，偶尔扣个气枪扳机，干的皆非力气活，连老师家长的塑料尺都不曾挨过，可谓久经娇惯，现在忽然来这么一下野路子的狼牙拳，哪里吃得住，顿时松开手。

但她根本来不及查看伤势，苏秦就用自由了的左手把她轻易推开了。

精神上再怎么强势，体质到底还是绵羊。

苏秦解决掉南蕙，正打算掰开陈默吟的双手，身体一震，然后人像断线的木偶，一下子软了下去。陈默吟觉察到他的不对劲，抬起头，见男孩目光茫然呆滞，嘴巴微张，像要说什么，唇只是蠕动，最后完全昏厥。

严笑如趁他们缠斗时，早已从窗台上弯身跳了进来。他左手拿着一台照相机，正是南蕙本来打算偷拍拥抱照片的那台。苏秦前面掏枪时把它放在了窗边的小书桌上，被严笑如顺手抄起，对着男孩的后脑勺就是一击。那是一台名牌专业相机，比轻巧的家用傻瓜相机不知道重多少倍，用力挥击要害，就是一件可怕的武器。

严笑如看着苏秦慢慢倒下，将相机扔到了床上，说："茄子。"

8. 点爆 ═══════

　　跟大部分重点高中的尖子生一样，南蕙的双眼近视都在五百度以上，故而镜片厚实，小钢珠子弹近距离射击后，右眼的镜片上，以子弹击中的那个点为中心，绽开出一朵白色的小花，花瓣尖细，边缘支离破碎，但镜片并未碎裂。

　　繁重的写作业生涯无心插柳地挽救了她的眼珠。

　　南蕙摘下眼镜，索性把坏掉的镜片整个取了下来，扔在一边，又重新戴上，仅用一只左眼看世界。

　　严笑如已经拿起了苏秦的气手枪，但那只BB弹气弹枪还在南蕙手里。他不懂枪，觉得那也是威胁，便伸出手，说："把枪给我。"南蕙摸到塑料手枪枪柄一侧的开关，退下弹夹自己留着，将手枪缓缓递过去，问："要不要报警。"

　　屋子里没有电话机，严笑如暂时还不想出这个门。苏秦的双手已经被他用一根找到的旧晾衣绳捆绑了起来，防止他醒来后继续闹事。笑面虎给绳子打结时，一只手还在微微颤抖，想来是刚才那求生一击，人太紧张，用力过猛，手掌肌肉都抽住了。

　　陈默吟跪在苏秦边上，将他扶起，背靠五斗橱，问："严老师苏哥他……要不要送医院？"

　　对方摇摇头，拉过一把椅子坐下，说："他一会儿会醒的，你退后点，他现在就是一只疯狗——去给我倒杯水吧，谢谢。"

南蕙问："你打算怎么处置他?"

严笑如说："当然是通知他父母。"

南蕙问："我呢?"

她知道自己现在是全盘失败了。

严笑如说："呵呵，问得好，他要是疯狗，你就是豹子了，南蕙，剪刀的事情，本该在学校里解决，你却犯了大忌，牵扯进了苏秦，还扯上了小默，把枪口对着老师，逼迫自杀，给老师设桃色陷阱，拍照要挟，中国几千年来的教育思维，你几乎罪不可赦……不过你把我从苏秦手里救出来，还有希望。"

她死鸭子嘴硬："我不想救你，只是不想苏秦因为你犯下重罪，不值得。"

"呵呵，说得好，你应该也不会是那种乞求宽恕的人。"

"从我加入剪刀组那天起，宽恕就和我无缘了。"

陈默吟把水杯拿了进来，严笑如接过，却没有一饮而尽，而是递给南蕙，说了句让两个女生都难以置信的话："你先喝一口。"

陈默吟说："严老师你……"

南蕙也说："你怕什么? 又不可能下药……"

严笑如打断属下的话："我不相信你。"

逃过一劫的老虎已经不敢相信任何人，这间小小的屋子里充满了阴谋诡计和陷阱。南蕙盯着他看了好一会

儿，接过杯子，连喝两口，全部咽下。严笑如这才拿回
杯子，一口气喝光。他真的是口渴极了。

陈默吟迫不及待地要继续她许久的疑问："严老师，
苏哥他刚才到底打算说什么？什么我不想知道的事？还
和我家有关？"

严笑如嘴唇紧闭。陈默吟又不好撬开他的嘴，转向
南蕙："学姐，你原来说，关于阿健的事情要告诉我，
现在还能说吗？呵？"

南蕙瞥了默不作声的历史老师一眼，对方也在看
她。说是"看"，实际意味却比这个动词要复杂得多。
凭借笑里藏刀闻名初中部的严笑如，此刻从眼神到表
情，甚至到细小的汗毛孔，都能分别表达出诧异、暗
示、阻止、恫吓、哀求这好几种信息——当然，这些东
西，也只有聪明如南蕙这样的人才能一丝不差地全盘接
收到，尽管她现在只能用左眼看清楚对方。

"学姐，学姐，你说话啊……"

南蕙也学着严笑如的风格"看"向陈默吟，这个被
他们利用来利用去的女孩，这个同时扮演着炸弹上红线
和绿线的女孩，父亲被关进戒毒所，母亲漠不关心，同
学冷眼歧视，老师动机不纯，翘课，抽烟，逃夜，但终
究成为不了街头和职校里那种彻底堕落、出口成脏、两
性随便的小太妹。

因为有一个人，为她牺牲过自己。那是无法抹杀
的刹车器，回天灵丹，冥冥中不让她彻底滑向堕落的

深渊。

南蕙说:"默吟,阿健死前,是和我在一起,他跟你们班级的袭击案没有任何关系。"

消息太意外,女孩睁大眼睛,像头受惊的小鹿,只是没有跑进茂密的树林。严笑如站了起来,却不能说什么。阿健的事情,他没资格也没立场插嘴说这是胡扯。但接下来南蕙的坦白之言就真要让他无法安坐了——

"我更想告诉你的是,你父亲进戒毒所,一部分原因就是眼前的严笑如。"

"南蕙!"

陈默吟不敢相信地看向怒喝出声的男老师,后者则抛出最大的筹码:"你不想想陈琛么?!"

高一女生不为所动:"我不想服从胁迫,我是做了一些见不得光的事,但我不是奴隶,不是人质。"

严笑如目光如刃:"小默,不要相信她的胡编乱造,她和苏秦一样,疯了!"

南蕙说:"我只是想起一个熟人曾经跟我说的一段话,然后发现,你要威胁的并不是我和他的未来——我既然坏到这个地步,就不值得他捆绑未来。"

她已经决定了,玉碎。

陈默吟现在的表情是不可能表演出来的,她的资质决定她不是好演员,无法掩饰,无法夸张:"严老师……为什么……为什么你要这样做?"

南蕙插嘴解惑:"因为你母亲,严笑如当年和她是恋人，但最后是你父亲跟她结了婚。"

严笑如叫道："南蕙你够了！这种没有证据的胡言乱语都能随口捏造出来！"

南蕙说："这种侦探电影里的老套台词你也说得出口，亏您以前体罚学生时那么花样百出——还记得我们当初在你办公室里的谈话吗？当时我口袋里揣着一台索尼的小型录音机，要我把磁带拿来放给她听么……"

说着去摸外套口袋。

"啪！"

严笑如的回应是一个耳光。

那盘没有任何标记的录音磁带掉落在地，南蕙的单片眼镜同时飞了出去，落在床边的地板上。她的左脸火辣辣的疼，像被鞭子抽过了似的，笑面虎用力之重，让她左耳耳鸣，连颈椎都好像因为忽然受到的力量而轻微扭伤了。

"咔嚓"一声，男人的鞋跟让证据支离破碎。

但女孩很倔强地抬起手，摸了下嘴角，没出血，便慢慢转回头，面对老师，一言不发。她也不需要说什么，严笑如的失态出手，已经证明了他的气急败坏和心虚，证明南蕙所言不是空穴来风。

南蕙开口，牙龈感觉微疼："踩吧，严老师，还有备份呢——默吟，很抱歉，现在才告诉你真相……是我以前太自私了，对不起。"

我一直以为，让你活在谎言中，才是最好的解药——

就像，陈琛。但是昨晚，我梦见了阿健，梦到了他死前我和他分手的时候，他说他配不上你，他一直把你当妹妹看待，你明明值得去过更好的生活。更好的生活，没有他，没有你吸毒的父亲，没有严笑如，没有苏秦，甚至没有邓恺墨和我……全新的，更好的，生活。他还说，你父亲对他很好，你应该知道关于你父亲的一切。倚靠谎言，是得不到阳光的。所以，陈琛也是这样，他明明值得过上完全没有阴谋缠绕的生活，我并不是那个当之无愧、可以和他相约考同一所大学的人。严笑如会告诉他真相，那么一切就都解脱了，伤口会流血，但起码心理上，她不会再背负那么多了。

"默吟，阿健生前背负袭击嫌疑，是在替严笑如背黑锅，他才是袭击那些女生的人……"

这次打断她说话的可不是一个巴掌了，历史老师扔掉水杯，双手掐住了南蕙的脖子，气血上涌，关节用力，身高仅一米五八的高一女生觉得自己的脚底正慢慢离开地面。

但她笑了，严笑如越是失态，她反倒越镇静。索性掐死她吧，这样严笑如跳进黄河也洗不清了，南蕙的剪刀组身份、笑面虎的大计划……都会成为烟云。她会死，但会清白地死，在陈琛心中，她是一个变态教育体制下变态教师的牺牲品。

玉碎，万岁。

"想把我杀人灭口么，老师？是不是也想让我站到那个露台上去？"她一字一顿地问道。

"住手！"

陈默吟扑上来要劝住严笑如，或者也许只是想救下重要证人南蕙。但严笑如此刻丧失了理智，身体反应大于思维意识，本能地反手一挥，初中女生像纸片一样被他推开，跌跌撞撞倒在床边。

过了很多年之后，南蕙总觉得，那天在黄历上必属于血光之灾的日子。光她自己，那天就收获了一次牙咬、一个巴掌、一次险些致命的扼颈——这是她小学三年级下楼梯摔跤擦破小臂皮肤之后，第一次遭受肉体之痛。

同样的，那天，陈默吟的各种临场发挥也出人意料：让她演戏，现场表现太紧张；苏秦逼严笑如跳楼，她上去夺枪，势头惊人；听闻父亲和阿健的事情，她没有歇斯底里大哭大闹；最关键的是，被严笑如一把推开后，她既没抄起什么砸过去（比如那台照相机），也没坐在地上哭，而是很聪明地起身，跑出房间，开门，打算出去喊人叫救命。

严笑如听到她开门的声音，被恐惧和怒气烧到只剩一丁点的理智终于重新占领了思维高地，放开手上的小鸡仔南蕙，返身追了出去。

这个举动，终于要了剪刀小组指导老师的命。

可在当时，南蕙九死一生，刚从夺命十指下幸存，趴在床上咳嗽，严笑如的脚步声似乎已经远去。她深呼吸两下，摸索着找到了眼镜，却听到外面的走道上传来一声怒吼，以及陈默吟的尖叫。严笑如的嗓音她很熟悉，他的怒吼应该没那么年轻。她正怀疑自己是不是幻听了，紧接着大门被重重关上，严笑如在慌乱的脚步声中回到客厅，边说："你要干吗?！你干吗！"接下去，传来东西被打碎、沙发被用力移动的响动，还有近身肉搏声。

被关在大门外的陈默吟似乎在捶门叫喊。

南蕙刚恢复正常节奏的呼吸又急促起来，她从床边站起，目光落到了严笑如刚才放在柜子上的那把气手枪。

9. "莫名其妙"

严笑如到死前都没明白，那个要了他命的人，到底是何方神圣。

这一天过得太惨烈了，太波折了，太疲惫了。苏秦计中有计要害他，南蕙不顾要挟要揭穿他，陈默吟肯定要唾弃他憎恨他……现在，又有个人要杀他。那是真正的杀，不是苏秦那种"看你有没有命活下来"的命运博弈。

整个致命小插曲的过程是这样的：陈默吟跑出门，

发现外面楼道上不知何时早已站着一个人，将她吓了一
跳。这人脸上带着孙悟空的塑料面具，美猴王曲线怪
诞、浓墨重彩的脸，在这种光线阴暗的楼道里显得格外
诡异。红色眼睛小孔后面，两只瞳孔散发出的气息更叫
她不寒而栗。

　　陈默吟本就是想喊人帮忙，但这人来得忒快了点，
而且来者不善，像是在门外守候已久。她刚想问你谁
啊，严笑如已经追到了门口。"孙悟空"越过女孩的肩
膀看到了历史老师，面具小孔后的目光忽地加大了好多
瓦数，一把拉开陈默吟，将严笑如推进了屋内。一切都
发生在电光石火之间，老师和女生都没反应过来，他
甚至有短短两秒钟时间把门给关上，将陈默吟锁在楼
道里。

　　可能他以为，屋子里本来只有严笑如和陈默吟二
人，现在他可以和笑面虎一对一单挑。

　　严笑如知道来者不善，但不明白具体原因。接下来
发生的一切都是他的身体本能使然：一边被孙悟空压倒
在旧沙发上，一边双手齐出，一手抓住对方的右手腕，
另一手卡住脖子，手指往上攀爬，想扒下那面具看看不
速之客的真实面目。可对方一只膝盖已经顶到了他的腹
部，让他一阵生疼，无法达到目的。

　　可也正是这个动作，让他看清了对方裤子的膝盖部
位。可能只是十分之一秒里，他想起了今天从家里来的
时候，他的自行车在自己家楼下和另一个骑车人擦碰了

一下，他道了声歉，就相安无事地各顾各赶路了。

当时，那个骑车人也穿了这么一条膝盖有破洞的牛仔裤，上面还有块明显的机油印迹。

难道因为那次擦碰，就要杀他报仇？莫名其妙……

笑面虎咬紧牙关，想扼痛擒住的手腕，却失算了。那人是左撇子，右手被擒，左手却在严笑如走神的十分之一秒片刻，从衣袋里掏出一把利器，对准严笑如的腹部就是一刺。

这一刺，方向自斜下而上，剪刀刀尖刺破皮肤，刺破脂肪层肌肉，切断了一点神经，最后直达内脏——肝部的下端，又很快抽出，然后再次刺入，这回位置有点靠上，刀刃划到了严笑如右侧最下面那根肋骨，插入深度不大。但严笑如要害遭受重创，抵抗的力气好像也顺着洞口的鲜血快速流出，扼住喉颈的手指开始松懈。

刺客再次抽出，刚插进第三刀，就听到卧室门口传来喝止："停手！"

循声望去，南蕙沉肩坠肘，双手持枪，正瞄准施暴者。美猴王看到女枪手和她手里的武器，女枪手看到美猴王的面具，双双都是一愣，觉得似曾相识。

弄堂。医院。麦芽糖。擎天柱。弹簧小刀。

女孩的思绪瞬间又收回来，孙悟空却已经识趣地扔下严笑如，转身开门，再次用力顶开陈默吟，狂奔下楼。

陈默吟站起身，看到客厅里的一幕，完全震惊了。

呼吸急促的严笑如瘫倒在歪斜的沙发上，像具被丢弃的洋娃娃，腹部那里鲜血淋漓，看不清伤口。因为旁人难以想象的痛楚，他的五官排布都扭曲了，看到陈默吟之后，却朝初中女生招手，像是有话想跟她说。

那话是不是严笑如临时准备的遗言，南蕙不得而知。孙悟空逃离现场后，她内心短暂斗争了几秒钟，咬咬牙，终究没有追下去，而是对手足无措的陈默吟说："我去打电话叫救护车，你在这里等着。"

出门之前，她还出于下意识地瞥了一眼客厅，在距离严笑如不远的地上，除了喷溅出来的斑斑血迹，还有那把凶器，凶手没有来得及带走它，却让南蕙瞳孔一缩。

竟然是一把刀体细长、头部尖锐的剪刀，像是用来做外科手术的那种。

剪刀……

她又忍不住瞥向剪刀小组的指导老师，他正努力着、用大概是最后那点点的力气，朝昔日恋人的女儿伸出沾满自己鲜血的手，想要握紧她。

那是南蕙最后一次见到还在喘气的笑面虎。

F inale

告密者的游戏

1. 危险的菜鸟 ======

　　从古到今，教书育人都不算是一种高危职业。除了"文革"十年，当老师的很少会有性命之忧。要说那些极少数的不幸的园丁，最多的死亡原因是为了保护学生死于车祸或大火，或者长期辛苦积劳成疾，恶病突发倒在三尺讲台的岗位上。

　　但像严笑如这样惨死于学生利刃之下的，上世纪九十年代以来可能在本市还是头一遭。

　　唯一让学校略感欣慰的是，直接动手的凶手不是本校学生，只有幕后主谋才是，但这个主谋，一般人又动不了她。

　　此人正是高二年级校花，苏娜小姐是也。

　　严笑如活着时做梦也不会想到，自己平生体罚男生无数，领导剪刀小组，偷偷袭击初中女生，栽赃陷害无辜混混阿健，可谓作恶多端，最后要了他命的，竟然只是因为当初收走了苏娜带来学校显摆的那部大哥大手机——又不是没还给她。

　　但苏娜同学可不是那么认为的。在学校里她已经足够做到低调不张扬，不化妆，不抽烟，只穿校服，很少请假缺席（只是她自己这么认为），不颐指气使，不骂粗话脏话。她觉得自己很给这个破学校面子了，但严笑如这个调来高中部没多久的老男人竟然敢从她手里收走东西！苏娜的东西！这是多大的羞辱！在她看来，这跟当众剥掉自己的衣服没有区别。她初中时在课堂里摆弄 Zippo 打火机班主任都当做没看到，严笑如到底长了几个胆子？

　　可她没有当堂拍桌子发飙，也没像往常那般找父亲哭诉，因为把大哥大偷偷带去学校，父亲知道了非大发雷霆不可。好在，出气的机会很快就来了。她众多的追求者里，最近冒出来一个第三职校的小子，叫陆海，愣头愣脑，明明是个不入流的小混混，非要把自己说得勇猛上道讲义气、出生入死家常事，还扬言"这一片谁要是欺负你，尽管说，我去灭了他！"说罢就一脸媚笑地盯着她的胸部和大腿看。

　　苏娜被这小子纠缠得快烦死了，最后实在火了，说："我们学校的严笑如老跟我过不去，你去灭了他，我就当你女朋友，做男女朋友该做的事情——要是办不到，就永远消失，滚蛋！"

　　陆海大话说太多，这个时候反而被架在火上下不来了。

　　事后在南蕙慢慢解析看来，陆海这种人注定了一生要毁在太成器的生殖器上。因为管不好小弟弟，初中老去地下录像厅看黄带，中考时也就进了个职校；因为管不好小弟弟，他和高一的麦芽糖偷吃了禁果，导致女孩怀孕，好在麦雅仗义（或者说太笨），没把他供出来；因为管不好小弟弟，他居然没有识相地远离南蕙的学校，反倒在麦雅转学后又盯上了校花苏娜，还来个赴汤蹈火，万死不辞。

为了小脑袋而不要大脑袋的男人历来不缺，但陆海这样的极品也是万中无一，人间稀奇。结果老处男严笑如倒了霉。他的照片被人从公告板的"新教师任命信息"栏里偷了出来，交到了夸下海口的刀客这里。

他犹豫了足足十天，没有动手，只是根据照片跟踪过严笑如一次，知道了他家地址，却不小心弄丢了心爱的弹簧刀。光凭这个，他是没脸去联系苏娜的，但欲火依旧焚身。下定决心干了的前一天晚上，陆海在梦里见到了苏娜的裸体，然后被子湿了。

翌日下午，他喝下半瓶红星小二锅头，带着一把家里的剪刀和孙悟空面具去了严家，谁知刚到楼下，就看到目标竟然也骑着自行车朝自己这边过来，一慌神，车把没握稳，和猎物撞了一下，严笑如还很宽容地主动跟他说了句不好意思，然后继续赶路。

陆海一咬牙，车头一扭，尾随在后。

但严笑如本来是有机会逃过一劫的，来的路上陆海没敢跟太近，在同济大学附近的路口未能赶上绿灯的最后几秒，只眼睁睁看着笑面虎进了那个居民区。等他骑进小区，已经丢失了目标，不知道对方进了哪栋楼。他只好在各栋楼之间兜了好几圈，想找一下严笑如的自行车停在哪里。无奈此人太笨，没有跟踪者的天赋，之前根本没注意看严笑如骑的什么车。他停下来，郁闷地抽了一支烟，琢磨着是在小区门口还是回严家楼下守株待兔，可天知道严笑如访友要多晚才回去，万一人家留下吃晚饭呢？哎，看来是天意让他不能得手，要不今天就饶了历史老师？他扔掉烟蒂，刚想离开，脚一使劲，自行车的右脚蹬子却掉了下来。

出师不利，自损三千，陆海在心里把严笑如和老天爷骂了无数遍，苦于对修车一窍不通，摆弄半天都不知道该怎么把脚蹬子装回去，反倒弄得两手都是链条上的泥灰。火气十足的菜鸟刺客踢了破车一脚，刚从口袋里掏出烟盒，正摸索着打火机去哪儿了，却瞥见不远处一栋居民楼三楼的窗台上，竟然蹲了一个人！

陆海从未认真读书，视力极好，眯起眼睛凝视三秒，认定正是严笑如无疑，一边攀住玻璃窗一边往屋子里说着什么。

不可思议，老天开眼！

但他旋即好奇，严笑如不是来看朋友么？怎么就要跳楼了呢？！这什么情况？但他没有更多时间去思考这么奇异的问题。要说蠢材也有脑瓜好使的时候，陆海自己家住的也是这种老公房，灵机一动，赶紧冲进了严笑如对面那栋楼，一口气哈哈哈上到三层，正对那扇窗户。

可他晚了一步，就在冲刺上楼的间隙，严笑如已经回到了屋子里，叫他大失所望。可窗户还开着，陆海趴在楼梯窗户后面，可以望见那个房间里严笑如背对窗口坐着，正跟一个年轻姑娘说话，然后姑娘去到外头给他端了杯水进来，严笑如看来很渴，一仰头全喝了。

陆海轻率地判断，那屋子里只有严笑如和年轻姑娘两个人。这厮，原来是来会小相好来的？他牙根痒痒，想到了前女友麦雅到他家里时的那些美妙时光，还有苏娜婀娜的身形……

既然另一个人只是小女孩，那太好办了。光比对一下窗户的位置，他就知道严笑如在三楼的哪一户。

急吼吼下楼，绕到前面那幢，呼哧呼哧又上三楼，陆海倒一点也不觉得累，反倒像是浑身都被肾上腺素灌满了似的。

拿出大衣口袋里的孙悟空面具，戴上，没人能认出他是谁。这个老办法是他跟港片里打劫银行的黑帮学的，平时在各学校附近行劫小学生就老用这招，屡试不爽，除了遇到气枪男那次……

他走到那户房门前时，又犹豫了，是主动敲门，还是到楼下等着？也许严笑如会在房间里跟那女孩干点见不得人的好事，弄到很晚呢？妈的，还是敲门！

陆海的右手刚要抬起来，房门居然自己打开了……

陈默吟开门之后的事情，南蕙不必别人告诉她。

陆海在整个事件当中只聪明了两次，一是到对面大楼偷窥窗里的动静，二是行刺时先把陈默吟挡在了门外，留下自己跟严笑如单挑。但这都不足以抵消他整个人生的愚蠢。被捕归案后，他自己说，最初的想法只是捅那个老师一刀，让他受点伤，就算完成任务了，并非要置他于死地，因为有几个老江湖跟他说过，中刀位置要是拿捏得好，只会放点血，不会丧命。

可人家是老手，他不是。初中生物课在打瞌睡，连人体胃和肝脏的位置都搞不清楚。

而且，动手当天波折多多，又冷又饿，紧张，焦躁，让他不由火气十足，下手时没了分寸和节制。相对那些玩刀的老手而言，菜鸟动起刀子往往才是最可怕的，不是老失手就是干过了火。

他自己都不知道捅了对方几下。

南蕙的出现，让这辆失控的火车一下子停住了。陆海万没想到这个老相识也在这里，手里还拿着让他吃足苦头的武器。倘若他得知当初那个"威震天"就躺在卧室里，肯定要大叫一声"我操操操操啊！"

其实当时他已经在心里骂这句话了，压根不知道刀下的老师命不久矣，只顾起身落荒出逃。逃的时候也不想想，其实应该杀个回马枪，冒着挨枪子的风险一刀做掉那个高中女生才对——他们在医院附近的小巷有过渊源，他的学生证就是在那里丢的，这种戴卡通面具玩刀子的风格如此特立独行，对方是白痴才会没联想起他。

人蠢不能怪别人，直到派出所民警在职校同学家里把他逮捕归案时，他还纳闷，想我明明戴着面具又跑得飞快，他们是怎么找到我的？！

"你们之前认为早恋没什么危害，现在呢？而且，好歹我们还有准则和规矩，他们呢，毫无章法，没有原则，更加愚蠢，也更加危险。"

以上，是龙虾后来在校领导面前就此事做出的总结陈词。

南蕙对民警的说法是，陈默吟因为家庭和学校里遇到的矛盾，心情抑郁，前一天离家出走，住到朋友苏秦家，第二天打电话给南蕙。南蕙告诉了陈默吟以前的班主任严笑如，两人一起过来开导她。谈话时，他们忽然听到门外有动静，陈开门，戴着孙悟空面具的暴徒就冲了进来，发生了惨烈的悲剧。

受害人严笑如，伤势过重，在公安干警接警赶到现场之前便断了气。

租房人苏秦那天正巧身体不舒服，一直躺在床上，南蕙拿着他收藏的运动气枪自卫，但没有对准暴徒开枪，是个小小的遗憾。但她认出来对方很像第三职校的学生陆某，因为他曾经在医院附近的小巷里打劫过她，是苏秦正巧路过，救下了南蕙，并得到了陆某的学生证。

当事人陈默吟、苏秦的供词和南蕙的基本一致。

警方顺藤摸瓜，一举擒凶。

但陆海说出作案动机后，负责审讯的办案民警下巴差点落下来：居然只是为了追一个女学生，就要对素不相识的人民教师痛下狠手。

这是把人命当什么了……

"我是真的真的很喜欢她。"陆海对着办案人员如是表白。

但苏大小姐根本不承认有这回事，说我几时说过这种话了？有录音吗？有证据吗？白纸黑字写字据了吗？我跟他只见过一次面，聊天时抱怨了下老师太严厉而已。那个神经病分不清开玩笑和抱怨，出去胡乱杀人，跟我一点关系都没有！

的的确确拿不出任何证据表明苏娜跟此事有直接关系。苏娜爸爸给她找的律师来头很大，且巧舌如簧，说1981美国青年约翰·辛克利为了追求女影星朱迪·福斯特而去刺杀总统里根，只能说明丫脑子不太正常，未来的奥斯卡影后根本无需为此负责。

民警说："但陆海证词说，严笑如的照片是放学后苏娜给他的。"

律师说："我的委托人那天放学后直接回家了，根本没有见过他，除非你们能提供照片上有她指纹的证据，或者找到目击者说看见她把照片给了嫌疑人。"

民警说："……陆海在案发之前把照片弄丢了。"

律师耸耸肩，每次胜券在握时他都是这个动作，心里却嘀咕，陆海这个蠢货，自己都在帮自己的倒忙。

副区长的女儿解除了嫌疑。

五天后，苏娜转学，去了一所据说是全市首家寄宿制的贵族学校。

总算少了个大麻烦，连校长本人也松了口气。

至于陆海，虽然是故意杀人，但年纪未满十八岁，《未成年人保护法》又圣洁地救下了一条不值得救的人命，理论上会判处无期徒刑。他在监狱里有的是时间思考色字头上一把刀的人生哲理。据说后来在法庭上，听到最终判决，他表示服从，但提出要求，想见苏娜一面。

当然没有理他。

2. 南下

严笑如的意外身亡，与其说在高中部引起漩涡，不如说是小浪花来得更贴切。因为他调来没多久，人生地不熟，高中部更多的是在苏娜的兴风作浪方面嚼舌头。倒是几条马路之外的初中部对死讯一片震惊，其中不乏被笑面虎狠狠变相体罚过的人在那里说些惊喜之后的风凉话。

南蕙一点都不想听那些内容。

苏娜之后，陈默吟是第二个被嚼舌头的女子。根据南蕙提供的供词来看，要是那天她没有离家出走，哪会有后来的惨案？Miss Trouble 果然名不虚传，不来学校也能引起腥风血雨。可见，漂亮，是种莫大的罪恶。

南蕙对这些闲话无动于衷。

苏秦是饭后谈资的第三个重点。风云人物果然总是跟风云人物混在一起，Miss Trouble 出走时投奔的不是别人，正是他。隐匿许久的传奇人物居然在血案里出现，高中部那些原班人马纷纷咋舌不已。"不知道他老爹和后妈要怎样好好教训他一顿了"，几乎所有的老同学都这么想。

但事与愿违，在严笑如葬礼之后，到了来年开春，苏秦再度销声匿迹。

和他一起消失的，还有陈默吟。

南蕙对这件事情守口如瓶。

苏陈二人走的前一天，是在市区一条河边跟南蕙见面的。

这条河，曾经淹死过一个叫阿健的职校男生。

若要告别这座城市，祭拜有重要意义的亡者，这里再合适不过。但河水水质跟这座城市的其他河道一样差，弥漫着随风挥发浓度的臭味。苏秦的表情凝重，陈默吟面带哀伤，唯有南蕙新配的眼镜片后面，眼神里的东西叫人难以捉摸。

"这一走，要很久才会回来了吧？"

"看她几时想家了，我就陪她回来看看。"苏秦看向十几步开外的陈默吟，后者坐在岸边，目光只盯着河水水面，像是要光靠那双眼睛穿梭时空，看到阿健停留在这个世界上的最后残像。

"需要钱吗？我可以……"

"不必，有人资助我们。"

"邓恺墨？"

"不是，是别的渠道，你最好不要知道。"

南蕙以为他是故弄玄虚，但不想追究，说："你照顾好她。"

男生用手掌挡住河边的风，艰难地点燃了一支烟："有什么想问的就问吧，看你憋在心里一定很难受。"

"你，是怎么知道严笑如和陈默吟家里的关系的？"

"我说我猜的，你信么？"

"怎么猜的？"

"我曾经碰巧见过一次陈默吟的妈妈，和她很像。我也知道她家里的变故。还有，你对用小默能把严笑如引过来很有信心，本身就说明这里面有故事。我也是琢磨了几个晚上才想到个大概，但具体怎么样，也不是很清楚，不过，只要把话说得模棱两可又表现出自信十足，严笑如自然会上钩……他，他亏心事做太多，太容易中招。"

南蕙不禁赞叹："你果然很聪明，没有当上主席，是损失。"

苏秦讪笑道："你算了吧，我这人还是有原则底线的，脾气太犟，不适合你们那个圈子，宁可把小聪明用在创事业上，所以，才决定去南方找机会。"

"祝你闯出片天下。"

"糊口求生吧，倒是你，祝以后官运亨通……你不去和小默说几句？"

"已经说过了。"

"呵？说过了？什么时候？"

"严笑如葬礼那天晚上，六点多，她打过电话给我，问我当时说过的那盒录音磁带的备份。"

"你给她了？"

"哪有什么录音磁带，严笑如踩碎的，是我打算送给陈琛的《侏罗纪公园》原声音乐带，我也是灵机一动才拿出来说事的。当初我从没想过会跟严笑如闹到这样的地步，怎么会未卜先知地把谈话录了音？……我本来打算把阿健和她父亲的事情烂在肚子里的。"

"她相信你说的？"

"嗯。"

"为什么？"

"她说，她说我是个好人，不会骗她。"

"……她真傻。"苏秦长喷出一口烟，似是又气又好笑。

南蕙没接话。她看向岸边的初中女生，陈默吟像是回过了神，也朝他们这里望过来。两个女孩在空气中的某个点上目光交叉，旋即又轻轻磕开。既然要开始新的生活，那么，旧事不必再提，旧人也不当再多看。

只是……

只是，苏秦不知道，陈默吟其实已经不"傻"了。

那晚在电话里，紧接着说完"学姐你是好人"，初中女生又问："你会替我保密的吧？"

南蕙脊背一寒，她知道陈默吟指的不是别的，正是致严笑如殒命的那把剪刀。

脑海里的记忆片段被重新提出，像放黑白老电影一样在南蕙眼前滑过。她看到自己手里握着运动气枪，但没有去追那个美猴王，而是看了眼倒地的严笑如，跪在他身边的陈默吟，以及地上的剪刀。

等南蕙拍开好几户隔壁邻居的门，好不容易找到一户有电话的人家，报了警，再回来时，严笑如已经奄奄一息，想要去抚摸陈默吟脸颊的手瘫在地上，无法动弹。南蕙拉起溅了一身血的陈默吟，弄醒苏秦，用短暂的时间串好供词。

她一直没有去注意严笑如的身体。

警察赶到时，确认笑面虎已经死亡，把三个学生带去派出所录口供，楼道里已经里三层外三层围了很多观众。出门时南蕙走在苏秦和陈默吟后面，回头瞥去时，有个穿白大褂的警察在严笑如身体周围用粉笔画了一圈白线。那把剪刀，正插在严笑如的腹部，塑料手柄上尽是鲜血，很难看清原来的颜色。

看到这里她顿时瞳孔一紧，扭回头，发现走在自己前头的陈默吟正在看着她。

南蕙出去报警时，剪刀明明还在地上，而苏秦还未清醒过来。

"学姐，你会替我保密的吧？"

电话里，初中女生只是模棱两可地问她。

南蕙深吸一口气，说："我什么也不知道，有什么可以保密的？"

"嗯……谢谢学姐。"

"不必谢，我，受之有愧。"

"对了，我还想问，邓恺墨，邓学长，他跟这些事情，有关系吗？"

"你怎么会这么想？"

"不知道，只是，隐隐有种感觉……你和苏秦哥好像总有什么别的事瞒着我，但又猜不到是什么。"

"你想多了，邓恺墨只想着怎么考个更好的大学，哪有时间和我们搀和在一起！"

"哦……"

"没别的事，我去写作业了。"

"嗯……"

没说再见，南蕙自己先挂了电话。

她已经吞下太多秘密，无法消化，只怕再继续讲下去，就要崩溃。给陈默吟留下最后一点点对中学时代的美好记忆，保存一个邓恺墨纯洁无瑕的幻象，是她唯一能为女孩做的好事。

好的谎言，是无价的。

3. 五张票

和苏秦陈默吟这对亡命鸳鸯告别的当晚，南蕙梦见了严笑如。

历史老师的追悼会，当初在案发现场的三个学生里只有南蕙去参加了。陈默吟背着"无意中害死严老师"的骂名，蜗居不出，南蕙知道她其实是对严笑如恨之入骨。苏秦呢，回到家后继续和父亲继母玩火药大战，又被关了禁闭，放他去严笑如的葬礼，搞不好这小子会当场哈哈哈仰天大笑三声——严笑如当初没让他赶上爷爷的追悼会，现在他倒能赶上严笑如的追悼会，何其讽刺与痛快。

但无论生前如何树敌，在追悼会上，照旧是亲人家属的抚棺痛哭，以及严家老母白发人送黑发人的强烈震撼。上去献花的时候，南蕙一直没有敢去看他的遗容，也没有留下来看到严母把住遗体台不让工作人员推下去火化的场景，只跟陪她一起来的父亲说："我们走吧。"

刺杀案发生后，因祸得福，南蕙他们家的家庭矛盾倒得以暂时缓和。生怕女儿目睹血腥一幕之后心理受到刺激，南母给她找了一个很资深的心理医生，定期去辅导；南父也终于不再经常性地夜不归宿，而是时常在家陪女儿——至少相对以前来说，是"时常在家"。

南父还征询过女儿，说："要不，换个学校，换换环境吧？"

女儿说："我没事儿，现在这所学校还是挺好的。"

是的，挺好的，好得不能再好了。

她不能离开现在的学校了。

南蕙本来以为参加追悼会之后，搞不好当晚就会梦到昔日的初中班主任，因为她平时不太做梦的。但却没有，很怪异，直到她在河边和苏陈道别，夜里睡着了，连着做了两个无关紧要的琐碎梦，忽然场景一跳，变成了初中部的教室里，全班都鸦雀无声地坐着，唯独两个女生站在讲台上，其中一个不断地把一堆叠着的小纸条展开，报出一串名字，另一个则在黑板上相应的名字下面写"正"字。

唱票结束，黑板上，南蕙的票数屈居第二，比第一名少了两票。

就在每个人都要看向那个第一名时，教室前方的角落里传来一个成年人的声音："我还没投票呢。"

大家目瞪口呆地看着班主任严笑如从窗边走到讲台中央，说："我是老师，比你们要特殊一点，我一个人算五票，全部投给——南蕙。"

皆哗然，目光再次集体转向，射向坐在第二排第三组的娇小女生。她之前看到票数落后，本已脸色苍白，现在忽然反击夺冠，还是老师亲自力挺，顿时满脸通红，不敢迎接那些针对自己的目光。

"恭喜你当选班长，南蕙同学。"

她缓缓抬起头，仿佛脑袋千斤重，看到台上的黑衣男子，他没有任何愧疚，一切在他看来似乎理所当然，没有丝毫可以辩驳的余地。

他的话，在这个班级里就是律法和天条。

你是被亲自选中的人，南蕙……

然后当初那个三票胜出的女孩就从梦中惊醒了。

这一段，是她从来不愿意多回想的胜选事迹。

因为不会交朋友，只会完成老师的安排，她初中时人缘并不好。初一时在全班成绩排名前三的学生里公选班长时，她两票落后，是严笑如力挽狂澜，一言定胜负。

从那以后，大家都明白了，南蕙是老师的心腹，是大干部的女儿，好东西就不要妄想和她争了，没用的。于是她成了无冕之王。

谁说小孩子什么都不懂？他们处在学习期，有些东西懂起来比光速还快。

那段时间里唯一不对南蕙持有色眼光的只有陈琛，可能因为他自己也是特殊群体的后代吧，闭口不谈学生会和班级管理那堆破事儿，还是老样子没头没脑没心没肺的，跟她下棋耍赖，说些恐龙啊外星人啊神秘事件啊她不想听的玩意儿，却让人感到无比的自在和轻松。

南蕙还记得，那天胜选之后，放学，班干部会议也开完了，大家都走了，就她被留下，教室里就剩下两个人。严笑如问："是不是很想知道为什么我会帮你？"

小姑娘点点头。

笑面虎说："全班普选班长，是学校的意思，但我不信这套。投票，就是拉帮结派，就是买通贿赂，选上来一个刺头，或者平庸之才，老师怎么开展工作？你还小，但要记住，有非常之才的人，就有资格用非常之手段，你，我，都是这样的人。"

小姑娘又点点头。

"做一个像老师告密的孩子，并不是耻辱，这是长大懂事的表现。以后这个班级，所有的秘密，只有你和我会知道，明白？"

"……明白！"

"听说你爷爷是老红军，你，会敬大人的礼么？"

女孩用实际行动回答了他，五指并拢到右太阳穴，神情肃穆。历史老师一改刚才和小孩子说话时的躬身前倾姿势，挺直了腰，挺起了胸，也回敬了一个礼。

"只有死亡能阻止秘密。"

班主任喃喃自语道，南蕙本想跟着他念，但转念一想还是算了。

礼毕，严笑如说："这是我们第一次，也是最后一次敬礼，从这之后，关于保守秘密的誓言，只留在心里面，而你，南蕙……也不再是一个小孩子了——你，相信老师吗？"

小姑娘再度挺起胸膛："相信！"

严笑如当时的神情坚如磐石："我也相信你，南蕙，我也相信你……"

4. 马赛曲

唯一一次梦到严笑如之后，过了两个月，传说中的法国人终于到来。

鉴于有着当初火烧圆明园的交情，学校这次动了真格，必须在外宾面前扬我国威，不能丢脸，所以除了本就精挑细选的仪仗队，连执勤人员也从轮班制变成了全校选美制，从一千多号学生里另找了四十个五官端正体态匀称的男女生，一人发了套西服，挂着新做的执勤胸牌，站在全校各处显眼的地方，遇到金发碧眼的外宾，就能微微颔首，脱口而出字不正腔不圆的法语问候：

"彭硕①。"

各个教室、办公室自不必说，提前一个月就被打扫得窗明几净亮丽如新，更恨不能在厕所门口挂块牌子禁止学生使用直到外宾回国。

巴不得连只苍蝇都不要飞进学校。有个学生评论说。

外宾初来乍到第一天，傍晚的文艺汇演是重头戏。学校礼堂只能容纳三百人，每个学生观众都是各班抽出来的干部和纪律靠谱分子，个个坐得腰板挺直，昂首挺胸，满眼浩然正义，像一群准备赴刑场的烈士。

尽管活动重要，来的却都是高一高二年级学生。距离七月高考还有六十天不到，备考生个个都成了重刑犯一样，在学校除了教室，最好连厕所也不要去。

只有一个高三生例外。

在二楼观众席最角落的地方，前任校长的孙子看着楼下舞台前方那密密麻麻的黑色脑袋，以及最前排的外宾席，像在搜寻着什么目标。

"是在找我么？"

小个子女生在他身边的空位子上轻轻坐了下来。

"不，我在找龙老师——你没跟自己班的人坐在一起？"

南蕙口吻微酸："坐在最前面的都是形象高大全的

———
① Bonjour！法语"您好"的意思。

执勤员和礼仪队，后几排是歪瓜裂枣的观众，班级建制早就打乱了。倒是你，百忙之中还赏光露面？严老师的追悼会都没见到你呵。"

邓恺墨说："那天我病了——我只坐一小会儿，第一个节目一开场我就走。"

"这么急？"

"呵，这已经不是我的学校了，也不是我爸爸和爷爷的学校了，一踏进高考考场，就没什么好留恋的。今天来，只是为了感受一下气氛。"

"要我去叫龙老师么？"

"不必。对了，我听说，龙老师掌管两个小组之后，你把那个小唯继续留在剪刀组了？"

"嗯。"

"为什么？她好像在滕逊那里告密过你的事情。"

"我们这里谁没有跟老师告过密呢？她是出卖过我，但我现在格外开恩，既往不咎，那么以后她会更加感激，无论如何都不会背叛我们了，这样的人，不是更放心么？不是更能好好利用么？"

邓恺墨脊背的汗毛微微立起，但不是因为畏惧的寒意，而是深以为然的钦佩："的确是你的风格，我记得当初招纳你进小组，你曾经说过，要参与一场伟大的游戏，大人的游戏，现在你赢了，你和龙老师都赢了，是最后的胜利者，完全有资格坐到第一排第二排去，我是败军之将，严老师更是代价惨重——他的死，我有很大责任，要没有我，他不会卷进高中部的浑水漩涡。"

"我呢，我也是你拉进来的。"

他笑笑，不置可否，换了个话题，把注意力转移到楼下的观众席前几排："苏娜的事情一出来，学校高层朝着龙老师的政策一边倒，剪刀和尾巴小组现在已经全力开动、调转船头，只抓早恋的学生了吧？今天那些穿着西装挂着胸牌、神气活现的俊男靓女，一定也是你们暗中关注的对象，是不是？南组长？"

南组长取下眼镜，拿出丝绸布片擦拭："我和龙老师说过，只要是成绩稳定的学生，我们不过问私生活，毕竟，高考分数才是关键——要么？"

邓恺墨谢绝了她递来的镜片擦布，说："严老师死后那几天，我做完自己进高中以来第一千张卷子，然后就开始思考一个问题，'学校'，我童年第一次认知到我父辈是老师时，他们跟我说，学校是一个教授知识、神圣崇高的地方，是人类文明薪火相传的根基，知识是让人进步的，是让人开阔和快乐的。可我们现在做的呢？忽然有一天，去学校不再是一件那么有趣的事情，却成为了一种负担和重压，甚至折磨，折磨学生，折磨老师，折磨家长，唯独不折磨出高考卷子的那帮人。本该快乐的事情，却多出很多痛苦，而我们将这种痛苦延续，并且告诉其他人，事情就是这样，见怪不怪了，能怎么样呢？所以，我们一定是哪个环节出了错。"

"那么，哪个环节呢？"

他看向她："我无法现在回答你的问题，因为答案可能太明显，又可能太晦涩，等我考进师范学院，出来当了教育的另一个环节之后，再告诉你答案吧。"

"你……你不是要考北大么？怎么想去师范……"

邓恺墨嘴角绽开，右手食指和中指并拢，触碰了一下自己的脑门："因为我们这个时代最珍贵的东西——个人意愿，而不是父母的。"

礼堂的灯光忽然暗了，学生会文艺部的两名主持人走了上来。这就是要开始了，邓恺墨遵守自己的话，打算起身离开。

"对了，有句话，想请你转达给龙老师，他现在是我们学校最有权力的人之一了。"

"请讲。"

"是一本书上看来的短诗——有个恶棍曾说／权力会使人变质／日复一日，年复一年／不幸啊／难道真的没人知道／往往是人使权力变质。"

"谁写的？"

"安德罗波夫，前克格勃主席。"

"我一定带到。"

"嗯，作为经历过郑屠和滕逊时期的人，你我都清楚，即便一件事情做不到最好，也不要让它变得最坏。"

舞台上，文艺汇演的开场节目，便是苦练了半年的

《马赛曲》合唱。

朱红色大幕缓缓拉开，灯光照耀下，合唱队六十名成员一袭西服革履，脸上都化着淡妆。南蕙用手指扶着镜框边缘，找了好一会儿才寻觅到陈琛的身影。

不知道是距离原因还是心理作祟，她总觉得他的表情跟在唱丧曲一样。两百年前那个法国工兵上尉酒后醒来即兴所作的自由赞歌，此刻飘荡在东方大国某所高中的礼堂内部。

Allons enfants de la Patrie

Le jour de gloire est arrivé.

Contre nous, de la tyrannie,

L'étendard sanglant est levé,

l'étendard sanglant est levé.

Entendez-vous, dans les campagnes.

Mugir ces féroces soldats

Ils viennent jusque dans nos bras

Egorger vos fils, vos compagnes.

Aux armes citoyens!

Formez vos bataillons,

Marchons, marchons!

雄赳赳气昂昂连汤带水地唱了一大锅，南蕙一句也没听懂，倒是真心开始佩服陈琛他们的背功和毅力。

苦练舌头七个月，就为了台上两分半钟，博外宾会心一笑。

正分神，一个身影在二楼观众席的昏暗中悄然落座在南蕙身边，竟没有发出一丝大响动，对腿伤痊愈才两个月的人来说，真有点难为他。

龙虾轻声问道："是我看错了，还是，陈琛的表情果真一脸凝重？"

南蕙说："太紧张了吧。"

其实，陈琛本来想退出合唱队的，现在迫于形势继续待着，心情怎么会好呢？但寄人篱下，再怎么窝心也只好认了。

没有了父亲的背景作为靠山，虎落平阳之相立显。陈琛谢绝了苏月宁的书展之约，转而去南蕙家的那天，他就毫无保留地坦白说，其实早在南蕙离家出走那段日子里，他就想过了，跟学校没什么好斗的了，自己看起来的一肚子抱负和对弊端的牢骚，但终究是个眼高手低的主，有心无能，除了在学校围墙上写写大字报这种小打小闹，还能干什么呢？就算是他端着气枪打窗户，又能改变什么？所以这不南蕙一出走，他立刻没了主意，急着找家长和老师。

也许安于现状，着眼个人的未来，才是我脚踏实地的选择。陈琛说："一起考交通大学吧，我想看你留长头发的样子……"

南蕙回忆至此，不自觉捋了一下耳边的碎发。她也不知道自己留起长发会是什么样子，会好看吗？她马上要升高二，距离这个小小的实验还有两年光阴。

倒是，额头那颗青春痘，在严笑如举行追悼会之后的某个晚上，毫无预兆地开始缩小，然后慢慢消退掉了。

她的青春，这就算是结束了？

她目光回到舞台上，合唱节目完结，台下掌声如雷，事先不可能被叮嘱要激烈鼓掌的外宾却比谁都要兴奋愉悦，纷纷站起身来喝彩，弄得其他学生观众不知道该怎么办才好，难道也要站起来？

陈琛他们对着观众点头致意，然后齐转身，朝后台退去。

不，还没有结束，远远没有。

她的青春，是关于如何毁掉别人的青春期回忆的。龙虾和学校，愿意为了这种告密行为而赐予他们高考加分资格考试的名额，对于高中学生来说，那就像直达天堂的空调特快车票。

告密的孩子，就可以上天堂。

陈琛曾经是高官的儿子，现在却失去了唾手可得的加分考名额。南蕙呢，她有母亲作为后台，即便不加入剪刀小组，那种特殊待遇也是"应得"的。

所以她和龙虾做了新的交易，将南蕙在剪刀组服务所获得考试名额，转给陈琛。

只要她为龙虾工作，陈琛就可以拿到那张"特快车票"。

她是为他而战。

坐在南蕙边上的龙虾为了《马赛曲》象征性地轻拍着手，心不在焉的样子。他不喜欢坐在前几排，即便是邓恺墨口中的胜利者。他喜欢坐在后面，远远看着，必要时，发出指令，采取行动。

剪刀和尾巴，是孩子的舞台，成年人只是导演。

当然，有些戏码，远超出他的预料。比如此刻身旁的剪刀小组组长南蕙，向他提出的那笔交易。龙虾听完之后玩味许久，确定有利而无害，点点头，却又问："南蕙，我和你可能是同一类人，算是互相了解，但我并不了解陈琛，所以我好奇，这个单纯的男孩子，是不是真的配得上你？是不是真的值得你这样做？倘若他万一知道了真相，他是不是还能接受天堂的车票？"

女孩轻舒一口气，因为她明白龙虾这么问，是变相承认了交易："类似的问题，苏秦以前也问过我。"

"你怎么回答的？"

"我没有回答他。"

"哦。"地理老师不再追问。

事实是，少年宫象棋班那么多学生，只有陈琛下得赢我，只有陈琛和我进了同一所初中；初中部有那么多学生，可只有陈琛在我遇到危险的时候机缘巧合地出现在那个地方，然后不管平时多胆小，都豁出去要救下我；只有陈琛，会在乖戾的我和乖巧的苏月宁之间选择了我——那就注定，不管我为他做什么，都值了……都值了。

合唱队下场后，紧接着上来的是话剧片段表演，《哈姆雷特》，生存还是死亡那一幕。龙虾趁着主持人在台上串词的时候，微微倾身向剪刀组长，问："对了，尾巴小组的新人补充，我们考察的那几个对象，你有什么意见？"

"这不是马超麟的事情么？"

南蕙边说边往楼下扫了一眼，那个小眼睛家伙凭长相无论如何也是坐不到前几排的，刚才她就是不想和姓马的坐太近，所以到了楼上。

"他对用人的意见有些偏执，我更想听听你的看法。"

南蕙估计马超麟选中的都是群初中部直升进来的、只会死读书的原班人马。让这群呆瓜们去跟踪同学回家，简直跟自杀无疑。

而且，她也的确需要在新成立不久的尾巴小组安插自己乐意看到的人。

南蕙说："我记得，候选人档案里，有个陈琛同班的男生？叫林什么来着？"

龙虾说："林博恪。"

南蕙说："对，是劳动委员吧，好像出身不好，还是普通初中考进来的？"

地理老师点点头："单亲子女，家里还有债务缠身，不过成绩很稳定。"

和滕逊有点相似的出身寒门呵，南蕙想，滕逊那种不择手段，苦心经营的形象，瞬间又在脑海里活跃起来——"Nancy，这个药水知道当初我研究得多辛苦么？两个礼拜吃住在学校化学实验室啊！"

苦寒好呵，苦寒，就会努力争取，就会唯命是从。

剪刀小组组长举起手，轻轻抚摸着额头上那颗青春痘曾经生存的地方，说：

"那就他吧，林博恪。"

图书在版编目(CIP)数据

尾巴.2,告密的孩子上天堂/王若虚著.—上海：
上海人民出版社,2015
ISBN 978-7-208-13089-0

Ⅰ.①尾…　Ⅱ.①王…　Ⅲ.①长篇小说-中国-当代
Ⅳ.①I247.5

中国版本图书馆 CIP 数据核字(2015)第 141672 号

出品人　邵　敏
责任编辑　陈　蔡　汤　淼
封面装帧　钟　颖

世纪文睿出品

尾巴Ⅱ:告密的孩子上天堂
王若虚 著

出　　版　世纪出版集团 上海人民出版社
　　　　　(200001　上海福建中路 193 号　www.shsjwr.com)
出　　品　世纪出版股份有限公司上海世纪文睿文化传播分公司
发　　行　世纪出版股份有限公司发行中心
印　　刷　常熟市兴达印刷有限公司
开　　本　889×1240　1/32
印　　张　12.25
字　　数　225 000
版　　次　2015 年 8 月第 1 版
印　　次　2015 年 8 月第 1 次印刷
ISBN　978-7-208-13089-0/I·1399
定　　价　35.00 元